LA MALÉDICTION DE LA LOUVE

CRÉATURES DE L'AUTRE MONDE

BROGAN THOMAS

TRADUCTION PAR
SOPHIE TROFF POUR LITERARY QUEENS

TRADUCTION PAR
MAIWEN HABCHI POUR LITERARY QUEENS

Ebook ASIN : B0DTHZNGXS
Livre de poche ISBN : 978-1-915946-59-1
Couverture rigide ISBN : 978-1-915946-60-7

Traduit par Sophie Trott
Traduit par Maiwen Habchi
Conception de la couverture par Melony Paradise of Paradise Cover Design

WWW.BROGANTHOMAS.COM

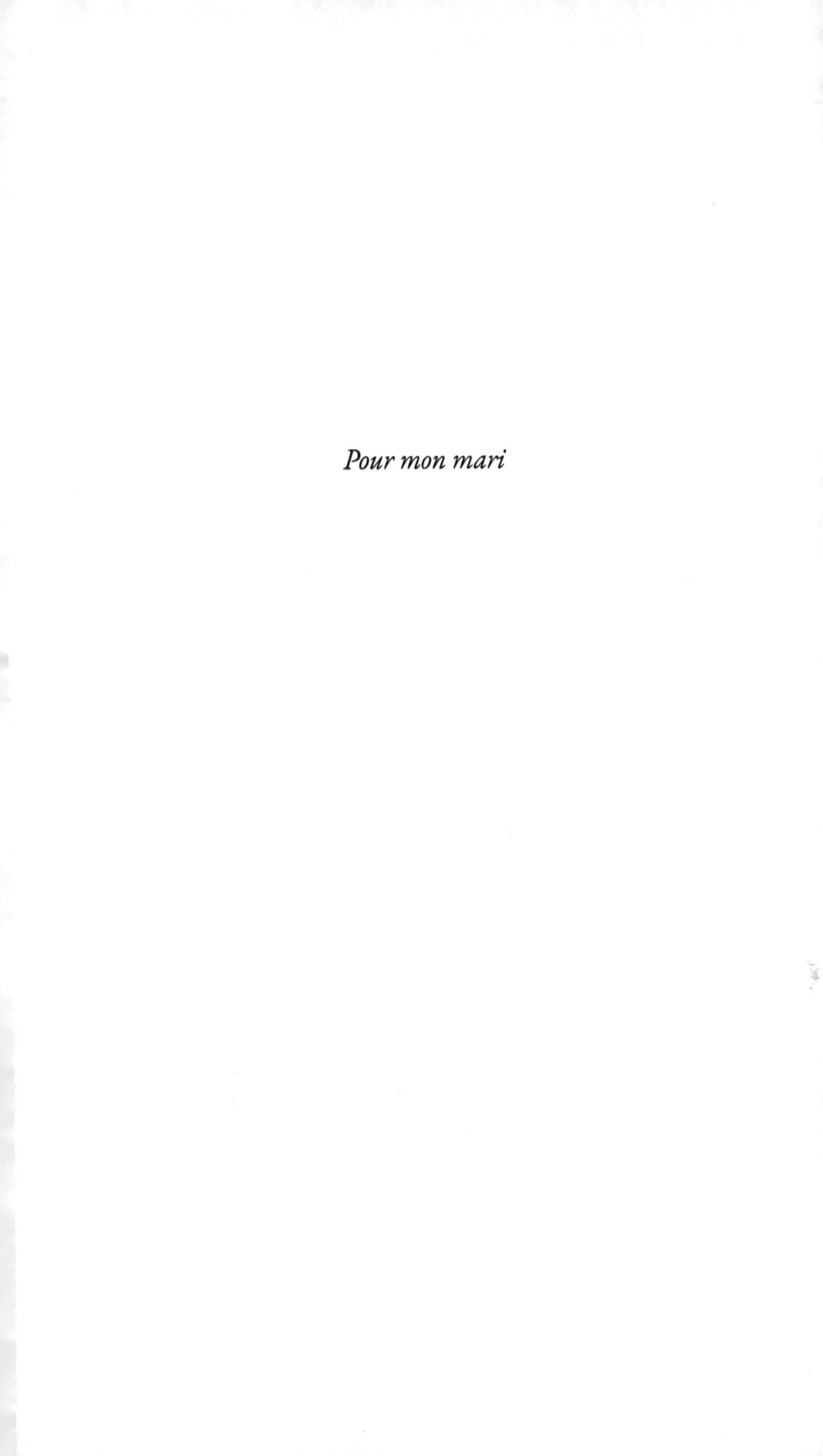

Pour mon mari

Chapitre Un

La tête posée sur mes pattes, je me prélasse dans l'herbe caressée par le soleil, la lumière filtrant à travers le feuillage des arbres. La brise légère fait danser les ombres vertes sur mon pelage. J'adore quand le soleil réchauffe ma fourrure. Si je me sentais vraiment en sécurité, je m'allongerais sur le dos, les pattes en l'air dans la position d'une mouche morte, le ventre offert à la chaleur.

Malheureusement, cela fait une éternité que je ne me suis pas sentie en sécurité. Être dehors, c'est le mieux que je puisse espérer.

Je m'appelle Forrest. Les mauvais jours, je me répète mon prénom des centaines de fois pour me rappeler que j'étais une fille autrefois. Une fille aux yeux verts et aux cheveux roux.

Mince, j'ai vécu plus longtemps en louve qu'en fille.

Forrest. L'ai-je inventée ? Parfois, j'aimerais bien. Ce serait tellement plus facile d'oublier celle que j'étais, mais j'ai la tête dure.

Punaise, je déteste ma vie. Je déteste vivre dans l'angoisse permanente de mal faire. Quoi qu'ils m'infligent, je ne peux pas me défendre. Sinon, ils m'accuseraient d'être devenue sauvage et auraient une excuse toute trouvée pour m'abattre.

Ça craint.

Je m'étire, les fesses relevées, les griffes enfoncées dans le sol mou, puis je me remets à renifler les odeurs alentour. Le parfum apaisant de la terre retournée flotte dans l'air.

C'est absurde qu'une bande de métamorphes ait le culot de me traiter comme un chien errant et indésirable. Mais à quoi pouvais-je m'attendre, coincée dans ce corps de louve ?

C'est sans doute une peur profondément ancrée chez eux, cette idée que ça pourrait aussi leur arriver. Un jour, tu te transformes, et paf, plus moyen de revenir en arrière. Tu deviens un animal féral, une anomalie qu'on finit par abattre par pitié. Je comprends pourquoi je les effraie.

Pourquoi ils me détestent.

Je suis certaine qu'ils ne se rendent pas compte que j'existe encore, à l'intérieur, et c'est pour ça qu'ils me traitent comme une bête sauvage. Un métamorphe qui retourne à l'état sauvage, c'est le cauchemar ultime où l'instinct prend le dessus, et c'est loin d'être mon cas ; je ne suis pas férale. Je suis la même personne qu'en humaine. J'ai toutes mes capacités intellectuelles ; je suis simplement bloquée dans ma forme lupine et je ne sais pas comment en sortir. Personne ne sait comment me retransformer. Ma magie est défectueuse, bousillée.

J'expire bruyamment. Ne pas pouvoir parler, c'est une véritable torture ; ma frustration est indescriptible. L'isolement et le fait de grandir piégée dans un corps de loup — surtout un loup qu'on traite comme un clébard — n'ont pas été une partie de plaisir.

Une coccinelle se pose sur ma patte. Je la renifle. *Bonjour, petite créature...* Je suis terriblement seule, mais je serais prête à accepter d'être bannie si ça pouvait au moins me garantir qu'ils me ficheraient la paix. Ça paraît absurde, je sais. J'ai compris depuis longtemps que ma meute n'est pas obligée de m'aimer ; j'ai renoncé à essayer de me faire accepter. Je souhaiterais juste qu'ils n'aient pas autant de plaisir à me faire souffrir.

Les jours se succèdent, le temps passe, le monde bouge autour de moi. Et pourtant, je ne change pas.

J'aime cet endroit à l'abri des arbres, où je vois tout sans être vue. Le domaine de la meute attire mon regard, cette monstruosité ostentatoire. Le Temple, comme on l'appelle, avec ses cinq cents acres, est situé à Singleton, dans le Lancashire. C'est un vieux manoir que ma mère a bâti au XIVe siècle.

Maman était vieille comme le monde avant de mourir. Les métamorphes peuvent vivre des milliers d'années, et ma mère était une femme dure, d'une autre époque. Elle ne m'a jamais choyée ; sa priorité était de m'enseigner les rudiments de la survie. J'ai toujours eu l'impression qu'elle m'élevait par devoir plutôt que par amour. Peut-être que si nous avions eu plus de temps...

Malgré tout, elle me manque. Ma mère me manque terriblement.

Quand j'étais petite, elle était obsédée par ma sécurité. Ce qui est assez ironique, quand on y pense, puisqu'elle a amené sans le savoir mes bourreaux dans notre meute, initialement pour nous protéger. La magie fait partie de notre quotidien, avec cette faune bigarrée de métamorphes, de démons, de sorcières, de vampires et de faës en tout genre. Mais il existe un fossé entre les espèces : les créatures s'opposent les unes aux autres tandis que les humains « purs » luttent pour leur survie.

En tant que femelle métamorphe, j'étais rare et précieuse ; la naissance d'une fille est peu fréquente chez nous. Pour me protéger, ma meute m'a interdit d'aller à l'école. J'ai donc été éduquée à la maison mais, disons-le, au lieu de recevoir une instruction, j'ai souvent eu le sentiment qu'on me martyrisait. Ma mère n'aimait pas m'enseigner. Ses leçons étaient variées et, en y repensant, probablement inadaptées à une enfant. Mais mon éducation était complète, et à sept ans, je parlais plusieurs langues et je me battais comme un démon.

Quelle tristesse absolue quand, deux ans plus tard, je suis devenue muette à jamais. Ma mère était morte, et j'étais coincée dans ma forme de louve.

J'entends les voitures arriver bien avant de les voir. Je lève la tête et j'observe les deux véhicules noirs qui remontent l'allée bordée d'arbres.

Ah, les voilà, pile à l'heure. Les invités du déjeuner dominical. Enfin, une invitée, avec sa cohorte de gardes du corps pour la protéger. Je ne vois pas qui serait assez fou pour tenter de kidnapper Liz. Et si c'était le cas, les types la rendraient illico.

Liz Richardson. Je retrousse les babines avec mépris. Il suffit de passer du temps avec cette peau de vache pour comprendre de quoi je parle. C'est une métamorphe pure souche, pourrie gâtée avec un caractère de cochon. Oh, elle distribue sourires et politesses quand ça l'arrange. Mais à l'égard des gens insignifiants — ou dans mon cas, des animaux —, elle affiche des tendances sociopathes.

En sortant de la voiture, Liz congédie ses trois gardes du corps d'un geste de la main. Puis elle répond au téléphone en se dirigeant vers ma planque, le portable collé à l'oreille. Aujourd'hui, elle porte une jolie robe bleu pâle, la couleur de ses yeux, et sa coiffure est impeccable, un carré parfait.

Liz est, malheureusement, la copine de Harry. Harry est mon demi-frère, ou plutôt, un membre de ma meute. Mais peut-on vraiment appeler quelqu'un son demi-frère quand nos deux parents sont morts ? Je hausse mentalement les épaules. Bref, il a un an de plus que moi, et il a été envoyé en pension au décès de nos parents, peut-être pour le protéger de la louve « férale » à la maison, s'assurer que mon mal n'était pas contagieux.

La vache, je ne saurais dire combien d'années ont passé ; ce n'est pas comme si j'avais un calendrier à portée de patte. Chaque jour semble une éternité, et chaque mois, un siècle. J'ai vécu mille vies dans ma fourrure. J'ai grandi vite, il le fallait. Mais quand Harry est revenu, ma vie s'est considérablement améliorée grâce à lui. Immensément. Je dois beaucoup à sa bienveillance. Je crois que j'étais en train de perdre la tête avant qu'il ne revienne vivre avec la meute.

Merde, je ne veux pas revivre ces années-là. Plutôt

crever. Je tremble encore quand je me les remémore. Pendant longtemps, j'ai vécu...

Je frissonne, ferme les yeux et inspire à fond.

Pour en revenir au fait, ils me maltraitent moins avec Harry dans les parages. Il est mon bouclier involontaire et leur conscience.

J'ouvre les yeux. Liz est toujours au téléphone et se rapproche de moi d'un pas nonchalant. Chose choquante, j'entends clairement la voix d'un homme à l'autre bout du fil. *Beurk, c'est dégueulasse.* Il lui murmure des obscénités. Ah, et pour info, ce n'est pas Harry au téléphone. C'est un vrai problème, car aujourd'hui, d'après ce que j'ai entendu, c'est le jour où Harry et Liz sont censés annoncer qu'ils s'accouplent officiellement.

Mais que fait Liz... mon Dieu, est-ce qu'elle trompe Harry ? Pourquoi ferait-elle ça ?

Je fronce les sourcils et plisse le museau de dégoût quand Liz termine l'appel sur un gloussement. Un grognement sourd s'échappe malgré moi de ma poitrine. Si j'avais des mains, je les aurais plaquées contre mon museau pour étouffer ce son. Sérieux, c'était quoi ce truc ?

Liz se fige, les yeux écarquillés.

Son regard paniqué balaie le jardin et les arbres environnants. Puis, elle croise mes yeux, et je me retrouve piégée par son regard bleu, fielleux.

C'est le bon moment pour que le sol m'engloutisse. Je m'aplatis sur mon ventre, tentant désespérément de me faire toute petite. L'expression de Liz se transforme en un rictus confiant et arrogant. Elle montre les dents, menaçante.

— Oh, c'est mignon. Tu m'espionnes, la chienne ?

Elle jette un regard furtif autour d'elle, puis elle lisse sa robe bleue et enlève des peluches imaginaires de la jupe. Pas de doute, elle s'assure que nous sommes seules.

— Qu'est-ce que tu fais ici ? Tu ne devrais pas être dans une cage quelque part ?

Elle laisse échapper un rire diabolique à la Cruella et s'approche de l'endroit où je me tapis.

— Je parie que ça te tue, pas vrai, la chienne ? Tu es jalouse que je rende visite à mon compagnon ? Que je déjeune avec ta meute ? Merde, tu n'es même pas digne de fouler le sol en ma présence. Ça t'énerve de voir que j'ai la belle vie pendant que tu pourris de l'intérieur ? Qu'est-ce que ça te fait, la chienne, de savoir que lorsque je rejoindrai ta meute, tes jours seront comptés ?

Liz plisse les yeux en sortant de l'allée pour s'enfoncer dans les arbres. Elle s'avance lentement vers moi, ses talons hauts ridicules crissant dans les feuilles.

— Ce que tu viens d'entendre ne te regarde pas, même si t'es impuissante et muette.

Elle renifle, redresse les épaules et croise les bras sous sa poitrine. Elle baisse la voix jusqu'à chuchoter.

— Entre nous, la chienne, le métamorphe mordu que je me tape est bien plus fun que ce relou de Harry.

Liz jette un regard narquois vers la maison.

— Pour mettre la main sur ce domaine, je m'accouplerais avec un troll. Tout ce qui t'appartenait est à moi maintenant, la chienne. Alors, reste hors de mon chemin et peut-être que je t'ignorerai.

Elle lâche un autre rire malsain et me regarde à nouveau.

Euh. Je penche la tête. Je dois admettre que Liz a tout un répertoire impressionnant de grimaces et de regards malveillants.

— Putain, qu'est-ce que je raconte ?

Elle hurle soudain comme si on venait de lui arracher un bras. Je sursaute sous l'effet de la surprise et me bouche les oreilles à ce son strident. La cavalcade des pas de ses gardes du corps est presque noyée par ses cris.

Oh, merde. Je fais de mon mieux pour ne pas paniquer. Je me glisse à nouveau sous la protection des arbres. En me tortillant comme un ver, je recule lentement sur le ventre. *Il n'y a rien à voir ici, effrayants gardes du corps.* J'ai fait une énorme erreur : pourquoi ai-je grogné après elle ? Je sais pourtant qu'il ne faut jamais se faire remarquer, ne jamais réagir. Ne jamais attirer l'attention, surtout avec cette femme diabolique. Idiote.

Alors que les gardes se rapprochent, Liz agite les bras de façon théâtrale. Puis, elle porte ses mains à sa poitrine, comme si elle agrippait un collier de perles invisible. Et elle *continue* à crier. Ses trois gardes l'encerclent pour la protéger, et l'un d'eux la soulève pour la placer derrière lui pendant qu'il cherche le danger.

— Elle a voulu me mordre ! gémit-elle faiblement.

Si je n'étais pas aussi énervée, je lèverais les yeux au ciel. Mais mon attention est rivée sur les gardes et les trois épées pointées dans ma direction. Oui, des épées ! Les trois gardes brandissent des épées en argent. Bande d'enfoirés.

C'est un peu exagéré.

Je tremble. Je peux sentir l'odeur de la peur qui se dégage de moi. Je déteste me faire poignarder, mais je refuse de geindre de terreur. Je m'accroche désespérément aux lambeaux de mon orgueil et de ma lucidité.

— Qu'est-ce que cette bête fait ici ? Je pensais qu'ils l'avaient tuée il y a des années, grommelle l'un des gardes.

— Quel gâchis, une métamorphe femelle bousillée. Elle aurait pu être exceptionnelle. Sa mère était une vraie beauté.

Le grand gaillard qui protège Liz de ma menace imaginaire et de mon grognement qui a dû lui faire peur, laisse échapper un rire et rengaine son épée. Il secoue la tête.

— Tu discutais avec elle il y a une minute. Ne crois pas que je ne t'aie pas vue, la réprimande-t-il en agitant un doigt sous son nez.

Liz grince des dents et ses yeux suivent le doigt du garde comme si elle rêvait de le mordre.

— Tu sais bien qu'elle ne comprend pas ce que tu racontes. Cette petite louve est irrécupérable. Mais elle n'est pas dangereuse. Sinon, le conseil ne te laisserait pas l'approcher. Si elle était dangereuse, ajoute-t-il en me tournant le dos, elle t'aurait attaquée quand tu as joué « au foot » avec elle il y a quelques semaines. Allez, file à l'intérieur ! Tu commences à me taper sur le système. Il pointe son gros doigt vers la maison et pousse Liz dans cette direction. Elle grimace et plante ses talons dans le sol, refusant d'avancer. Apparemment, elle n'en a pas fini avec moi.

— Au foot ? répète le garde à la voix grave, stupéfait.

Lui aussi range son arme et penche la tête de côté, interrogatif.

— Ouais, Liz pensait qu'elle pouvait shooter dans la pauvre louve comme dans un ballon.

Les trois gars se tournent vers Liz comme un seul homme et la dévisagent.

— C'est vraiment pas sympa, Liz, commente le grincheux en secouant la tête, déconcerté.

Elle hausse les épaules en lui lançant un regard noir,

probablement furieuse que quelqu'un soit au courant de son acte.

Le soulagement que j'éprouve à ne plus être sous leur regard est presque cathartique. Je rampe un peu plus loin. *Allez, oubliez-moi, oubliez-moi*, je psalmodie intérieurement à chaque mouvement.

Liz revient brusquement sur ses pas et me pointe du doigt d'un air hargneux. Je me fige. *Oh oh, ça pue.*

— Il faut la tuer ! Donne-moi ton épée. Donne-moi cette foutue épée. Si tu ne la tues pas, je m'en chargerai !

Le garde le plus proche de moi a encore son arme à la main. Liz tente de l'attraper. Elle parvient à agripper son bras et, les pieds bien ancrés dans le sol, elle tire l'épée vers elle avec un grognement peu féminin.

— Hé ! Qu'est-ce que tu fais ? s'exclame le garde, les yeux ronds de panique, probablement comme les miens.

Saisissant Liz sans ménagement par les épaules, le colosse la retourne de force et l'immobilise en lui tenant les coudes, ses bras coincés contre son corps. Liz se débat et grogne.

— T'es cinglée ! hurle-t-il en la secouant. T'aurais pu te couper ! Ça va pas, ou quoi ? Une simple entaille, et tu souffrirais le martyre. On ne plaisante pas avec l'argent !

Il a raison : une dose suffisante de ce métal dans l'organisme peut être fatale pour la plupart des créatures.

Chez les métamorphes, l'argent arrête le processus de transformation. Quand on change de forme, la magie nous répare au niveau cellulaire. C'est l'essence même de la magie et la raison de notre longévité. Donc, une petite quantité d'argent dans notre organisme, et on devient des cibles faciles. Si on ne peut pas se transformer, on ne guérit pas.

Ou, comme je l'ai appris à mes dépens, on guérit à la vitesse d'un être humain.

Je profite de la distraction pour décamper.

Purée, c'était moins une. Liz est une vraie psychopathe. Je chasse ma peur en courant, zigzaguant entre les arbres serrés les uns contre les autres. La douleur remonte le long de ma colonne vertébrale alors que mes pattes boiteuses protestent contre la vitesse. Je serre les dents. Mes membres raides traînent légèrement derrière moi, pas tout à fait synchronisés. Je longe l'allée et je contourne le manoir de l'autre côté.

Pourquoi est-elle si horrible ?

Liz pense qu'elle peut tromper Harry avec un loup mordu et s'en sortir impunément ? Eh bien, il n'en est pas question !

Je ne sais pas encore quoi faire, mais je ne peux pas laisser Harry s'accoupler avec elle. Liz lui briserait le cœur. Les métamorphes s'unissent pour la vie. L'accouplement est un acte sacré, un lien éternel. Mieux vaut que j'agisse maintenant plutôt que de laisser Harry découvrir la vérité plus tard.

Il me faut un plan.

Il me faut le téléphone de Liz.

Chapitre Deux

J'ai un plan hasardeux : m'introduire en douce dans le domaine de la meute, manoir où je n'ai pas mis les pieds depuis des années.

La porte de derrière est ouverte — si ce n'est pas un signe du destin, je ne sais pas ce que c'est — et je me faufile à l'intérieur. Mon nez capte aussitôt la senteur oppressante de la meute, cet arôme en strates multiples, qui me hérisse le poil et me fait frémir. Le plancher de bois ciré grince sous mes pas. Je me fige et scanne les alentours, le cœur tambourinant si fort qu'il menace d'exploser et de repeindre le plafond.

Mais qu'est-ce que je fous ici ? Je ravale une bile amère, gueule fermée, priant pour ne pas vomir. Le plus simple serait de tourner les talons, ressortir la queue entre les jambes, et oublier cette idée foireuse.

C'est une idée stupide.

Vraiment, vraiment stupide.

J'ai une lubie idiote qui me trotte dans la tête, le fantasme de partir dans un éclat de gloire. La chanson *Blaze of Glory* de Bon Jovi résonne en boucle, et je fredonne en silence, gonflée par la motivation. Portée par ce rythme, je longe rapidement le couloir, puis me faufile dans la salle à manger. Je me cache derrière les lourds rideaux, sans paniquer outre mesure.

Ces vieux rideaux poussiéreux couleur rouge et or pendent devant une splendide baie vitrée carrée. Cachée là, enfant, j'avais vite compris qu'ils masquaient mon odeur aux narines curieuses des adultes.

J'en profite pour me frotter contre le tissu, espérant que mes puces s'envolent et infestent la maison entière. Oui, j'ai des puces. Des bestioles bien réelles, pas magiques du tout, qui me rendent folle à force de me démanger. Mon corps est couvert d'égratignures et de plaies. La plus douloureuse, à l'arrière du cou, m'élance continuellement. J'en sens le pus fétide qui suinte sur ma fourrure ; je n'arrive pas à atteindre le point qui me démange. Je pourris lentement. Au moins, mon pelage n'est pas emmêlé. La fourrure sale et pleine de puces se détache sans problème.

En attendant, je me sermonne en silence. Mais pourquoi ai-je grogné ? Je le paierai, c'est sûr. D'ici la fin du déjeuner, Liz aura convaincu la meute que je l'ai mordue ou qu'un autre drame du genre s'est produit. Qu'importe qu'elle ait voulu m'embrocher ; cette simple menace, ce grognement, pourrait suffire à me condamner. Je déglutis. C'est moi la pauvre idiote qui me suis fourrée dans ce pétrin. Et là, je fais pire : tapie ici, je m'apprête à creuser ma propre tombe. Et dire que j'ose traiter Liz de psychopathe...

Je soupire. Je tiens à Harry. Il compte pour moi, son bonheur m'importe. Si je peux lui éviter l'erreur d'épouser Liz, alors peu importe ce qui m'arrive ensuite, ça en aura valu la peine...

Bon sang, je suis barjot ! J'ai carrément perdu la boule. Je suis forcée de l'admettre : il y a de bonnes chances qu'ils me tuent si ça tourne mal.

Je me couche au sol ; rester debout longtemps est un réel supplice à cause de mes pattes arrière. J'avale difficilement la boule coincée dans ma gorge. La vérité fait mal à admettre : je ne peux plus continuer à vivoter comme ça. J'arrive à peine à survivre. Autant risquer ma peau pour quelque chose qui en vaut vraiment le coup.

Si je dois mourir, autant le faire avec panache.

Je repense aux nombreuses fois où Harry a pris ma défense, même s'il n'en garde peut-être aucun souvenir. Pour moi, ça compte. Ça a toujours compté.

Quel genre de personne serais-je si je le laissais tomber maintenant, après tout ce qu'il a fait ? Les salauds ne méritent pas de s'en sortir juste parce qu'ils en ont le pouvoir. Quand les gens bien se taisent, ils finissent par devenir complices. Je sais que c'est probablement une façon très naïve de voir les choses.

Mais il faut me comprendre. Je ne suis plus de ce monde.

Je ne suis que le souvenir d'une fille.

J'ai rencontré Harry à six ans, quand lui, ses deux méchants frères aînés, Vincent et Jason, et mon beau-père Dave sont venus s'installer chez ma mère et moi. Quand maman est tombée enceinte de Grace, notre petite sœur, notre meute de deux est soudain devenue une meute de sept. Mes yeux se brouillent. *Grace...*

— Alors, toujours pas de bébé ?

Le claquement des talons de Liz sur le parquet suit sa question sournoise alors qu'elle entre dans la salle à manger. Je me fige ; je ne les ai pas entendus arriver. Manque d'attention.

— En tant que compagne humaine, ricane Liz le mépris évident dans sa voix, on pourrait penser que tu essaierais. Il ne faut pas rater le coche. Vous les humains, vous mourez si facilement. À moins que Vincent ne préfère attendre qu'une femelle de sang pur soit disponible ? De toute façon, sans vouloir t'offenser, vos enfants seraient inutiles ; rien de notable à part une légère augmentation de la force et quelques années de plus ajoutées à une durée de vie dérisoire. Ils ne pourront même pas se transformer. Je ne vois pas l'intérêt pour un mâle de se reproduire avec toi.

Quelle peau de vache ! Liz parle à Beth, qui garde un silence intelligent.

Je grogne intérieurement. Liz, quelle hypocrite ! Ça ne lui pose pas de problème d'avoir un amant mordu. Les métamorphes mordus — qui sont toujours des hommes — ne se transforment pas.

Comme je l'ai déjà dit, les louves métamorphes sont extrêmement rares et précieuses, puisqu'on ne compte qu'une femelle sur mille naissances. De ce fait, les métamorphes mâles comme Vincent n'ont pas d'autre choix que de s'accoupler avec d'autres races, car personne ne veut vivre seul. Vincent a la chance d'avoir Beth comme compagne.

— Ça te va bien, tu sais, les kilos en trop, minaude Liz.

Quelle menteuse. Beth est magnifique. Je l'aime bien. Quand Vincent n'est pas là, elle laisse la télé allumée dans la cuisine, juste pour que je puisse la regarder à travers la fenêtre. Et elle met la musique à fond, pour que je l'entende depuis le jardin.

Mes pensées dérivent vers mon frère biologique, John, que je ne vois plus. Je me demande s'il a trouvé une compagne, s'il a des enfants. John, c'est un super-métamorphe, un vrai chien de l'enfer — c'est le nom qu'on donne aux métamorphes du feu, ceux qui sont dotés de magie. C'est un pouvoir rare, et seuls quelques mâles atteignent ce niveau de puissance. Mon frère John, c'est le genre de héros qu'on envoie sauver le monde, un vrai dur à cuire. Les métamorphes ont une longue durée de vie et sont difficiles à tuer, mais ils meurent éventuellement et tout ce qui reste de ma lignée aujourd'hui, c'est John et moi. À toi de jouer, John. Pas de pression... mais notre lignée repose sur tes épaules. C'est pas comme si j'allais être d'une quelconque utilité. Je n'aurai pas de bébés.

Je baisse les yeux sur mes pattes sales et soupire.

Et voilà, j'ai encore laissé mon esprit vagabonder et j'ai raté l'arrivée de toute la meute. Ils sont déjà installés autour de la table de la salle à manger. Le tintement des assiettes, le murmure des conversations et l'odeur de la nourriture se glissent sous le rideau.

Ça me file des crampes d'estomac. Je suis affamée en permanence et, bon Dieu, ça sent tellement bon. J'inspire profondément et ferme brièvement les yeux en signe d'appréciation. *Mmmm.* J'ai trouvé une astuce il y a longtemps : quand une odeur de nourriture alléchante me parvient, je ferme les yeux et j'imagine que je la mange — le goût et la texture envahissent ma bouche. J'ignore si ma nourriture imaginaire a le même goût que la nourriture réelle, mais pour moi, elle est bien meilleure. Je hoche la tête avec conviction.

Allez, Forrest, ressaisis-toi. Je reprends mon souffle, en veillant à ne pas faire bouger le rideau avec mon museau. Je jette un coup d'œil à travers une fente pour voir où tout le monde est assis.

Bon, Harry est assis à côté de Liz et me tourne le dos. Ses cheveux blonds frôlent le col de sa chemise bleue impeccable. Il aurait bien besoin d'une coupe. Jason est assis à sa droite, et Vincent est en face de Liz, avec Beth.

Vincent. Mon ventre se noue. C'est l'aîné. Mon bourreau. Celui qui me torture et qui finira par m'achever. Ce monstre me tue à petit feu depuis des années. Au départ, ma mère lui avait donné pour mission de me protéger. Jason et lui étaient censés être mes gardiens. Je ricane en silence. Ils sont devenus mes geôliers, mes tortionnaires autoproclamés. Ils sont tous les deux grands, massifs, cheveux et regards sombres. Les yeux de Jason sont presque noirs. Il est effrayant. Cette terreur qu'ils suscitent en moi, c'est comme un truc vivant envahissant tout mon être.

Je ne peux pas faire ça si je les regarde ou pense à eux. Je vais perdre tout courage. Je respire encore une fois en tremblant et je me concentre sur ma tâche. Je lutte contre les papillons enragés dans mon ventre. J'ai l'impression qu'ils vont sortir de ma gorge et s'envoler.

Un coup de chance : Liz est assise juste devant ma planque. Et son téléphone repose là, au bout de la table, près de sa fourchette. Mon attention se fixe dessus, chaque fibre de mon être concentrée à planifier le moment parfait.

Ça me prend un moment pour me reconnecter à la conversation autour de moi. Quand je réalise enfin de quoi ils parlent, je le regrette. La meute bienveillante et solidaire est en train de discuter... de ma mise à mort.

Ouais, on s'amuse bien.

Liz pose une main possessive sur le bras de Harry.

— J'ai choisi d'être ta compagne. J'aurais pu choisir n'importe qui. Mais c'est toi que j'ai choisi, Harry. Je me suis engagée à vivre avec ta meute, à rejoindre ta famille, comme disent les humains. Mais nos futurs enfants ne grandiront pas dans une maison avec une louve férale. Harry, c'est ridicule.

Elle frissonne de manière exagérée, affiche une moue contrariée.

— Chaque fois que je viens, cette bête sauvage m'attaque ! C'est dangereux, il faut l'endormir.

Ah, « endormir ». Vraiment, Liz ? Pourquoi ne pas dire franchement : « tuer » ? Personne ne va la contredire, à part Harry et une Beth silencieuse aux yeux ronds.

— On pourra sûrement convaincre son frère de laisser tomber. Il n'en a rien à faire, de toute façon. Avec suffisamment de preuves, le conseil approuvera.

Je suis surprise qu'elle ne dise pas : « C'est la chienne ou moi. » Liz adresse un sourire triste à la table. Ah oui, en plus de sa collection de regards meurtriers, elle a toute une gamme de faux sourires.

— Tu es égoïste, Harry. Cruel, même. Insister pour garder cette pauvre chose en vie alors que ce serait tellement mieux...

Harry secoue la tête, prêt à répondre, mais Liz est interrompue par la sonnerie de son téléphone.

Oh non.

Mes muscles se bandent, prêts à l'action. Je suis sûre que c'est le type obscène qui appelle.

Je me lance.

J'ai quelques secondes pour atteindre le téléphone.

Entre deux respirations, je jaillis de derrière les rideaux.

Je n'entends que mon halètement et les battements frénétiques de mon cœur. Avec une concentration de folie, je fixe mon objectif : le téléphone.

Il faut que je réussisse. C'est peut-être le dernier acte de toute ma vie, et je dois réaliser un coup d'éclat. J'ignore la douleur lancinante dans mes pattes arrière. Ma main s'abat sur le téléphone et j'appuie sur l'écran pour décrocher. D'un autre mouvement du doigt, j'enclenche miraculeusement le haut-parleur.

— Liz chérie, quand est-ce que tu reviens au pieu. J'ai envie de toi...

Je souris de satisfaction lorsque la voix masculine résonne dans la pièce. *Ha, tu ne pourras pas t'en tirer avec une pirouette cette fois. Bingo. Prends ça, peau de vache. Touché, coulé, Liz Richardson.*

Tout le monde ignore le téléphone, sauf Harry. Je grimace. Pauvre Harry.

Ils me dévisagent tous. *Houlà.* Vincent me lance un regard diabolique, les yeux plissés par la méchanceté.

Oh non. Ça sent le roussi.

Mes jambes tremblent alors que je recule lentement, les mains levées en signe de paix. Je n'ai pas touché Liz, juste le téléphone !

LES MAINS. Mon Dieu. Je pousse un cri d'effroi.

Oh mon Dieu !

Je baisse les yeux et découvre, abasourdie, de minuscules mains pâles, presque translucides. Mes *mains*. Ce ne sont plus des pattes !

CHAPITRE TROIS

Des éclats de voix fusent autour de la table. Tout le monde parle en même temps. Merde, merde, merde. Je flippe.

Je cours. L'adrénaline se répand dans mes veines alors que je pique un sprint vers la porte en titubant — à poil. Je ne vais pas traîner.

Je crois que je suis sous le choc. Non. Non, je *suis* sous le choc. M'ont-ils tuée ? Je rebondis contre le mur en courant dans le couloir. Je tombe presque, mais être en mouvement me tient debout. J'expire une bouffée emplie de douleur. Aïe. Non, toujours en vie.

Le brouhaha dans la salle à manger s'amplifie, et trois gardes du corps — oui, ceux avec l'épée ! — sortent de la cuisine voisine pour se précipiter vers la salle à manger.

Je continue. Pitié, faites qu'ils ne me voient pas, pitié,

faites qu'ils ne me voient pas. Ils m'ordonnent de m'arrêter. Oh merde, ils m'ont vue !

Je fais la chose la plus censée que j'aie faite aujourd'hui. Instinctivement, après avoir dépassé la table du couloir, j'attrape le téléphone fixe. J'enfonce la porte des toilettes et parviens à l'ouvrir. Je me glisse dans l'étroite salle de bains, claque la porte en chêne derrière moi et verrouille la serrure.

Waouh, qui aurait cru que j'avais ça en moi ?

Tout mon corps tremble et mon cœur tambourine. Je hoquète. Seigneur, je n'arrive pas à respirer.

Courir sur deux jambes n'est pas marrant. Bon sang, comment font les gens pour tenir en équilibre ?

Mes jambes flageolantes cèdent et je glisse le long de la porte close jusqu'au carrelage froid. Je tremble. Je n'aurais jamais cru que ma fourrure me manquerait... J'ai tellement froid. Je ramène mes genoux contre ma poitrine et j'agrippe le téléphone.

La porte vacille derrière moi. Je couine de peur, j'en lâche presque le téléphone. Quelqu'un veut absolument entrer ici. Merde, merde, merde. Dieu merci, la porte qui tremble est faite de chêne massif, et non de bois plus léger.

Je n'ai pas d'autre choix que d'appeler mon frère John. J'espère qu'il viendra maintenant. Maintenant que je suis de nouveau humaine. Je fais de mon mieux pour me concentrer et composer le numéro.

Combien de fois ai-je imaginé ce moment...

Mentalement je croise les doigts pour qu'il ait le même numéro de portable. Un à un, les chiffres s'affichent dans ma tête. Il faut plus d'une douzaine de tentatives pour composer le bon numéro, tandis que les coups à la porte sont franchement inquiétants et que mes doigts sont comme des spaghettis sans utilité.

Le téléphone sonne, et sonne et sonne.

S'il te plaît, décroche. S'il te plaît, décroche.

— Quoi ! Pourquoi vous appelez avec ce numéro ? érupte une voix bourrue, en colère.

J'ouvre la bouche pour parler et bon sang, rien n'en sort. Je veux prononcer le prénom de John. Mais je n'y arrive pas. Oh mon Dieu, je n'arrive pas à parler ! Ma main libre se porte à ma gorge et mon cœur s'emballe.

Frustrée, j'articule enfin un « J... », mais c'est plus un souffle qu'une lettre ou un mot. Non, non, non. Je gémis de frustration.

— Forrest ? Forrest, c'est toi ?

Le ton de sa voix change, il s'adoucit. D'une certaine manière, il sait. Mon frère sait ! Je parviens à émettre un autre glapissement.

— J'arrive. Je serai là dans... moins d'une heure. Es-tu en sécurité ? La meute est-elle avec toi ? Pourquoi ils ne m'ont pas appelé ? Merde, ça ne fait rien.

Son intonation douce a disparu.

— C'est quoi ce boucan, bordel ?

Il a dû entendre le martèlement à la porte de la salle de bains.

— Est-ce que quelqu'un veut te faire du mal ? J'arrive. Reste en ligne. Ne te retransforme pas. Tu m'entends ? Ne te retransforme pas !

Il y a un cri étouffé, comme s'il couvrait le combiné.

— Owen, appelle l'un d'eux maintenant ! Forrest est de retour. Oui, maintenant, bon sang.

Il reprend le combiné.

— Princesse, tu es dans ta chambre ? Dans un endroit sûr ? Je viens avec le docteur Ross. Tout ira bien...

J'écarte le téléphone de mon oreille et le fixe avec incrédulité.

Tout ira bien ? Vraiment ? J'ai des gardes à mes trousses qui me fichent la trouille... à moins que ce ne soit la meute qui cogne à la porte dans mon dos ? Leurs cris résonnent dans le couloir. Je ravale mes larmes.

Mon frère va venir...

La meute me veut morte.

Mon frère va venir...

Je me sens légère. Je couine et ma lèvre inférieure tremble.

Le même frère que je n'ai pas vu depuis que j'ai muté. John m'a abandonnée comme un chiot dont on ne veut pas, puis il est retourné sauver le monde sans un regard en arrière, me laissant à des monstres.

Suis-je en sécurité ? Non, je ne suis clairement pas en sécurité. Je ne l'ai jamais été et je doute que ça aille bien un jour. Je garde les lèvres fermées et réprime un sanglot qui menace de déchirer ma gorge. J'enlace mes genoux.

Le bruit dans le couloir se calme, puis je distingue enfin des voix individuellement.

— Elle a appelé John. Putain ! Les limiers sont en chemin.

— T'es sûr que c'est Forrest ? Elle n'est pas rousse ?

— Bon sang, pousse-toi de cette porte ! Tu vas lui faire peur et John va t'arracher la gorge après. Dégage, putain.

Tout ça, c'est trop.

— Allez vous occuper de votre femelle. À ce stade, Liz n'est plus la bienvenue. On va régler ce problème d'abord.

Merci de votre aide, mais ça ne vous concerne plus puisque vous n'êtes pas membres de la meute.

Je frémis en entendant la voix mielleuse de Vincent. Je crois qu'il s'adresse aux gardes du corps de Liz.

Est-ce que Vincent éloigne tout le monde afin d'entrer ici et me tuer ? Il ne peut sûrement pas, maintenant que John est en route ? Des images de Vincent défonçant la porte avec une épée d'argent me font frissonner. Je me mords le bras pour m'empêcher de crier.

— Liz, pas un mot, on s'en va, déclare le garde baraqué d'une voix rude. Ton seul boulot était de trouver un bon partenaire. Engendrer la prochaine génération. Tu ne peux même pas faire ça sans tout foutre en l'air. Attends qu'on rentre... Tu auras de la chance si tu quittes ta chambre. Père vendra ton cul au plus offrant. T'as intérêt à prier pour qu'on ne trouve pas le type qui t'a appelée..., finit-il en baissant d'un ton, courroucé.

Des bruits de pas, du mouvement, et enfin, un silence bienvenu. Je crois que tout le monde est parti.

— Tout va bien, euh... Forrest. Tu n'es pas obligée de sortir. Liz...

Tout le monde sauf Harry.

J'entends un bruit comme s'il passait la main dans ses cheveux blonds. Je l'imagine, comme je l'ai vu faire des centaines de fois. Il relâche un soupir.

— Liz est partie. C'est fini. Elle me trompait. Je... je n'ai plus confiance en personne. L'appel, c'était toi. Tu l'as fait pour moi. Bon Dieu, ça fait mal. Je me sens mal. Je suis sûr que les autres métamorphes n'en auraient rien à faire, mais je préfère être seul plutôt que ça.

La porte grince. Il a dû s'appuyer dessus. Je laisse

échapper un couinement, et je me cogne la tête contre la porte en signe de frustration. Je ne peux pas parler. Je ne peux pas le consoler.

Après quelques minutes, je me tortille pour essayer de me mettre à l'aise. J'ai mal au derrière. Le sol est dur et mes fesses sont osseuses. Elles s'engourdissent, comme le reste de mon corps.

En balayant la pièce du regard, je repère le miroir au-dessus du lavabo. Il semble à des kilomètres de là où je suis avachie par terre.

Mais j'ai une envie irrépressible ; il faut que je voie.

J'ignore comment j'arrive à me décoller du sol. Le téléphone tombe, oublié.

Je chancèle sur mes pieds. Je prends appui sur les murs étroits. Mes orteils inutiles tâtonnent, tentant de s'agripper au carrelage. Je tends le bras et attrape le lavabo. Je m'y accroche. Je lève la tête et regarde.

Salut Skeletor... Ma figure est émaciée et j'ai les traits trop gros pour mon visage. Mes yeux sont immenses et écarquillés par le choc. Mon œil gauche brille d'un or surnaturel, tandis que mon œil droit flirte avec la même teinte, sauf pour une traînée de vert qui s'attarde au fond de l'iris. Le vert se tient là, bancal, presque englouti par l'or, mais il est là. Ce vert, ce n'est pas celui que j'ai inventé dans mes pensées. C'est le vert que j'ai rêvé.

Je pose mon front contre le miroir.

Oh, et mes cheveux, ils ne sont pas roux. Non, ils sont d'un rose criard. Je soupire. Je suis un crâne avec des cheveux, des putains de cheveux roses, et un regard flippant.

Quelle vie de merde.

Harry continue de me parler à travers la porte et John

parle toujours au téléphone. Mais tout n'est que bruit de fond. Je suis tellement bouleversée. Même sous ma forme humaine, je ne suis pas normale.

Ma peau est si pâle qu'elle en est translucide, faisant ressortir le bleu de mes veines. Mon cou blanc souligne le noir de mon collier de chien. Je ne comprends pas comment il a pu se transformer avec moi ; ça doit être dû à la magie qu'il contient. Et le reste, mon corps... Je suis supposée être une adulte, mais ma petite silhouette d'enfant est hideuse.

Je laisse échapper un sanglot qui me fait mal à la poitrine. Je suis repoussante.

CHAPITRE QUATRE

Je suis assise sur les toilettes. Je me suis servie des serviettes disponibles comme coussin sous mes fesses saillantes, bien qu'elles ne soient pas d'une grande utilité. Mon corps squelettique me fait souffrir.

J'ai l'impression d'avoir appelé John il y a des heures. Le téléphone est toujours par terre près de la porte, abandonné. Je n'arrive pas à me lever pour le saisir et vérifier s'il est encore en ligne. De là où je suis perchée, je ne peux plus l'entendre.

La douleur continue liée à la vieille fracture de mon bassin a disparu et mes jambes maigres ne montrent à présent aucun signe de mauvaise cicatrisation. Je tremble et la lunette des toilettes crisse en guise de protestation.

J'ignore si tout ceci n'est qu'un rêve ; ça n'a pas l'air réel. Émotionnellement, je me sens comme une feuille d'automne : morte, mais qui s'accroche désespérément à sa branche, redoutant la bourrasque suivante.

Quand on frappe à la porte, je sursaute, me brûlant la jambe contre le radiateur à côté de moi. Un petit sifflement s'échappe entre mes dents. Punaise, ce n'est pas un rêve.

— Forrest, c'est moi, ton frère. Tu peux ouvrir la porte, s'il te plaît ?

Je zyeute la porte et me mords la lèvre. Je prends une grande inspiration et me mets debout en m'appuyant au mur et à la cuve des toilettes. J'ai du mal à poser les pieds sur le sol ; ils veulent se recourber vers l'intérieur au lieu de rester à plat.

Ah, c'est un putain de miracle, et c'est grâce à une bonne dose d'adrénaline que je suis parvenue à traîner ce sac d'os sans intérêt dans la salle de bains tout à l'heure.

Je suis pathétique.

Je serre les dents et utilise le mur pour me stabiliser. J'en déduis que je n'ai pas d'autre choix que de me jeter sur la porte, et prier pour que tout se passe bien.

Ouch. Je percute la porte avec un bruit sourd. Une fois que je ne risque plus de tomber, j'essaie de faire preuve d'un peu de modestie. Je place mon affreuse tignasse rose devant moi pour dissimuler mon corps au maximum. Bizarrement, mes cheveux sont super longs et épais, ils m'arrivent à mi-cuisse.

Mes doigts triturent la serrure et il faut plusieurs essais avant que j'ouvre la lourde porte, qui pivote dans un grincement sinistre.

Je hasarde un coup d'œil nerveux à travers mes cheveux vers le grand mec dans l'embrasure. Je ressemble probablement au cousin machin de la Famille Addams. John, mon frère, est plus imposant, plus grand que l'encadrement de la porte ; il me surplombe. Il doit légèrement s'arc-bouter pour regarder dans la petite salle de bains. Il me dépasse, fronce les sourcils alors que ses yeux verts m'observent rapidement. Il n'a pas l'air impressionné. J'ai une soudaine envie de fermer la porte et de m'enfermer.

— Vous ne lui avez pas apporté de vêtements ? lance John derrière lui.

— Euh... je peux lui prêter des fringues. Forrest ne possède rien, répond rapidement Harry. Désolé, je n'y ai pas pensé.

J'entends du mouvement dans le couloir. Mon frère s'écarte légèrement de la porte, puis un chien porteur apparaît à côté de lui. Celui-ci grogne et fait glisser son sac à dos de son épaule. Il ouvre le sac et tend à mon frère quelques frusques. John avance puis se fige. Une horreur absolue traverse son visage. Je tressaille. Sans que je le voie bouger, il épingle Harry au mur par la gorge.

Merde ! Qu'est-ce que j'ai fait ?

— Tu as mis un putain de collier de chien à ma sœur ! grogne John d'un air menaçant au visage d'Harry.

— Pas moi... Vincent, bafouille Harry en devenant écarlate et en s'agrippant désespérément à la grande main autour de son cou.

Je panique. Mon réflexe de lutte ou fuite a dû se déclencher comme je tremble sous l'effet de l'adrénaline qui m'envahit.

Le cœur battant, je n'arrive pas à inhaler assez d'air dans mes poumons. Je recule d'un pas.

Je pars dans la mauvaise direction. Je devrais être en train d'essayer d'empêcher mon frère de blesser Harry.

Qu'est-ce que je fais ? Mais je ne peux pas m'arrêter. Je n'arrive même pas à me tenir debout correctement. Je suis trop faible. Ce corps m'est trop étranger. Savoir tout ça ne fait rien contre le sentiment de dégoût envers moi-même. Je suis une lâche.

Pire encore, je peine à refermer la porte. Le chien porteur me bloque.

— John, ce n'est pas le moment... Tu fais peur à ta sœur, déclare-t-il.

La tête de John se redresse vivement, puis il relâche sa prise sur Harry, qui avale de grandes goulées d'air. Il a le visage rouge et tremble.

Je suis tellement désolée, Harry. Tout est ma faute. Mon Dieu, je suis même étonnée qu'il ne se soit pas fait dessus ; ça m'a foutu la trouille. Un chien de l'enfer qui vous saisit à la gorge comme ça... Je me serais pissée dessus.

— Je parlerai à Vincent plus tard, décrète John, repoussant Harry contre le mur qui acquiesce en baissant les yeux. Maintenant, fous le camp.

Harry se dégonfle à vue d'œil. Il hoche la tête, les yeux rivés au sol avec soumission. *Je t'en prie, ne pars pas !* crié-je mentalement en regardant Harry s'éloigner en traînant les pieds dans le couloir avant de disparaître de mon champ de vision.

Je remarque faiblement les deux autres métamorphes gaillards qui ont dû arriver avec John et le chien porteur, et tous fixent mon cou.

Je sursaute en prenant soudain conscience de la situation. J'ai envie de leur hurler : *Eh, je suis encore toute nue, les gars !* Je tire fébrilement sur la porte de la salle de bains, le pied du chien de l'enfer m'empêchant de la refermer.

John se retourne dans ma direction, avec un petit sourire... qui sonne faux. C'est le genre de sourire que fait un prédateur à sa proie juste avant de la manger.

Merde, il me fait flipper.

Je dois lui faire confiance. Mais il fout les jetons.

C'est mon frère... mais il m'a laissée pourrir ici.

Mes pensées contradictoires me donnent la sensation que ma tête va exploser.

— Tout va bien, Forrest, tout va bien.

Il lève les deux mains vers moi en signe de paix. Je tressaille.

— Pardon d'avoir perdu mon sang-froid, sœurette. Je vais faire de mon mieux pour ne pas recommencer. Je suis désolé. Je vais t'aider à enfiler ces vêtements maintenant, OK ? Ils vont être un peu larges, mais ça fera l'affaire, d'accord ?

La voix de John est douce. Le chien porteur lui tend les fringues qu'il a fait tomber en attaquant Harry. John lève la main vers moi, celle qui ne tient pas les vêtements. Je la regarde avec méfiance.

— Est-ce que ça va ?

Je veux secouer la tête en signe de dénégation.

Je sais que je ne peux pas y arriver toute seule. Il n'y a aucune chance pour que je quitte cette maison vivante sans son aide.

Je hoche la tête avec réticence. John passe le pull noir par-dessus ma tête, et puis, comme pour habiller un enfant, il glisse sa main dans la manche. En tenant mon poignet, John guide délicatement ma main vers la manche. Il réitère le processus sur mon autre bras. Il s'agenouille ensuite devant moi et m'aide à enfiler le jogging noir. Les fringues sont ridiculement grandes sur moi.

— OK, on t'emmène dans ta chambre. Le docteur Ross nous y retrouvera pour t'examiner.

John pivote et part dans le couloir, s'attendant à ce que tout le monde suive. J'esquisse un pas chancelant, puis me retrouve à basculer sur la droite. Avant que je ne tombe, le chien porteur me rattrape au vol. Je me raidis et laisse échapper un couinement de surprise, horrifiée.

— Oh, tout doux, Forrest, ça va, je te promets de ne pas te faire de mal. Je te promets que je ne laisserai personne te faire du mal, même pas toi. Tu vas te blesser si je te laisse marcher. Alors laisse-moi t'aider, au moins jusqu'à ce que tu retrouves la maîtrise de tes jambes, fait-il avec une intonation basse et calme.

De nouveau, je hoquète de surprise quand il dégage gentiment les cheveux de mon visage. Ses énormes mains repoussent la masse de mes cheveux devant moi qui s'amassent sur mes genoux comme de la barbe à papa.

— Chut, c'est dur, n'est-ce pas ? Tout ce qui se passe est effrayant. Je t'en prie... laisse-moi t'aider.

Ses yeux gris, immobiles, sont étrangement réconfortants ; ils se démarquent de ses cheveux et de sa peau foncés. Il a vraiment l'air gentil, et je le crois.

— J'ignore ce que tu as traversé... Je sais que tu ne peux pas en parler. Et merde, tes grands yeux dorés effrayés parlent pour toi. Parfois, il vaut mieux enterrer les mauvais trucs jusqu'à être assez fort pour les gérer, pour pouvoir continuer à avancer, un pas à la fois, afin d'être sûr que nos démons ne nous suivent pas. Tu comprends ?

Je cligne des yeux.

— D'accord ?

Je prends une grande inspiration, j'expire, puis opine du chef. Miraculeusement je me détends et je me laisse aller contre sa poitrine massive alors qu'il marche lourdement dans le couloir en me tenant fermement dans ses bras.

Nous suivons dans le sillage de mon frère. En quelques minutes, nous sommes à la porte de ma chambre. C'est presque irréel, car je n'ai pas vu cette chambre depuis, eh bien, un sacré bout de temps.

Chapitre Cinq

JE M'ASSIEDS sur le lit et balaie du regard mon ancienne chambre. Je ne me souvenais pas qu'elle était si grande. L'air y est chargé de poussière et de souvenirs oubliés.

Tout est resté en l'état : les livres alignés sur les étagères, un vieux carnet abandonné sur la table de chevet. Je n'ai jamais eu le droit d'accrocher des posters. Maman était convaincue que ça abîmerait les murs. Mais si j'en avais mis, ils seraient encore là, figés dans le temps.

Cette pièce ressemble à une capsule temporelle.

Seul sur une étagère, j'aperçois un cadre argenté recouvert d'une épaisse couche de poussière. C'est une photographie de ma mère, de ma petite sœur Grace et de moi. Si je pouvais me lever, je la prendrais, la serrerais contre ma poitrine, la porterais à mon nez pour en humer l'odeur, sans jamais en détacher les yeux. C'est fou ce qu'elles me manquent.

Pour préserver ma santé mentale, je détourne les yeux.

Tout ici ressemble à la vie de quelqu'un d'autre, une vie qui n'est plus la mienne, celle d'une fille que je ne reconnais plus.

Le docteur Ross ne ressemble en rien à ce que j'avais imaginé. Pas de blouse blanche, mais un treillis noir, comme ceux des autres chiens de l'enfer. Une carrure imposante, un crâne rasé, des yeux bleus intelligents ; il a plus l'allure d'un soldat que d'un médecin.

Et il ne plaisante pas : il a amené avec lui une panoplie impressionnante de matériel médical, comme s'il transportait un hôpital entier. Pourquoi tout ce cirque a-t-il lieu ici, dans ma chambre d'enfant ? C'est débile. Si leur idée était de me mettre à l'aise dans un environnement familier, c'est raté. On serait mieux dehors, ou aussi loin que possible de ce maudit manoir.

On m'enlève immédiatement le collier. Le docteur Ross l'examine, dictant ses observations à une sorte de caméra magique reliée à une tablette hyper techno. John doit sortir de la pièce un moment, submergé, lorsqu'ils réalisent que c'était un collier à électrochocs.

Comment empêcher un loup de s'enfuir ? On lui brise le bassin comme un bonbon menthol Polo. Puis on lui met un collier magique qui le foudroie s'il tente de ramper trop loin. En prime, le collier est activé par la voix et peut envoyer des décharges électriques en guise de punitions s'il ne répond pas à l'appel comme un bon toutou. Ouais, vraiment sympa.

Le Doc utilise ensuite un scanner complexe pour mesurer mes constantes. Il agite l'appareil devant moi, et il capte automatiquement ma taille, mon poids, mon pouls, ma pression artérielle, et même mon taux de graisse corporelle. Il prélève des échantillons de sang et de salive, ajoutant ces données à l'analyse. Tiens, l'écran produit même un petit graphique de moi, qui se met à clignoter en rouge, émettant un bip d'urgence. C'est mauvais signe. Le Doc fronce les sourcils et tapote l'appareil jusqu'à ce qu'il se taise. Il examine ensuite mes yeux. Il utilise un petit stylo-scanner qui émet diverses lumières, ce qui me donne le vertige. Il est si près de moi que nos nez se touchent presque. Heureusement, il a une haleine mentholée.

Ma tête me fait mal, et mes yeux me piquent.

— Tes yeux ont toujours eu cette couleur ? me demande-t-il.

Je fais non de la tête.

— Les yeux de Forrest étaient verts, comme les miens, explique John à ma place. Elle avait les cheveux roux et, si je me souviens bien, elle faisait à peu près la même taille qu'aujourd'hui. Peut-être cinq ou six centimètres de moins avant sa première transformation.

— Intéressant. À quel âge a eu lieu cette première transformation ? demande le Doc.

Je tente de lever mes doigts pour répondre, mais, frustrée, je n'arrive pas à les faire obéir, alors John prend le relais.

— Elle avait neuf ans.

— Neuf ans... C'est extrêmement jeune. Je n'ai jamais entendu parler d'un métamorphe qui se transforme avant seize ans.

Le Doc se tourne et enregistre tout sur sa tablette.

— Et combien de temps s'est-il écoulé depuis sa première transformation ?

Ah, la question fatidique. Depuis combien de temps suis-je piégée sous ma forme lupine ? J'observe John, terrifiée par sa réponse.

Je retiens mon souffle.

Il se racle la gorge, se frotte la nuque. Nos regards se croisent. Ses yeux sont empreints d'une tristesse infinie.

— Ça fait plus de quatorze ans, murmure-t-il.

Le monde bascule, des taches noires dansent devant mes yeux. Heureusement que je suis assise, sinon je tomberais sur les fesses.

Quatorze ans.

Quatorze.

— Respire, Forrest. Tout va bien.

Je halète, cligne des yeux frénétiquement. J'essaie de me concentrer sur les yeux gris bienveillants qui me regardent avec inquiétude.

Le chien porteur tient mon visage entre ses mains. Depuis quand ? Je hoche la tête — c'est tout ce que je peux faire —, répétant que ça va, que tout va bien. Je prends une nouvelle inspiration tremblante.

Quatorze ans en louve. Putain de merde.

Le gentil chien de l'enfer hoche la tête, esquisse un petit sourire, puis se relève et s'éloigne.

Le docteur Ross et John me fixent, inquiets.

— Forrest, tu te sens prête à continuer ? demande le Doc.

J'acquiesce, mais intérieurement, je me traite d'idiote. *Arrête de hocher la tête comme un chien à ressort, ta caboche va se détacher.* Je me ressaisis et lève un pouce tremblant pour lui faire signe que ça va.

— Bon, je vais essayer de te donner un peu de contrôle pour que tu comprennes ce qui se passe dans ton corps. D'accord ?

Il me tend la tablette ultra-sophistiquée. Même si elle est légère, je n'arrive pas à la tenir. Je la pose sur mes genoux, mais elle appuie douloureusement sur ma cuisse.

Le texte se brouille devant mes yeux alors que j'essaie de me concentrer. Mon cerveau met un moment à s'adapter, mais les infos, les mots n'ont aucun sens.

— Tu es en état de malnutrition sévère, commence le Doc. Je ne comprends pas encore pourquoi, mais il va falloir discuter de ton alimentation. Tu manques de vitamines et de minéraux essentiels, et je n'ai jamais vu de résultats aussi alarmants chez un métamorphe.

Son regard sévère me fait reculer. Merde, c'est pas ma faute.

— C'est extrêmement préoccupant. Si tu ne t'étais pas transformée aujourd'hui, je pense que tu n'aurais pas tenu beaucoup plus longtemps. Les résultats indiquent...

— Quoi ? rugit John.

Je sursaute, et la tablette glisse de mes genoux pour atterrir sur le lit.

— Je ne comprends pas, poursuit-il. Comment ça, « elle n'aurait pas tenu très longtemps » ? Forrest ? Qu'est-ce que tu t'es fait, bon sang ?!

Son visage se transforme, ses dents se découvrent. Sa rage, dirigée contre moi, emplit la pièce.

Je reste paralysée sur le lit, immobile, alors que le gigantesque chien de l'enfer se rue vers moi, un grondement sourd résonnant dans sa poitrine. Mes lèvres disparaissent entre mes dents, et je me mords pour retenir le gémissement de peur qui menace de s'échapper. Mieux vaut me taire. Je détourne les yeux, éloigne la tablette d'une main tremblante. Je me recroqueville sur moi-même, utilisant mes cheveux comme un bouclier. J'attends les coups, les yeux fermés.

Comme il ne se passe rien, je risque un coup d'œil à travers mes mèches, et je vois le chien porteur planté devant moi, rigide, utilisant son corps comme bouclier bloquant John.

J'expire, étonnée. Puis mes yeux s'écarquillent en comprenant. Est-ce qu'il... me protège ?

— J'ai fait une promesse, gronde-t-il. Qu'est-ce que tu comptes faire, John ?

— Je n'allais pas lui faire de mal, grogne John.

Il se détourne, repart à l'autre bout de la pièce. Il marche d'un pas ferme, les poings serrés, les épaules tendues, et les muscles de sa mâchoire tressautant.

— J'ai trop de merdes à gérer pour m'occuper de ça. Libre à elle de se suicider, si c'est ce qu'elle veut.

Le chien porteur reprend sa place contre le mur, comme si rien ne s'était passé.

Merde... pourquoi John est-il furieux contre moi ? C'est lui qui m'a laissée ici. Lui qui n'est jamais revenu... comme si j'avais eu le choix de manger ce que je voulais ?

Je me sens trahie. C'est absurde, car la trahison implique la confiance, et je n'ai jamais fait confiance à John.

Je contemple mes mains tremblantes. La meute, ça ne signifie rien pour mon frère, apparemment. Je ne représente rien. Qu'aurait fait John si l'autre chien de l'enfer ne s'était pas interposé ? Me frapper ? J'avais raison de ne pas lui faire confiance. Je soupire, mais au lieu de crier ou de me défendre, je me recroqueville sur moi-même, cette sensation familière d'impuissance s'accumulant en moi. Même si je pouvais parler, ça ne servirait à rien ; John ne me croirait jamais, et ce serait du vent, des mots gaspillés. J'essaie de maîtriser les tremblements secouant tout mon corps et relève le menton.

Le Doc, l'air peiné, s'éclaircit la voix.

— C'est un problème que nous devrons traiter en priorité. Tu seras désormais surveillée de près pour trouver la cause, dit-il en me lançant un regard sévère. Théoriquement, le fait de rester coincée sous ta forme lupine n'aurait pas dû affecter ta croissance.

Il se penche pour récupérer la tablette. Je me contracte, et le docteur grimace, s'éloignant à nouveau. Il poursuit.

— Ta taille, d'après tes dossiers médicaux d'enfance, devrait être d'au moins un mètre quatre-vingt. Malheureusement, comme tu peux le voir ici, dit-il en désignant l'écran, tu fais un mètre cinquante-sept et tu as un déficit pondéral de près de vingt kilos. Ton gabarit est aussi préoccupant : tu serais frêle même pour un humain, mais pour un métamorphe, c'est du jamais-vu.

Il secoue la tête, déçu.

— Même avec une prise de poids, on ne pourra pas améliorer ta structure osseuse. C'est un dommage irréversible ; à vingt-trois ans, on ne peut plus rien y faire.

Il tapote l'écran, et mes yeux louchent, incapables de fixer les données.

— Ta couleur d'yeux et de cheveux est une conséquence de dommages magiques prolongés, continue-t-il. Un métamorphe ne devrait jamais rester aussi longtemps sous la forme animale. Il doit y avoir un équilibre, et rester coincé, ou pire, ne jamais se transformer est dévastateur. C'est impressionnant que tu sois restée toi-même après quatorze ans, dit-il en tapotant à nouveau l'écran. La bonne nouvelle, c'est qu'avec un régime adapté, on peut améliorer ton poids. Ta guérison naturelle aidera. Par contre, tes yeux resteront ambrés avec une légère hétérochromie sectorielle, explique-t-il en pointant mon œil droit. Cela dit, je trouve tes yeux plutôt beaux, ajoute-t-il avec un sourire. Ta peau s'améliorera avec l'exposition au soleil et une alimentation équilibrée. Tes cheveux, eux, ont perdu leur pigment, comme tes yeux, continue-t-il en inclinant la tête. Je suis surpris qu'ils soient roses et non blancs.

Il regarde John, qui est resté aussi loin de moi que possible sans doute parce qu'il me déteste, puis revient à moi.

— Ce que je te recommande, continue Doc en levant la main comme s'il anticipait une protestation, c'est une hospitalisation de quelques semaines. Juste pour te remettre sur pied, te réapprendre à marcher et à parler. Tu as besoin d'une aide spécialisée. On va s'occuper de toi, d'accord ?

Il sourit.

Je me risque à jeter un coup d'œil à John, qui acquiesce avec raideur. Alors, je hoche aussi la tête.

Je suis prête à tout pour sortir de ce foutu manoir.

Putain de vie. Je n'ai même pas l'air d'une métamorphe. J'ai l'air d'une humaine en mauvaise santé. Ce n'est pas seulement le fait d'être restée coincée sous forme de louve pendant quatorze ans. Oh non, quand la destinée, cette salope capricieuse, m'accorde enfin de retrouver ma forme humaine, je suis encore plus monstrueuse ! Je n'arriverai jamais à me fondre dans la société des métamorphes avec ce physique de merde.

La rage et le désespoir m'envahissent. Ma vision se trouble.

Je me sens mal, la bouche sèche, avec une boule dans la gorge impossible à avaler.

Je ferme les yeux et me contente de respirer.

Merde, écoutez-moi me lamenter. Je mériterais une bonne gifle. Il faut que je me reprenne. Je peux gérer ça calmement. La rage ne m'aura pas. Je suis sous une forme humaine ; tant pis pour la taille, tant pis pour les cheveux et les yeux. Je suis moi, après tout, et chaque nuage a sa part de lumière, ou un truc du genre.

Aujourd'hui, je me suis promis de prendre les choses en main. C'est un bonus pour moi d'être en vie et de m'éloigner de cette maison et de la meute. Je vais me tirer de ce trou à rats, et je ne reviendrai jamais.

Je devrais être en train de danser de joie, pas de pleurnicher comme un bébé.

J'ouvre les yeux. Le Doc et John chuchotent dans un coin de la pièce. Le chien porteur, dont je ne connais toujours pas le nom, vu que John ne nous a pas présentés, inspecte ma chambre, reniflant l'air discrètement. Je penche la tête, intriguée. Que fait-il ?

— John, murmure-t-il, la seule odeur de Forrest ici date d'aujourd'hui. Si c'est sa chambre, pourquoi je ne la sens pas ?

Oh, waouh. Il est perspicace, celui-là.

En synchronie parfaite, les trois métamorphes se tournent vers moi. On dirait une chorégraphie. Une vieille chanson de Take That s'enclenche dans ma tête, et je me demande s'ils pourraient refaire ça en musique. J'ai envie de glousser bêtement.

Eh bien, messieurs, j'aimerais leur dire, c'est parce que cette chambre n'est plus la mienne depuis quatorze ans, de toute évidence.

Chapitre Six

On dirait une bande de pirates flippants dans une chasse au trésor bizarroïde... Tout le monde est maintenant fasciné et cherche à savoir où je dors. Je me retrouve à nouveau dans les bras du chien porteur et, en bonne carte interactive que je suis, pointe du doigt le chemin menant à ma chambre.

Le grincement des dents de John est de plus en plus fort alors que nous quittons le manoir et avançons sur le terrain. Allez, ça va, ai-je envie de dire. Pas besoin d'être Einstein pour se rendre compte que c'est pourri. Bonjour, collier magique de chien.

J'éprouve un amusement maniaque, presque sordide, en voyant à quel point ils sont choqués, entassés dans le petit garage sombre éloigné du manoir. Le garage est en métal, autrement dit, on y gèle en hiver et on y cuit en été. Acheté rien que pour moi.

Je suppose que l'effet dramatique provient de l'élément central de la pièce : la cage en argent avec, au centre, un siphon glauque trouant le bitume.

Même sous ma forme humaine, j'arrive à sentir mon odeur ; elle imprègne les lieux. Ah... *home sweet home.*

— Va chercher Vincent, dit calmement mon frère. Va le chercher tout de suite.

L'un des types disparaît, et nous observons la cage en silence. Enfin, eux l'observent ; personnellement, j'ai déjà vu cette saloperie.

Mon chien chauffeur — précédemment connu sous le nom du chien porteur — se carre dans l'angle, me portant toujours dans ses bras. Il se tient aussi loin que possible de la cage. Il me sert doucement contre lui et ses doigts me caressent inconsciemment les cheveux ; ce geste me fait du bien. Tout le reste n'est que souffrance. Être portée me fait mal. Je suis squelettique et chaque os semble s'entrechoquer avec les autres pour s'enchevêtrer. Une sensation désagréable que je m'efforce d'ignorer.

Mon frère reste immobile telle une statue. Je n'aurais jamais cru que quelqu'un puisse irradier de fureur, mais John si. Il est en rogne. Genre, furax.

Oh, oh... Mes yeux s'agrandissent.

Attends une minute... Je cligne des yeux. Oui, la main de John est en feu. Des flammes bleues dansent sur sa peau. Oh merde, John n'est pas juste énervé... il est littéralement en feu ! Waouh. La chaleur dans le garage s'intensifie. Le manque d'air me fait bâiller.

Prudente, je lance un regard au chien de l'enfer qui me

porte. Mince, j'espère qu'il ne va pas soudainement entrer en combustion lui aussi.

Je me raidis dans ses bras alors que Vincent entre sans cérémonie dans le garage cinq minutes plus tard. Le type qui était parti le chercher se frotte les mains sur ses vêtements avec un dégoût flagrant et ressort du garage pour bloquer l'entrée. Voir Vincent ici, là où il me malmenait régulièrement... Un filet de peur m'étouffe.

Je n'ai pas envie d'être là en présence de Vincent. Je ne veux pas être là du tout.

Je ferme violemment les yeux et compte en silence de dix à un.

Sois forte. Je suis pratiquement en train de faire dans mon froc.

Sois forte. Il n'y a rien que je puisse faire.

Sois forte. Je dois continuer à avancer.

Le pire est derrière moi et je peux le faire, je peux me contrôler. Le pire est derrière moi, et mon monde a changé. Ils peuvent à nouveau me voir. Je suis de nouveau une fille.

Ne regarde pas en arrière, continue d'avancer. Vincent ne peut probablement pas me faire de mal avec les chiens de l'enfer ici, si ? Cette peur viscérale qui me colle à la peau depuis toujours se modifie progressivement pour devenir quelque chose de gérable.

Sois forte. Je peux y arriver. J'ouvre les yeux.

Personne ne parle.

Le néon au-dessus de nous grésille dans le silence, et la chaleur émanant de la magie de John fait crépiter et grincer le métal. Les épaisses toiles d'araignée pleines de poussière qui pendent du plafond se balancent. Les minutes s'égrènent.

John ne détache pas les yeux de la cage. Vincent l'observe nerveusement ; c'est la première fois que je le vois nerveux. Une perle de sueur goutte le long de son visage.

Alors ça, c'est bizarre.

Le Doc avance et inspecte la cage. Il est trop grand pour entrer dans l'enclos et il prend garde à ne pas frôler les barres en argent. En s'accroupissant, il prête une attention particulière au sol sale. L'appareil magique qu'il a utilisé pour m'examiner est en train d'enregistrer. Il flotte dans l'air en suivant ses mouvements.

Je jette un nouveau coup d'œil à mon frère qui peine à contrôler sa magie enflammée. L'effort fait trembler son corps et il a les paupières fermées. Les flammes bleues de ses mains tombent sur le sol à ses pieds d'une façon étrange. Elles émettent un bruit strident avant de faire des étincelles. C'est la première fois que je vois mon frère en difficulté pour maîtriser sa magie ; non pas que je le connaisse bien, nous sommes désormais des étrangers l'un pour l'autre. Cependant son manque de contrôle est terrifiant.

Le toubib termine son inspection et se concentre entièrement sur Vincent. Je crois que le Doc comprend que John n'est pas totalement prêt à s'occuper de lui, alors il prend la situation en main.

— Pourquoi cette cage ? demande-t-il sur le ton de la conversation à Vincent qui hausse les épaules.

Les muscles des bras de mon chien chauffeur se tendent, et il émet un grognement vibrant autour de moi. Ma nuque se hérisse. Un grognement sacrément angoissant. Avant que je ne referme la bouche, un petit couinement s'en échappe. Aussitôt, il cesse de gronder et caresse doucement ma tête comme pour dire : « là, là... » Puis il recommence ce truc des cheveux.

— Pourquoi ? répète le Doc sur un ton de courtoisie.

Le concerné souffle, puis hausse de nouveau les épaules, et contre toute attente répond.

— Elle était férale. John nous a refourgué une putain de louve férale.

Il secoue la tête.

— Non, on ne peut même pas appeler ça une louve. Juste un satané cabot. Mon père et ma sœur se sont fait tuer à cause d'elle, et lui a décidé de nous la refiler. Pour qu'on veille sur elle, pour qu'on la protège ? Qu'il aille se faire foutre ! Tu croyais que j'allais la laisser dans le manoir ?

Vincent part d'un rire mauvais, renifle et passe une main sur son visage en sueur. Il dirige toute son attention sur John, révélant l'étendue de sa stupidité — ou plutôt, son envie d'y passer.

— Estime-toi heureux qu'elle soit encore vivante. D'ailleurs, tu devrais me remercier.

Il indique le sol en feu aux pieds de John.

— Mets-toi à genoux et remercie-moi, putain !

La voix de Vincent résonne dans le garage avant de décroître de façon inquiétante.

— Parce que pas un jour n'est passé sans que je n'aie envie de lui mettre les mains autour du cou pour l'étrangler, fait-il en faisant volteface pour me désigner, le regard assombri par la rage. Cette salope a tué ma meute !

Ça a vite dégénéré.

Je renifle. Comme si personne ne savait à qui Vincent faisait allusion... Pas besoin de me pointer du doigt. J'essaie de disparaître dans la musculature du chien chauffeur.

Pendant quelques instants, alors que le regard haineux de Vincent est braqué sur moi, le chien de l'enfer me détourne légèrement afin qu'il ne puisse pas me voir, et surtout, pour que *je* ne puisse pas le voir. Je n'ai jamais éprouvé autant de reconnaissance. Je tapote le torse du chien chauffeur, qui baisse les yeux vers moi, et j'esquisse un vague sourire. L'imposant chien de l'enfer fronce les sourcils.

Le silence dans le garage est assourdissant.

Interpellée par son air renfrogné, je percute petit à petit ce que Vincent insinue. Mentalement je me rejoue la conversation. L'horreur de ses paroles commence à se frayer un chemin dans ma conscience. Il croit que j'ai tué ma mère ? Est-ce qu'il pense que Grace est morte à cause de moi ? Bordel. Est-ce pour ça que Vincent et John me haïssent ? Ça explique tout. Je me frotte la poitrine. J'ouvre la bouche pour me justifier, pour lui hurler que c'est son cher papa Dave qui est responsable de leurs morts. Ma meute est morte parce que Dave a merdé.

Pas moi. Ce n'était pas moi, putain !

Je jure sur ma vie que je n'ai rien fait de mal. J'ai suivi les règles.

Mais les mots ne sortent pas.

Au lieu de quoi, c'est un gémissement rauque et plaintif qui quitte mes lèvres.

La frustration et la peur enserrent ma poitrine, retournent mon ventre et rétrécissent ma gorge, m'empêchant de respirer. Oh non... mon frère ne me croit pas. C'est pour ça qu'il est parti sans un regret ? La raison de sa colère ?

Une affreuse pensée tambourine dans mon esprit. Et si j'ai tort ? Si j'avais tout inventé, et si tout était arrivé par ma faute ? Est-il probable que mon souvenir diverge de ce qu'il s'est vraiment passé ?

Le Doc ignore l'éclat de Vincent et reprend la parole au bout de quelques minutes.

— Est-ce qu'elle est restée dans cette cage ? Dans ce garage ?

Il lance un regard à la ronde, écœuré, en tapotant la cage du bout de sa botte.

— Où sont les traces de griffes ? reprend-il.

Vincent darde le regard sur lui, la respiration lourde et les poings contractés.

— As-tu déjà vu un métamorphe féral, Vincent ? Moi, oui. C'est une chose absolument effroyable et triste à voir. La rage...

Le Doc secoue la tête et, pour démontrer la suite de ses propos, ramène son bras à hauteur de sa bouche en refermant les dents dessus.

— Un féral serait plus qu'heureux de se gruger la patte ou de déchiqueter sa compagne pour échapper au confinement. Un féral réduirait cette cage en charpie. Il se jetterait sans sourciller contre les barreaux, même s'ils sont en argent. Et tu sais quoi ? fait-il en montrant le sol. Comme cette cage n'est pas vissée au sol, il faudrait moins d'une minute à un féral pour se libérer.

Le Doc fait un pas vers Vincent, envahissant son espace personnel. Il se penche en avant jusqu'à ce que son nez frôle le sien.

— Pourquoi l'as-tu enfermée ? l'interroge-t-il avec un calme plat qui donne la chair de poule. Une enfant de neuf ans ? Une métamorphe femelle ayant besoin de soins. Tu as dit qu'elle était férale ? Où est ta preuve ?

Perdant son sang-froid, il élève la voix et pointe rageusement en direction de la cage.

— Où sont les traces de griffes ? Combien de temps l'as-tu gardée enfermée ? Quand as-tu mis une petite fille apeurée, incapable de redevenir humaine dans... une... cage ?!

Vincent recule brusquement du docteur en furie.

Avec intermittence, les coins de sa lèvre et de son œil tressaillent.

— Environ dix ans, répond-il en passant une main sur sa bouche. Ça fait dix ans que je la garde en cage. Jusqu'à ce que Harry rentre de l'école, le gamin... le gamin, hum, il s'est énervé...

— Dix ans ? répète le Doc incrédule en levant les bras au ciel. T'es malade ou quoi ?

Il se détourne de Vincent et implore mon frère du regard.

— John, tu as entendu ? dit-il en frottant le sommet chauve de son crâne, frustré.

Mon frère ne donne aucune réponse.

Le soupir que je relâche tient plus à l'épuisement qu'à la colère, à mon grand dam. Faut-il vraiment que je sois ici ?

— Eh bien, elle est de retour, lâche Vincent avec un air narquois. Ma meute, non ! Je savais que c'était de sa faute. Grace est morte, ma petite sœur de deux ans. Mon père aussi, et sa compagne. Tu parles de métamorphes femelles... et Grace alors ! Pourquoi la véritable meurtrière, la raison pour laquelle ma meute est morte, ne devrait pas être punie ? renâcle-t-il alors que j'essaie de me faire toute petite. J'ai puni cette clébarde, un truc que vous n'avez pas eu les couilles de faire, bande de toquards ! Alors commencez pas à m'emmerder avec ça.

Il se frappe le torse.

— Je n'ai pas honte. J'ai fait ce que j'avais à faire.

— J'ai envoyé Forrest pour qu'elle puisse être avec la meute, déclare enfin John, appréhendant le problème de front.

Le corps tendu par la peur, j'écoute attentivement. C'est le moment où il dit que Vincent a raison ? John va demander au chien chauffeur de m'enfermer à nouveau dans la cage ? À travers mes cils, je lève un œil vers le chien de l'enfer en tentant de masquer le sentiment d'horreur qui grandit en moi. Va-t-il obéir ?

Fais chier, je n'ai pas envie d'être là !

— J'ignorais que tu étais capable d'un truc aussi diabolique. Je savais que ton père était un pourri, mais je n'avais pas réalisé que la pourriture s'était plantée si profond au point de contaminer ses gosses. Ma mère était catégorique sur le fait qu'on pouvait te faire confiance, elle était aveugle.

Je remarque qu'il a le plein contrôle de la flamme dans sa main à présent. Elle ondoie à travers sa paume, passant du rouge, à l'orange, au jaune et au bleu. Un kaléidoscope de couleurs envoûtant.

— J'ai ramené une enfant traumatisée dans un nid de vipères, et je ne suis même pas venu la voir. Hormis les quelques appels que je vous passais, je vous ai laissés gérer.

Les flammes continuent d'onduler.

— J'étais trop obnubilé par la vengeance, occupé à traquer les coupables, pour m'arrêter et te délivrer toute l'histoire. La vérité sur ce que ton père a fait, continue-t-il en faisant passer la flamme à l'autre main. À l'époque je croyais qu'il valait mieux que tu n'en saches rien, que c'était plus sain pour la meute de ne pas se morfondre sur des événements immuables. Je ne voulais pas non plus souiller le nom de la meute, la mémoire ternie de ma mère.

Pendant que John poursuit, Vincent agite les bras dans un geste exaspéré et secoue furieusement la tête en signe de déni.

— Forrest n'était qu'une enfant... À quel moment dans ta tête de dégénéré, tu t'es dit qu'une enfant de neuf ans pouvait être tenue pour responsable ? C'est ça, ton excuse merdique ?

Le nœud autour de ma poitrine se desserre et je respire à pleins poumons.

— J'ai eu tort de ne pas te balancer toute l'histoire. Une énorme erreur de jugement que je vais rectifier. Ta meute et toute la société des métamorphes vont apprendre la vérité avant ce soir. Je n'aurais jamais dû garder le secret si longtemps.

Hormis les flammes dans ses mains, John n'a pas bougé d'un iota et a gardé les yeux clos. J'ai le sentiment que s'il regardait Vincent maintenant, il le brûlerait vif.

Il soulève finalement les paupières.

— Tu l'as vue, Vincent ? T'as vu ce que t'as fait ? Regarde-la dans les yeux et ose me dire que tu vois un monstre. Ensuite, regarde-toi dans le miroir. Toi, ta meute... vous êtes morts.

Incapable de soutenir le regard de mon frère, il se détourne en dodelinant encore de la tête comme pour démentir ce qu'il venait de réaliser, les poings serrés. Je doute que ce que John lui dise suffise. Sa haine envers moi s'est enracinée trop profondément.

Mon frère tourne la tête et m'examine.

— Je découvre tout ça, et ce n'est que la pointe de l'iceberg, je me trompe, Forrest ? Une partie de ce que tu as enduré.

Son menton retombe et il se passe une main sur la nuque.

Oh waouh, c'était une excuse ? Plus que de la vengeance, j'éprouve surtout de la confusion.

Le regard de Vincent se perd dans le vide avec un sourire mesquin. Il sursaute d'un coup quand son œil tombe sur le sac à moitié plein à l'autre bout dans l'angle, près du tuyau d'arrosage fixé au mur. Sournoisement, il tente de dissimuler le sac avec son corps. J'émets un petit son. Personne d'autre ne regarde.

John se tourne pour quitter le garage, la tête baissée. Alors qu'il nous dépasse, je grimace quand il serre l'épaule du chien chauffeur qui grogne pour acquiescer.

Vincent se tamponne le front, ses genoux se relâchent, soulagé.

— John, commence le chien chauffeur en l'arrêtant sur le seuil. Qu'est-ce qu'il y a dans ce sac ?

Observateur, il n'a pas perdu une miette des mouvements de Vincent.

— Quel sac... ? De quoi tu parles... fait John en se retournant.

Il attrape Vincent qui le doublait par l'épaule en l'envoyant délibérément valser contre la cage d'argent. Celui-ci siffle de douleur et la puanteur de chair brûlée inonde l'air.

John balance un coup de pied dans le sac pour lire l'étiquette. Je regarde ailleurs, enfonçant ma tête dans l'épaule du chien. J'ignore pourquoi je me sens gênée et humiliée, la douleur dans ma poitrine s'intensifie.

— Mix de croquettes pour chien, lit John à haute voix. De la bouffe pour chien ? C'est quoi ce bordel...

Il ne lui faut qu'une seconde pour saisir.

— Tu as donné des croquettes à ma sœur !

Et l'enfer se déchaîne.

John a... Comment dire ? Euh, brûlé le garage de fond en comble. Une éruption de magie en fusion. Il a complètement pété les plombs. Étant donné sa réaction, on aurait dit qu'on lui avait offert de la pâtée pour chien à dîner.

Sur une note plus positive, au moins le Doc connaît mon régime alimentaire. Miam, de la bonne bouffe pour chien, croquante et nourrissante.

Nous sommes tous parvenus à décamper avant la déflagration. Personne n'a été blessé, sauf l'orgueil de John qui a perdu les pédales.

Je n'ai eu aucun regret en contemplant le garage en cendres.

Si je le pouvais, je demanderais au chien chauffeur de faire péter les chamallows de la victoire pour les griller sur le feu. Pourquoi pas une danse de la joie pour ne plus avoir à revoir cette cage ? Ne plus être forcée de dormir sous ce toit ? Mais le chien de l'enfer me conduit au manoir, marmonnant quelque chose à propos de particules d'argent.

Beurk. En fin de compte, des chamallows à l'argent n'auront peut-être pas si bon goût.

Chapitre Sept

L'atmosphère dans ce charmant petit salon est oppressante, presque suffocante. La pièce lumineuse, peinte en jaune vif et meublée avec d'élégants fauteuils, est remplie de métamorphes muets et furieux. Ils dégagent une telle énergie qu'on pourrait faire bouillir de l'eau. Personne ne s'assied à part moi, et c'est déstabilisant. J'ai l'impression d'être encore sous ma forme de louve, à regarder d'en bas des humains en colère qui me dominent de toute leur hauteur.

Je suis emmaillotée sur une chaise dans cette pièce chaleureuse et j'attends le début de la partie « talk-show » de la soirée. Mon chien nounou — anciennement chien chauffeur — m'a installée confortablement, avec un plaid douillet et une dizaine de coussins moelleux. Au moins, je me sens physiquement mieux depuis ma transformation. J'ai le ventre plein pour la première fois depuis une éternité. Je ronronne. Sérieusement, j'étais prête à manger un rat galeux. Le moindre gramme de protéines aurait fait l'affaire, alors imaginez : on m'a donné de la soupe de poulet aux nouilles, servie dans un bol fumant. C'était divin. Mes banquets imaginaires ? De la merde en boîte à côté.

J'ai des rêves, de grandes ambitions pour quand tout ce bordel sera terminé et que je serai libre. Pour commencer, je vais dénicher un vrai gâteau au chocolat et le dévorer, un tout entier rien que pour moi.

John ne m'a pas expliqué pourquoi je me trouve là. J'imagine qu'il m'a installée au salon pour assister à une réunion ou à une grande révélation façon Scooby-Doo. Le Doc voulait m'envoyer directement à la clinique privée des métamorphes, mais John a posé son veto. Je ne suis pas très fan de John en ce moment. Même si je pouvais parler et demander à partir, j'ai l'impression qu'on ignorerait ma requête. Mon opinion ne compte pas. Il vaut mieux mener les batailles que l'on peut gagner et oublier celles qui sont perdues d'avance.

Tout ce que je veux, c'est sortir de cette fichue baraque.

Toute la meute est là, heureusement de l'autre côté de la pièce. Je n'ai aucune envie de traîner dans le même espace que Vincent et Jason. Pourquoi le voudrais-je ? Je suis assise ici comme une cible ambulante. Inutile et vulnérable. Je ne peux ni parler ni m'enfuir. Même frapper quelqu'un avec un coussin, c'est au-dessus de mes forces. Donc tout combat est exclu. Si ça dégénère, je me planquerai sous mon plaid comme une lâche. Merde, cette pensée me blesse dans mon orgueil.

Deux membres du conseil des métamorphes nous ont fait l'honneur de leur présence. Je ne sais pas pourquoi ils sont là. Nous n'avons pas été présentés — d'ailleurs, personne ne m'a été présenté. Je surprends les regards étranges et calculateurs qu'ils me lancent. Je ne sais pas comment les interpréter. Mais tant qu'ils me laissent tranquille, je ferai de même.

Par contre, s'ils me cherchent, ils vont me trouver. J'étouffe un grondement et me force à ne pas lancer de regards noirs à toute l'assemblée. Je me tortille sur ma chaise. Mes pensées bizarres et cette colère sourde me rendent nerveuse. Ouais, je suis peut-être un peu (beaucoup) enragée et sérieusement déséquilibrée. La frustration, l'anxiété et la peur qui me martèlent le crâne sont carrément pénibles. Pénibles ? J'expire. C'est l'euphémisme du siècle, et ça me fait flipper.

Punaise, je suis soit tellement terrifiée que ça me paralyse, soit tellement furieuse que j'ai envie de réduire le monde en cendres.

La part humaine perdue en moi ne sait pas si elle doit ramper et se cacher, ou pire, se mettre à hurler. À chaque instant, j'ai l'impression que ma rage va exploser et que je vais craquer. Je vais me briser, et il ne restera plus rien de moi, juste un être amer et en colère.

Ma santé mentale s'effiloche.

Pour ne pas perdre la boule, je dois mettre de l'ordre dans ma tête, comme le chien porteur me l'a conseillé il y a quelques heures. Je dois enterrer tout ça vite fait, tout enfouir si profondément que ces souvenirs cesseront d'exister. Les enfermer dans des boîtes.

Des boîtes dans ma tête qui résonnent encore de mes cris.

Je frissonne et tire le plaid jusqu'à mon menton. Il sent le propre.

Mais impossible d'enterrer mes souvenirs si les deux salauds qui les ont créés se tiennent à l'autre bout de la pièce.

Je veux me barrer de cette maison.

Je détourne mon attention vers les autres personnes présentes. Mon frère a convoqué des chiens de l'enfer en renfort. En plus des trois premiers, six autres sont arrivés. Dix en tout, dont John. Je penche la tête en réfléchissant. J'observe les deux chiens postés de l'autre côté de la pièce, les seuls que je puisse voir en étant assise.

Les chiens de l'enfer sont deux fois plus forts que les métamorphes ordinaires, même sans utiliser leur magie de feu. Ceux qui se trouvent ici pourraient probablement déclencher et finir une guerre. Des armes sur pattes. Et pourtant, ces métamorphes massifs se sentent obligés d'afficher des quantités impressionnantes d'argent. Je parie qu'ils en dissimulent aussi sur eux. Je suis surprise que tout ce métal ne les fasse pas tintinnabuler comme des cloches quand ils marchent. C'est de l'excès de précaution. Que font-ils tous ici ?

Le chien nounou répond à ma question silencieuse.

— Ils sont là pour maîtriser John. Il pourrait foutre le feu à la maison ou tuer la meute. C'est une mesure de précaution, et en plus, les tueries engendrent une paperasse terrible.

Tout ce que j'en retiens, c'est que John a besoin de neuf gars pour l'empêcher de péter un câble. Neuf super-métamorphes... Punaise, c'est vraiment un bâtard effrayant. Pourquoi ne peut-il pas contrôler sa magie ? Cela rend d'autant plus remarquable l'acte du chien de l'enfer derrière moi, qui s'est interposé entre John et moi. Il avait promis de me protéger, et il a tenu parole.

John, qui discutait jusque-là avec les deux membres du conseil, avance maintenant au centre de la pièce. Pour capter l'attention de tout le monde, il lève la main et demande le silence.

John commence à parler. Il dresse un rapport complet de ce qu'il a découvert jusqu'à présent. Ses mots glissent sur moi sans m'atteindre. Je tripote un fil qui dépasse de la couverture moelleuse. Je me concentre sur le fil et sur le mouvement de mes doigts.

J'ai de nouveau l'impression de ne pas être là, comme si j'imaginais cette situation.

Alors, mes pensées dérivent vers le passé. Harry m'avait aidée à sortir de la cage. Même si j'y retournais régulièrement pour subir mes punitions, au moins, je n'étais pas enfermée en permanence. Je pouvais humer l'air frais, voir le ciel, sentir le soleil et la pluie sur ma fourrure, l'herbe sous mes pattes et la terre entre mes griffes.

Les premières années, je m'étais convaincue que quelqu'un, en l'occurrence mon frère, viendrait me sauver. Mais ça n'est jamais arrivé. John n'est jamais venu. Il a fallu que je retrouve ma forme humaine et que je passe un appel désespéré pour qu'il finisse par se pointer. En fin de compte, je me suis sauvée moi-même.

Je n'arrive pas à croire qu'il ait fallu que je m'énerve contre Liz afin de protéger Harry pour reprendre ma forme humaine. Ah ah, quand j'y pense, le vagin baladeur de Liz m'a aidée ! Je tire le plaid sur ma bouche pour cacher mon sourire. C'est lui qui a déclenché ma transformation, alors que rien d'autre n'y arrivait. Merci, magie de la vulve ! Je parie que Liz regrette de ne pas m'avoir poignardée quand elle en avait l'occasion.

Je me concentre à nouveau sur John lorsqu'il commence à parler de l'histoire de notre meute et de sa destruction. Il a tous les détails, même des vidéos de surveillance. Il expose cela comme un rapport de police, factuel et sans émotion. Sa voix ne tremble même pas quand il parle de sa mère et de ses sœurs. John connaît les faits, mais il n'a pas vécu ce drame, il ne l'a pas vu de ses propres yeux.

J'ouvre la boîte imaginaire dans ma tête et je me souviens.

Chapitre Huit

Quatorze ans plus tôt

L'aéroport de Manchester est blindé. En arrivant au terminal, j'ai l'envie subite de trouver un coin pour me planquer. Il y a du monde partout, humains et créatures confondus. Les files de check-in sont pleines. Les gens avec des chariots à bagages gênent ceux munis de petites valises roulantes. Une femme me roule sur les pieds et un homme partant dans la direction opposée me donne un coup de coude dans la tempe. *Aïeuh !* Un grognement sourd éclate dans ma poitrine. *Arrête ça, Forrest*, me lancé-je intérieurement.

Je dépasse en trottinant tous les comptoirs de check-in pour me sortir de cette folie, et repère les sièges bleus où je suis censée patienter. Comme les gens s'enregistrent et foncent vers les portiques de sécurité, personne n'est assis sur les sièges. J'aperçois une horloge sur le panneau d'information de vol, et l'horloge numérique jaune modifie lentement les chiffres en clignotant.

Quelle journée de dingue. Maman m'a réveillée très tôt — au beau milieu de la nuit — et je me suis habillée d'instinct, comme un pompier qui part en intervention. J'ai été vraiment rapide. Depuis aussi loin que je me souvienne, nous avons toujours eu un plan, un exercice d'urgence. Être métamorphe est extrêmement dangereux pour une femelle ; le kidnapping est monnaie courante, et ma mère a du mal à accepter cette réalité. Je n'ai jamais eu le moindre doute : j'ai une cible dans le dos. Dès mon plus jeune âge, on m'a appris à me fondre dans la masse et à disparaître, à me rendre dans certains endroits peuplés et à attendre.

Rester assise commence à devenir inconfortable. Deux heures passent, puis trois. Plutôt que de me dégourdir les jambes, je me tortille pour être plus à l'aise ; si maman se pointe et découvre que j'ai quitté mon poste, elle sera en colère.

Allez, maman, scandé-je intérieurement en sautillant sur mon siège.

Ça fait quatre heures, et toujours aucun signe de ma maman. Il est temps d'appeler la cavalerie. Je vais appeler mon grand frère, et quand je dis *grand*, je veux dire super grand. Je pourrais me tourner vers mes demi-frères, Vincent et Jason, mais je ne leur fais pas confiance. Jason me fiche la trouille. Maman a été on ne peut plus claire : ils sont mes gardiens.

Je pousse un soupir. Mes gardiens... Quelle bonne

blague. Ils sont nuls ! S'ils étaient efficaces, je ne serais pas assise là toute seule.

À présent je me lève pour dégoter un portable.

Je sais que le dissimulateur magique d'odeurs ne fonctionne pas longtemps, mais j'espère qu'il me couvre toujours. Je suis une métamorphe. Tout le truc de loup se manifeste vers nos vingt ans ; fourrure et tout le toutim. C'est dément. Mon frère John est incroyable. Il est capable de transformer juste une partie de son corps tout en conservant sa forme humaine. Il arrive à faire apparaître ses crocs, ses griffes. C'est trop cool de se dire qu'on n'aura plus jamais besoin d'une paire de ciseaux pour ouvrir quoi que ce soit, jamais. Juste, bam ! Un coup de griffe et sésame ouvre-toi. Si c'est de la nourriture, ce n'est pas très hygiénique, mais ça reste cool. Je vais carrément faire ça quand je serai grande, et je glousse en m'imaginant faire.

Je me faufile entre les guichets d'enregistrement à la recherche d'un téléphone. J'aurais dû prendre un portable dans mon sac de voyage au lieu d'en chercher un fixe. Mais d'après maman, c'est plus sûr s'il n'y a rien pour me retracer. Optant pour la rengaine « j'ai perdu ma famille, est-ce que je peux utiliser votre téléphone pour appeler mon frère s'il vous plaît ? », je me dirige vers le guichet d'information.

Une odeur me saisit, et je me fige. *Démon.*

Je m'efforce de ne pas paniquer. Jusque-là je m'en suis tenue au protocole. Réprimant la montée d'angoisse, j'inspire un grand coup. La magie du dissimulateur fait encore effet, et l'aéroport empeste les odeurs de centaines de créatures. Les démons ne sont pas doués pour pister, alors si je peux me rendre incognito et mettre la main sur un portable pour prévenir John en étant à l'abri, il n'y a aucune raison pour qu'il ne m'aide pas à trouver notre meute. Ma progression à travers la marée humaine est lente. Je me félicite d'être petite. Les métamorphes peuvent devenir géants, mais comme j'ai neuf ans, je dépasse à peine un mètre cinquante-cinq.

Au lieu de m'acharner à chercher du regard le démon que je perçois, je m'emploie à marcher droit devant moi. Le truc, c'est de faire l'opposé de ce qu'on a envie de faire. En ce moment, j'ai envie de me carapater en chialant, aller vers le premier adulte et le supplier de me sortir de ce bourbier. Cependant ma maman n'a pas élevé une écervelée. Elle me tuerait si je me hasardais à faire un truc pareil, alors je prends sur moi. Je vais tout faire pour rester en vie, ensuite j'irai retrouver Grace, maman et mon beau-père Dave.

J'esquive un bagage à main qu'un homme à l'air renfrogné tire, puis mon œil distingue un téléphone dans sa poche arrière. Parfait ! Je me dépêche de lui rentrer dedans et de glisser son téléphone dans ma manche.

Ma première idée est d'aller aux toilettes, mais quitter la partie la plus animée de l'aéroport n'est pas très malin. Je me mets donc sur le côté et dégaine le téléphone. Il y a un mot de passe, mais ce n'est qu'un Android ; je presse le bouton de démarrage pendant dix secondes, puis je le maintiens enfoncé avec celui du volume pour réinitialiser le téléphone. Bingo ! J'ai suivi les indications sur l'écran et maintenant je peux passer un coup de fil sans rentrer de mot de passe. Je compose le numéro de mon frère. Ça sonne. Fébrile, je guette autour de moi.

— Quoi ?

On dirait qu'il est grincheux.

— John, euh, c'est Forrest…

— Forrest, tu utilises le téléphone de qui ?

Heureusement qu'il est là pour les questions inutiles, me dis-je en levant les yeux au ciel.

— John, on s'en fiche, j'ai be...

À nouveau il m'interrompt pour me faire la morale.

— Forrest, tu sais que c'est le numéro pour les cas d'urgence. Tu ne peux pas m'appeler parce que maman te laisse pas regarder la télé ou qu'elle refuse de t'acheter un truc. J'ai trop de choses à faire pour...

— John, le coupé-je, à mi-voix.

Le démon est tout proche. Son odeur est maintenant plus forte dans mes narines. Les poils de ma nuque se hérissent et ma respiration prend un rythme paniqué.

— John, écoute-moi. C'est un cas d'urgence là, lui dis-je dans un cri étouffé, essayant de couvrir ma bouche et le combiné. Je suis à l'aéroport de Manchester, au terminal 1, et je suis toute seule. Maman, Grace et ce connard de Dave ne sont pas là. Maman m'a réveillée en sursaut cette nuit. Ça fait plus de quatre heures que j'attends au point de rendez-vous à l'aéroport. Et il y a une odeur de démon ici.

— Pourquoi tu n'as pas commencé par ça ? J'arrive, mais j'en ai pour au moins une heure. Je vais voir si quelqu'un est plus près. Donne-moi une seconde, ne quitte pas.

Je l'entends gueuler en fond, et je regarde alentour. Tout le monde se presse, personne ne me prête attention. Je tourne le dos au hall de l'aéroport et repose ma tête contre le mur. Je suis crevée. Crevée et morte de peur.

— Un loup qui s'appelle Owen se trouve à vingt minutes. Je vais te rappeler, puis tu resteras en ligne jusqu'à ce qu'il vienne te chercher. Tu m'entends, Forrest ?

— Oui, d'accord, acquiescé-je avec un signe de tête.

— C'est bon. Je te rappelle illico.

Je raccroche.

Le téléphone se remet immédiatement à sonner. Je décroche, puis le portable quitte ma main.

Je lève le nez, et un homme à l'apparence rustre, que je n'ai jamais vu auparavant, a le téléphone en main. Il le colle à son oreille.

— La petite rouquine ne peut pas parler pour le moment.

Il jette le portable et y fout un coup de pied pour le faire disparaître dans la foule.

Pourquoi me suis-je tournée ? J'ai envie de me cogner le front de désarroi, mais pas le temps de se flageller.

Ce type est humain, moi, j'ai des pouvoirs. Je suis petite, mais coriace. Il attrape mon bras et, au lieu de me dégager, je lui fonce dessus. Je ne peux pas le repousser ni lui flanquer un coup ; cela attirerait l'attention. Alors, je tombe par terre. Me suivant dans ma chute, il tente de garder sa prise sur moi, et la position dans laquelle il est m'obstrue le champ de vision. Alors je lui balance un coup entre les jambes qui l'oblige à me lâcher aussitôt en gémissant pour couvrir ses parties. En me relevant, je m'applique à lui filer un uppercut dans la gorge.

— Cet homme s'étrangle ou fait une attaque, braillé-je en m'éloignant. Je crois qu'il a besoin d'aide !

Une femme en pull jaune se tourne et intervient.

— Oh mon Dieu... À l'aide ! Est-ce qu'il y a un médecin ?

Vêtue d'un pull avec des chats, une autre femme se rue pour aider et, dans son empressement à prêter main-forte, sa poitrine énorme bondit d'enthousiasme.

— Oh mon pauvre, je reste avec vous le temps que quelqu'un appelle une ambulance...

J'en profite pour filer. En penchant la tête, je jette un œil à l'horloge centrale. Flûte, encore dix-sept minutes avant que le loup de mon frère arrive. Où est ce foutu démon ? Je baigne dans sa forte odeur douceâtre et sulfureuse qui me démange le nez.

Je me dirige à gauche et un autre humain se glisse devant moi. Il a l'air aussi crade que l'autre, avec un sale petit sourire.

Il faut se décider. Je vais vers lui ou je change de direction ? Avant d'esquisser le moindre geste, je suis tirée en arrière contre une tonne de muscles. La puanteur de démon m'enveloppe à me faire suffoquer.

— Maintenant, Forrest, ne fais rien de stupide.

Le démon se penche vers moi, ses lèvres rasent le bout de mon oreille alors qu'il chuchote, et je tremble.

— Tu veux voir ta meute, non ? Si tu t'enfuis ou causes du remue-ménage, je n'hésiterai pas à tuer ta maman. Compris ?

Son murmure est tranchant, mais couve la délicatesse de l'accent anglais. Ses mains s'enfoncent impitoyablement dans mes épaules et ma nuque. Je hoche la tête en resserrant les cuisses ; je crains de me faire dessus.

En cet instant, je ne me sens ni courageuse ni maligne. Je ne suis qu'une gamine qui veut sa maman.

Je songe vaguement au loup qui devrait arriver d'ici dix minutes. Il faut que je coopère et qu'on décampe maintenant ; si le loup débarque et arrête les démons, maman mourra. Hors de question. Je dois rester calme et suivre ce type. Avec un peu de chance, le loup nous verra en arrivant et nous suivra.

— Je te traque depuis si longtemps, ma petite Forrest. J'ai accepté un paquet d'oseille pour t'attraper. Une femelle métamorphe, un louveteau si rare, sans parler de sa meute. Vraiment impressionnant. Tu es à croquer avec cette tignasse de carotte...

Il entortille ses doigts à mes cheveux, me faisant frémir de dégoût. Je lutte contre l'envie d'écarter violemment sa main.

— Savais-tu que ta meute a engendré plus de femelles que n'importe quelle autre ? continue-t-il en me guidant vers la sortie. L'ADN de ta mère recèle un trésor, le Graal des femelles métamorphes. Six enfants, dont cinq femelles, et parmi elles des jumelles. Du jamais-vu. Vraiment épatant. Et ton frère est un chien de l'enfer, comme ton papa. C'est fascinant... une traque digne de ce nom. Dommage que tes sœurs aînées et ton papa soient morts. J'aimerais vraiment te garder, tu sublimerais ma collection en grandissant, ajoute-t-il en lâchant un rire inquiétant et en me tapotant la tête. Bien que j'aie déjà une courtisane qui sorte du lot, elle est encore plus rare que toi, une vraie beauté. Mon harem a toujours besoin de jeunes et fraîches concubines, mais elles meurent si facilement, soupire-t-il.

Les démons sont-ils tous aussi pervers et guindés ? Je ne sais même pas ce qu'est une concubine ! Mais à sa façon de parler à voix basse, ce n'est pas une bonne chose... En piaillant, il me conduit dehors et le Cradot nous emboîte le pas.

Je connais les règles concernant les inconnus, particulièrement celles sur les démons. Mais celui-ci détient ma maman et ma petite sœur. Je suis prête à tout pour elles, y compris à me sacrifier.

Chapitre Neuf

Quatorze ans plus tôt

NOUS NOUS DIRIGEONS vers un Range Rover noir. Cradot numéro deux court devant nous pour ouvrir la portière côté passager avec une courbette. Quel type chelou. On m'installe à l'arrière de la voiture, puis les démons me suivent à l'intérieur. Je détaille le démon pour la première fois ; il est vioc. Il a l'air d'avoir la trentaine sur l'échelle humaine. Je parie qu'il n'est pas plus âgé que maman. Je sais qu'elle lui botterait les fesses en sachant qu'il me kidnappe, et que mon frère lui mettrait le feu au derrière en arrivant.

Les cheveux noirs du démon sont plus longs sur le dessus et retombent sur une paire d'yeux gris. Visiblement, il veut se donner un look de jeune de boys band. Pas franchement convaincant. Les pommettes saillantes et le nez fin, il possède une bouche pleine, notamment sa lèvre inférieure, et un menton volontaire. Je me le remémore grand dans mon dos, et bien qu'il ne le soit pas autant qu'un métamorphe, sa taille dépasse la norme humaine. Maman dirait qu'il est élégant avec son allure elfique. Mon frère, lui, le trouverait fragile, telle une proie. Si l'occasion se présente, je lui casse la figure !

— Hélas, je ne suis que l'intermédiaire dans cette transaction. Tu as été vendue à un membre du conseil contre une somme exorbitante. Quand tu seras plus grande et que ton corps changera, tu vas lui faire perdre la tête, dit-il en me tapotant le nez, ce qui me fait cligner des yeux. J'aurais pris un grand plaisir à parader avec toi devant tous les métamorphes... C'est tellement exaltant qu'un membre du conseil t'ait achetée. Qui sait ce qu'il adviendra de toi ? Je pressens que tu seras sous ma protection pendant un moment. Puis ton propriétaire viendra sur son valeureux destrier pour te sauver... C'est ce qui rend l'histoire si amusante.

Ses doigts pianotent sur le siège entre nous.

— J'ai passé un marché pour te dénicher. Par contre, ton propriétaire n'a rien dit sur le fait de garder notre marché secret, glousse-t-il en m'adressant un clin d'œil. Je ne peux pas te garder, mais je peux assurément pimenter tout ça. Je ne supporte pas les *happy endings*. Alors souviens-toi, jeune Forrest, que tout ce qui va se passer dorénavant est la faute de ton propriétaire et non la mienne. Tu es une brave fille, ne te fais pas avoir par son joli minois.

Il me pince la joue et je le foudroie du regard. J'aimerais qu'il cesse de me tripoter ! Un membre du conseil m'a achetée ? Je ne comprends pas ce qu'il veut dire... Je verrai ça plus tard, quand j'en discuterai avec maman. Je suis une métamorphe, pas un Mars ! Ce démon est zarb.

Je relève le menton et le fixe dans les yeux pour montrer que je veux parler affaires.

— Maintenant que je suis dans votre voiture, vous allez laisser partir ma mère et ma sœur. Appelez vos hommes et libérez mon clan, s'il vous plaît.

J'ai conscience qu'il n'a rien déclaré de la sorte, mais je peux peut-être l'intimider pour qu'il les laisse partir. Ça vaut le coup d'essayer... S'il ne s'intéresse qu'à moi, je peux lui faciliter la tâche pour qu'il opte pour la bonne option.

— J'ai fait ce que vous avez dit. Laissez-les partir maintenant.

Il penche la tête de côté en m'analysant comme si j'étais bête, puis se tapote la bouche. Il triture — une fois, deux fois — ses lèvres pleines.

— Non, décide-t-il.

J'ouvre la bouche pour protester, cependant l'expression de ses yeux me coupe dans mon élan, et mon regard dévie vers la vitre. Le bleu gris de ses yeux a viré à un drôle de noir. Un frisson instinctif me secoue l'échine, et je me force à réprimer l'horreur absolue qui perce en moi. Apparemment, je ne vais casser la figure d'aucun démon aujourd'hui...

En vérité, ma propre mère aurait du mal à l'égratigner. Ce n'est pas un simple démon... C'est un démon de première catégorie. Avec une lucidité nouvelle, je réalise que nous sommes foutus.

Le dos raide, je me juche à l'autre bout du siège et concentre mon attention au-dehors en ouvrant grand les yeux pour endiguer la peur qui transpire de mon visage. Je ne dois pas pleurer, je ne dois montrer aucune faiblesse ; cela signifierait une victoire pour lui. J'ai neuf ans, mais je suis une tête brûlée. Quel que soit le temps qui me reste à vivre, je partirai la tête haute. Le courage n'est pas d'éprouver aucune peur ; c'est être terrifié, mais agir malgré tout. Faire ce qui est juste. Si je peux protéger ma meute, je le ferai.

Sois forte.

— Tu ne te demandes pas comment je t'ai trouvée ?

Non, je ne veux pas savoir où je me suis plantée. Je lui glisse un regard en coin.

— Mes hommes t'ont suivie jusqu'à l'hôtel, mais on t'a perdue. Tu as mis un dissimulateur d'odeurs, petite maligne ! Cela a redoublé mon envie de te débusquer. Ta maman était tout aussi futée... Pouf ! Elle avait disparu, fait-il en agitant les doigts. Volatilisée ! En revanche, ton beau-père, Dave... Ah lala, c'était trop facile, explique-t-il avec un air désapprobateur. Avec la moitié de son ADN, rien d'étonnant à ce que Grace soit indigne de ma collection.

Je me dévisse la tête en le dévisageant.

— Dave... Quel sale petit pleurnichard, je ne l'ai même pas touché, glousse-t-il en haussant les épaules et en levant les mains, avec une moue innocente. Il a couiné comme un porc. Sa vie, celle de sa fille, en échange de celle de ta maman. Pour toi.

Il arque un sourcil, la tristesse sur son visage n'a rien de crédible.

— Une source d'information si riche... si disposée à me révéler où il allait rencontrer ta mère. Si prompt à me dévoiler votre protocole et où te trouver... Il a même fait rappeler tes gardiens. C'est comme cela que tu t'es retrouvée isolée.

Avec un air railleur, il secoue la tête, les yeux luisants ayant enfin recouvré leur couleur originelle.

— Je n'arrive pas à croire que ta mère ait choisi un pareil dégonflé, surtout après ton père. C'est pourquoi tu seras plus en sécurité avec moi, ma petite Forrest. Ces abrutis de loups ne te méritent pas, décrète-t-il en me tapotant la jambe.

Je veux lui hurler que c'est faux, qu'il ment. Les démons sont réputés pour retourner le cerveau, je le sais. Mais si je devais être honnête, vraiment honnête, j'aurais tendance à penser qu'il dit la vérité.

Ce n'est pas pour rien que je qualifie mon beau-père de « connard ».

— Et te voilà, une petite de neuf ans, seule avec l'ennemi Zéro jérémiade, zéro larme. Une louvette, le menton bien haut, qui demande à ce qu'on relâche son clan. Tu pourrais régner sur le monde avec cet esprit, ma petite Forrest... Oui, très intrigante. Je crois que je vais te garder.

Avec un hochement de tête, il s'incline pour rapprocher de nouveau son nez du mien. Son sourire me donne envie de dégobiller.

On m'escorte dans un entrepôt, encadrée par Cradot numéro un et Cradot numéro deux. Le premier me serre le bras à m'en faire mal, sûrement pour se venger des coups que je lui ai mis dans la gorge et entre les jambes. Devant nous, le démon roule des mécaniques.

— Le clan au complet. Comme c'est touchant !

Je suis incapable de voir ce qu'il y a autour de lui ; chose dont je serai éternellement reconnaissante. Du sang, de la sueur et une curieuse odeur de renfermé que je ne parviens pas à identifier envahissent mon odorat. Ça et la puanteur nauséabonde des démons et humains… on dirait l'antre de l'Enfer.

Prise d'un haut-le-cœur, une sonnette d'alarme se tire dans ma tête, mon instinct me hurle de prendre mes jambes à mon cou.

— Allons, allons, messieurs. Ce ne sont pas des manières envers notre charmante invitée. Remontez votre pantalon… Voilà, soyez gentils.

Amusé, le démon ricane et agite la tête en me faisant signe alors qu'il se retourne vers moi.

— Forrest, regarde ce que ton attitude de polissonne a fait. Ta maman a dû divertir tous mes hommes pendant que tu courais dans l'aéroport. Vilaine fille…

Il esquisse un pas de côté et je vois enfin maman.

À quatre pattes sur le bitume sale, sa lèvre est fendue et son visage est en sang, sans parler de celui qui s'écoule d'entre ses jambes. J'ignore pourquoi elle ne porte aucun vêtement. Est-ce qu'elle est sur le point de muter pour enclencher la guérison ? C'est tout ce qui me vient à l'esprit pour expliquer le fait qu'elle soit nue. Mes yeux s'embuent, et j'entends ma petite sœur pleurer.

Mes yeux partent à la recherche de Grace qui se débat dans les bras de son père, tentant furieusement de retourner vers notre mère. Elle s'extirpe de son manteau qui reste dans les mains de son père, puis elle traverse la pièce à la vitesse d'un bambin. Personne ne l'arrête quand elle se jette dans les bras de maman. Si on ne me retenait pas, je ferais pareil. J'observe maman serrer Grace contre elle, je l'entends dire à ma petite sœur à quel point elle l'aime.

Elle lève les yeux et rencontre les miens avant de m'offrir un sourire déchirant mais déterminé.

— Je vous aime plus que tout, Forrest. Je suis si fière de toi, tu t'en es tenue au plan... Une petite fille très courageuse... J'ai besoin que tu sois courageuse encore un peu. Tu peux faire ça pour moi ?

En faisant oui de la tête, les larmes que je retenais vaillamment ruissellent sur mon visage et j'étouffe un sanglot.

— Je suis désolée de ne pas avoir réussi à vous protéger, continue-t-elle.

Le désespoir dans son regard me brise en deux.

Elle effectue un hochement lourd de sens.

Je sais ce qu'elle se prépare à faire. Le pouls dans les tempes et le nœud dans ma gorge m'empêchent de respirer.

Mon pull possède des boutons en plastique au bout du cordon qui serre la capuche. Ils sont en forme de cône, parfaits pour y cacher une bille de potion.

— Je t'aime aussi, m'étranglé-je, peinant à parler.

Ensuite tout s'enchaîne à une vitesse folle, pourtant, on dirait qu'une vie s'écoule quand ma mère prend la tête de Grace entre ses mains pour lui sourire et sécher les larmes sur ses joues potelées à l'aide de ses pouces. Elle caresse dans un geste doux sa chevelure blonde, qui lui va si bien, pour dégager son visage. Elle dépose un tendre baiser sur le front de ma petite sœur.

En une seconde, maman fait pivoter brusquement la tête de Grace, lui brisant la nuque.

Ma petite sœur s'écroule dans ses bras, raide morte.

Le hurlement de douleur de ma mère est glaçant alors qu'elle étreint Grace, les mains tremblantes. Un regard anéanti dans ma direction, elle transforme les doigts de sa main droite en griffes, puis, d'un geste net, se tranche la gorge.

Les deux hommes me laissent pour se précipiter vers elle et Grace.

Parfois, la seule chose qu'on puisse faire est de s'extraire des mains de son ennemi, définitivement. En sanglotant, résolue, je place la bille magique de poison sur ma langue et referme la bouche…

Sur un doigt.

Le démon a réussi à glisser son doigt entre mes dents.

De sa main libre, il me donne une calotte sur la tête et je recrache la bille qui s'écrase par terre, désormais inutile.

— Sale clébard ! me réprimande-t-il.

Gardant son doigt dans ma bouche, son autre main s'enroule autour de ma gorge et me cloue contre sa poitrine pour m'empêcher de bouger. Frustré, il me secoue un peu.

— On peut dire que je ne l'avais pas vu venir, dit-il platement avant de s'emporter contre les démons et humains dans la pièce. Vous auriez dû la briser, bande de cons ! Dave…

Il tourne sa fureur contre mon beau-père et me place en face de lui, enfonçant son doigt dans ma joue.

— J'ai perdu deux femelles. Qu'as-tu à dire ?

Dave, mon beau-père, est à genoux, tenant contre lui le manteau de Grace. Choqué, sa tête dodeline de part et d'autre, les yeux rivés sur les deux corps au sol.

Ma mère n'a pas daigné adresser un seul regard à Dave, pensé-je froidement. À aucun moment, elle ne lui a dit qu'elle l'aimait.

Mes soupçons se confirment quand il ouvre la bouche.

— Tu étais censé prendre uniquement Forrest. Pas ma

petite fille. Le marché était que tu prennes Forrest, pas Grace, pas ma Grace.

Il se balance d'avant en arrière en caressant le manteau, tordu par la douleur.

Tout est la faute de Dave. Maman, ma sœur. Sa faute à lui...

Dave détache finalement le regard du petit manteau rose.

— On avait un marché ! s'égosille-t-il.

— Je ne l'ai pas tuée, répond le démon avec un haussement d'épaules, puis il le désigne d'un geste. Quelqu'un le fait taire ? Qu'on bute ce merdeux insignifiant, il m'agace.

Je chancèle dans les bras du démon, mes genoux faiblissent alors qu'ils encerclent Dave dont les hurlements s'éteignent dans un étranglement.

Puis la réalité me heurte de plein fouet. J'ai échoué. J'ai laissé tomber maman. Elle serait tellement en colère après moi.

Quelque chose en moi se brise et mon corps est pris de secousses.

Je n'ai plus envie d'être là.

Je n'ai plus envie d'être là, me répété-je en boucle mentalement.

La magie envahit mon être et je l'embrasse ; je plonge dedans.

J'échappe aux ténèbres.

— Oh bordel de merde ! entends-je le démon pester.

Puis plus rien.

Chapitre Dix

La voix de John me parvient alors qu'il continue son rapport, me tirant des horreurs de mon passé. À nouveau, je les enfouis dans un coin de ma tête, dans une petite boîte intitulée « Ne pas toucher ».

Je passe une main tremblante dans mes cheveux, tentant d'atténuer l'épouvante de mes terribles souvenirs. L'index de mon autre main est rouge, boursouflé par la circulation coupée à force d'avoir entortillé le plaid autour ; je le fixe avec des yeux fascinés.

— Forrest a muté très jeune, comme vous le voyez. Même si elle n'avait que neuf ans, elle est parvenue à tuer deux humains et un démon de niveau inférieur avant qu'ils ne lui fassent perdre connaissance.

Je relève la tête, et pendant que John parle, une vidéo en 3D est diffusée. Ma mâchoire se décroche.

Estomaquée, je me vois attaquant les trois sales types. Je les ai tués, du moins, mon subconscient l'a fait en pilotant ma louve. Je devrais en être perturbée, mais ces hommes s'en étaient pris à ma mère. J'avais au moins réussi à obtenir une once de justice.

J'ignorais avoir fait ça. Je m'étais repliée sur moi-même et j'avais laissé ma louve prendre le contrôle, pour fuir. Le traumatisme a cloué un trou noir sur ma première mutation. Je croyais avoir été assommée. Manifestement, j'étais devenue férale pendant un temps.

Une tueuse, une meurtrière. La colère en moi exulte, jubile. L'excitation me donne envie de sautiller sur ma chaise. Quelle caïd.

— Est-ce qu'elle a arraché au démon sa..., commence l'un des chiens de l'enfer derrière moi, horrifié.

Oh oui, je la lui ai arrachée, pensé-je en me jouant *Bad Guy* de Billie Eilish. Voir que les débuts de ma louve n'étaient pas franchement dociles ni pathétiques booste ma confiance en moi.

— Putain de merde ! Ouais on dirait bien...

Je jette un regard en arrière vers les chiens de l'enfer. L'un d'eux hoche la tête d'un air approbateur, tandis que l'autre descend ses mains pour se protéger instinctivement. Le chien nounou me donne un petit coup de coude afin que mon attention se reporte devant moi. Une vraie loubarde. Je fais même peur aux chiens de l'enfer, fanfaronné-je.

John poursuit son exposition des preuves rassemblées et des détails concernant le démon qui a servi d'intermédiaire, tout en révélant que j'ai été prisonnière pendant plus d'une semaine avant d'être sauvée.

Toute cette période est trouble. J'allais mal, pas seulement physiquement, mais psychiquement. J'étais complètement en vrac.

John parcourt rapidement la salle du regard, s'assurant de l'attention de tous, puis il se focalise sur les membres de la meute. Ce soir, pour la première fois depuis que je suis assise ici, je me force à les regarder. Je les évitais, car ils me tétanisaient.

Avoir la preuve irréfutable en image de la trahison de Dave, leur père, a dû être un coup dur. Pris en otage par un démon, il a mouchardé trois femelles d'un clan, dont deux petites filles sans défense. Le crime est d'autant plus grave que les femelles métamorphes sont rares.

Vincent, en particulier, a érigé son père en héros exemplaire. Il a passé les dernières années à redorer la mémoire d'un Dave qui n'a jamais existé.

Beth sanglote dans les bras de Harry ; Jason est immobile, livide ; Vincent, qui ne cherche pas à consoler sa compagne, avance en ouvrant les bras avec défiance.

— C'est une blague ? C'était ça que tu cachais, John ? Ta pute de mère faisant craquer la nuque de Grace comme une brindille ?

Son claquement de doigts combiné aux images qui traversent mon esprit me fait grimacer.

— Elle avait quoi, plus d'un millénaire ? Et infoutue d'encaisser une partie de jambes en l'air un peu hard, elle se mutile ? grogne-t-il. Tu as entendu mon père, il avait un marché pour protéger Grace. Cette cinglée n'avait pas à la tuer ! Je vois parfaitement ce que tu essaies de faire : le traîner dans la boue pour protéger cette *chose*.

Il me pointe du doigt et je sursaute malgré moi ; j'aimerais qu'il arrête de faire ça.

— Tu te fous de ma gueule ? Aujourd'hui, tout ton truc de manipulation, étant donné les actes de cette salope dégénérée, me fait regretter de n'avoir pas maltraité davantage sa chienne de gosse. Tu veux que je pleure de culpabilité ?

Vincent m'épingle de son regard noir empli de haine sans cesser de me pointer du doigt.

— Va chier. Si tu la laisses seule avec moi, je terminerai le boulot que j'aurais dû achever il y a un bail. Tu as perdu toute autorité en la lâchant à ma porte.

Vincent crache au sol sans me quitter de son œil mauvais. Sa lèvre se retrousse pour me montrer les crocs. Un grondement émane du chien nounou derrière moi qui se rapproche d'un pas.

Un rire sinistre naît de John.

— À la porte de Forrest, Vincent, le corrige-t-il. Pas *ta* porte.

— Quoi ?

Pris au dépourvu par le ton calme de la réponse de mon frère, il recule la tête et son bras retombe.

— Le manoir, le terrain, l'argent. Tout appartient — et a toujours appartenu — à Forrest. C'est l'héritage de sa mère, et non de la meute, transmis pour assurer la survie de sa fille.

Vincent grince des dents, tandis qu'une étincelle s'allume dans le regard rougeoyant de John. Un malaise agite les chiens de l'enfer qui se préparent à entrer en action et à arrêter John s'il perd le contrôle.

— Que ce soit bien clair... je tuerai quiconque s'avise

encore une fois de traiter ma sœur de *chose*... et je prendrai tout mon temps.

Son regard pénètre les membres de la meute un à un, qui sont incapables de le regarder en face. Beth enfonce son visage dans la poitrine de Harry.

— Jason, tu as quelque chose à ajouter ? demande John au métamorphe d'ordinaire imperturbable et menaçant.

Ce dernier me lance un regard froid, dénué d'émotion, qui réclame vengeance. Je baisse les yeux vers le plaid que je remonte et cale sous mon menton.

Je n'ai pas envie d'être là... Pourquoi faut-il que j'assiste à cette discussion ? Jason ne pètera pas un boulon à l'instar de Vincent, bien qu'il soit son toutou et son ombre. Jason garde toujours le contrôle de lui-même. Un contrôle sadique même.

Comme prévu, il répond à la négative d'un signe de tête.

— À moins que l'un d'entre vous tente une remarque désobligeante à propos de ma sœur, personne ne va mourir ce soir. En revanche, vous allez partir. Vous n'êtes plus les bienvenus dans ce manoir.

Vincent se met à protester, mais mon frère balaie ses commentaires d'un geste de la main avant de reprendre d'une voix basse.

— Si tu fermes pas ta gueule, je vous bute tous.

Il exhale une bouffée semblable à de la vapeur par temps froid. Je souffle... Oui, il fait bel et bien chaud à l'intérieur ; c'est la magie de John.

— Vous avez une demi-heure pour remballer votre merdier. Prenez un sac pour embarquer l'essentiel, et je dis bien *un* sac. Les comptes bancaires de la meute sont gelés, alors ne vous emmerdez pas à prendre votre bagnole. Doré-navant, vous êtes bannis de notre société pour crime contre une femele métamorphe de sang pur. Tout le monde est d'accord...

À présent les deux membres du conseil, demeurés jusqu'alors mutiques au point de les avoir oubliés, font un pas en avant. Ne jamais oublier le conseil.

— En tant que témoin du conseil, j'approuve, proclame le plus grand des deux aux cheveux d'or.

— En tant que membre du conseil, la sentence me semble trop douce. Je ne m'objecterai pas à une peine de mort. Mais ce n'est que mon avis personnel... aujourd'hui je ne suis que témoin, et approuve.

— Harry, recule, reprend John. Beth, on peut parler maintenant de tes options. Tu n'es pas obligée de rester avec ton compagnon. Tu es humaine, j'ai les ressources pour t'ai-der. La vie de bagnard est difficile, tu n'as pas les épaules assez larges.

Beth opine timidement.

— Vinny a continué de me mentir, dit-elle doucement, enlacée par Harry, avant de regarder son compagnon. Tu m'as raconté tellement de mensonges horribles sur Forrest. Grâce à la réunion d'aujourd'hui, je sais que tout est faux.

Elle indique le sol vers Vincent.

— Tout à l'heure, j'ai dû t'écouter banaliser un viol, l'as-socier à *une partie de jambes en l'air un peu hard*, poursuit-elle en secouant la tête, le regard accusateur, dépité. C'est quoi ton problème, Vincent ? Si ç'avait été moi, tu te serais attendu à ce que je reste prostrée en comptant les moutons ?

Des larmes jaillissent de sa voix qui se brise.

— J'ai passé huit ans dans ce manoir, j'ai observé ta

cruauté. Je n'ai rien fait, rien ! lâche-t-elle en frappant sa propre poitrine. J'aurais pu faire plus, j'aurais dû, oui ! Je suis seule responsable de mon inaction. Je ne me le pardonnerai jamais, et toi non plus Vincent, je ne te pardonnerai jamais. Je peux ? demande-t-elle à John en me regardant.

Mon frère lui donne la permission. Elle s'arrache de l'étreinte de Harry, engage quelques pas dans ma direction.

— Forrest, je suis désolée, s'excuse-t-elle, les yeux et le nez rougis par les pleurs.

Une autre larme roule sur sa joue et sa bouche se met à trembloter. Je sors ma main de la couverture pour ébaucher un pouce en l'air incertain. Elle lâche un petit rire chevrotant.

— D'accord, murmure-t-elle en retour.

— Attends, tu me lâches ? articule Vincent, empourpré et abasourdi.

Beth le regarde, puis ses yeux clignotent frénétiquement alors qu'elle recule, inquiète. De retour dans les bras de Harry, elle confirme par un hochement de tête.

— Incroyable, putain.

Tendu comme un arc, Vincent lui tourne le dos en maugréant. Ses poings se referment. Aucun doute : si les chiens de l'enfer n'étaient pas là, il se défoulerait sur le mur — ou sur moi, son sac de frappe favori. Je sens sa hargne et l'odeur de sa rage.

Alarmée, mes yeux passent de Vincent à Beth dont la sécurité me préoccupe.

Mais en bonne trouillarde, je me tasse sur ma chaise.

— Les gars, escortez ces métamorphes renégats. Quant à vous, vous avez vingt-six minutes pour débarrasser le plancher, déclare John avec un air de dédain.

Maintenu par un loup, Vincent piétine en direction de la sortie. Une veine palpite furieusement dans son cou et, en arrivant à mon niveau, son corps se tend. Je me rapetisse sous mon plaid douillet, faisant de mon mieux pour me rendre invisible. Vincent me dévoile ses crocs.

Sans crier gare, il grogne et se jette sur moi.

Tout se passe ensuite au ralenti...

Je couine de peur.

Mes mains restent coincées sous le plaid. Merde, je ne suis pas assez rapide, mon visage va y passer. Grimaçant, je ferme violemment les yeux.

Un liquide chaud éclabousse mon visage et mon cou.

Haletante, je sens l'odeur métallique du sang emplir mes narines.

Aucune douleur.

Tout doucement, j'ouvre les yeux.

Mes paupières papillotent, alourdies par mes cils.

Le chien nounou est au-dessus de moi, ainsi que Vincent.

Ce dernier reste les yeux écarquillés en hoquetant alors qu'un couteau est planté dans sa gorge.

Mes yeux s'agrandissent, mes pensées s'embrouillent. Pétrifiée, j'entends Vincent s'étrangler et sa respiration devenir un sifflement.

Je suffoque, l'air peine à s'infiltrer dans mes poumons.

Rôdant dans mon champ de vision, John se place à côté de Vincent, l'air de rien, en penchant la tête pour analyser la situation, puis sourire.

Ravie que ce rictus effroyable ne me soit pas adressé...

Un cri me parvient en arrière-plan, celui de Beth. Cependant, le spectacle sous mes yeux me happe, je n'ose pas même sourciller. C'est comme si tout s'était éteint autour de nous ; le monde réduit à une bulle dans laquelle nous sommes isolés.

John saisit le bras de Vincent et soutient le métamorphe ensanglanté dont les genoux menacent de se dérober.

— Tu ne croyais pas que j'allais te laisser la vie sauve, Vincent ? murmure-t-il avec le même rictus et une flamme dansante dans le regard.

Impossible de respirer.

Je reste glacée lorsque le chien nounou extrait la lame de son cou, faisant jaillir le sang. Absolument macabre.

Son sang gicle sur mon visage, puis sur ma bouche, dégoulinant de mes cils.

— Je voulais te voir tout perdre, lui dit John. Savoure ton dernier échec avant que je ne mette fin à ta misérable vie.

John donne un coup de couteau, puis Vincent gémit.

— Quel métamorphe qui se respecte s'éclate à torturer des gamines ? Tu croyais nous impressionner ? ricane-t-il, l'air mauvais. Merci de m'avoir facilité la tâche.

Un énième sifflement morbide s'échappe de Vincent, qui semble s'étouffer dans son propre sang. John lâche son bras pour le saisir sans ménagement par le col. Vincent reçoit un coup dans les jambes qui l'oblige à tomber à genoux, puis John se penche pour lui parler à l'oreille.

— Mate-moi ça. Tu crèves à genoux comme un renégat, et Forrest se tient droite devant toi comme une reine.

Il lui tire la tête en arrière. Je frissonne en voyant ses yeux vitreux et le filet rouge qui s'écoule de sa bouche.

John appuie son genou sur le flanc de Vincent et, avec une lenteur délibérée, il retire la lame de son cou. Vincent tombe à la renverse dans un bruit sourd, en donnant des coups de pied dans le vide, la respiration éraillée.

Son corps finit par s'immobiliser au centre d'une mare pourpre grandissante.

Silence.

Je regarde, hébétée, le monstre à mes pieds. La mare d'hémoglobine. Je n'arrive pas à croire que Vincent est mort ; j'étais persuadée qu'il m'aurait tuée avant.

Qu'est-ce qui vient de se passer, bordel...

La bulle éclate et tout le brouhaha ambiant me rattrape d'un coup, trop vite. Beth hurle à la mort, ses cris de détresse emplissent la pièce.

— Super... je vais chercher la paperasse, bougonne le chien nounou.

D'un geste du poignet, il me procure un torchon, puis se penche pour ôter le sang de mon visage. Déroutée, je le regarde tandis qu'il me lance un clin d'œil.

Jason, le métamorphe flippant, est traîné dehors par deux loups sans piper mot.

Harry se balance d'un pied sur l'autre avec appréhension, alors que John marche sur le cadavre de son frère, esquivant la mare pourpre. John s'approche pour s'adresser à lui, comme si la mort de Vincent n'était que le quotidien ; pour John, sûrement. Bon Dieu, il fout la trouille.

La voix de John traverse la pièce.

— Harry, bien que tu sois banni et marqué comme renégat, je suis sûr que Forrest ne voudrait pas te voir souffrir. On va parler en privé de ma sœur qui a été emprisonnée et affamée sous ta protection.

J'arrive à voir, par-delà John qui me tourne le dos, l'expression blême et terrorisée de Harry.

S'il est coupable de maltraitance, alors John aussi. Bon sang, quel faux-cul ! Refusant qu'il s'en prenne à lui, mon grognement éclipse la poltronne qui est en moi. John me lance un regard par-dessus son épaule, je plisse les yeux. Il secoue la tête avec un petit sourire avant de revenir à Harry.

— J'ai conscience que tu n'as que vingt-quatre ans. Je t'autorise à prendre tout ce qui t'appartient, ta voiture y compris. Tu as jusqu'à demain pour lever le camp.

Harry ferme les yeux, expire de soulagement, puis opine en remerciement. Avec un peu de chance, il pourra éviter mon frère. Avec un mépris ostentatoire, John se détourne de lui pour s'entretenir avec Beth.

Le pas traînant, Harry vient à ma rencontre et scanne la pièce. Négligeant le corps de son frère, il se baisse à ma hauteur, tandis que le chien nounou l'avertit avec un grondement.

— Salut, Forrest. Waouh, ce rose... c'est stylé. Je suis si fier de toi, je n'en reviens pas que tu sois redevenue humaine... sans parler de la morsure dans les bijoux de famille du démon, dit-il en frissonnant. Je crois que tu as foutu les pétoches à tous les mecs de la salle.

Son visage est d'abord animé par un rire, qui retombe finalement dans une attitude anxieuse.

— Quand tu seras remise sur pattes, on pourrait... je ne sais pas, se prendre un café, un chocolat chaud ou un truc du genre ? Histoire de papoter. Tu restes ma petite sœur, tu le sais ça ?

Il passe la main sur son visage, ses yeux s'affaissent.

— Il n'a plus jamais été le même après la mort de Dave et de Grace. Vincent a toujours été complexe... Je ne vais pas dire qu'il était gentil, mais, en grandissant, il s'est montré bon envers moi.

Harry souffre. Je me penche pour enrouler mes bras autour de son cou, et cette soudaine initiative le fait presque basculer.

Bon, *basculer*, c'est un peu exagéré ; il bouge à peine d'un millimètre. Il faut dire que je suis vraiment minuscule. Je hoche la tête et il s'écarte.

— Bon, euh... à bientôt.

Il m'adresse un sourire pâle avant de foncer vers la sortie.

Chapitre Onze

L'hôpital des métamorphes ressemble plus à un hôtel-boutique sur le thème médical qu'à un hôpital humain comme on en voit à la télé. J'imagine qu'il est assez rare pour des métamorphes d'avoir besoin de soins médicaux, d'où cet endroit ultra-chic. S'il y a d'autres patients, je ne les croise jamais. Je suis seule avec une poignée de spécialistes qui défilent, venus des quatre coins du monde.

On me passe rapidement de l'un à l'autre comme dans un match de handball version métamorphes. Mais bizarrement, aucun de ces fameux *spécialistes* n'était là quand j'étais coincée sous ma forme de louve. Ils m'ont laissée pourrir et, soudain, tout le monde s'inquiète de ma santé ? C'est du grand n'importe quoi.

Je suis passée pro dans l'art de cacher mes émotions derrière le masque de « la gentille ingénue ». Ça colle bien avec l'image que me renvoie le miroir : une petite humaine aux cheveux rose bonbon, menue, faible, inoffensive. Autant utiliser ce trompe-l'œil à mon avantage, non ? Quant à « l'innocence », il n'en reste pas grand-chose. Elle a été engloutie par le besoin de survivre, comme la terre sèche avale la pluie. Aujourd'hui, je joue la victime pour éviter d'en être une. Je suis une survivante.

Depuis que John m'a lâchée ici, il y a plus d'une semaine, il n'est pas revenu. Il est sous pression — sauver le monde est plus important que voir sa sœur, après tout. Protéger tout le monde, c'est son truc à lui, alors penser que je passe avant, ce serait de l'égoïsme.

Au moins, ces années passées sous forme de louve m'ont appris la patience, et j'en ai bien besoin pour supporter ce cirque. Toute cette foire médicale est une vaste blague. Les médecins ne me disent rien ; mon dossier médical est la propriété du conseil des métamorphes.

Je garde mes questions pour moi. Moins on en sait, mieux on se porte, paraît-il. Tout ce que je veux, c'est qu'on me laisse tranquille, retrouver une vie normale. La seule raison pour laquelle je reste, au lieu de filer vers les collines, c'est que mon instinct me crie de prendre sur moi et d'accepter qu'on m'aide pour redevenir plus forte. C'est la chose intelligente à faire.

Dissimuler ma colère est un défi constant, et empêcher mon amertume de se manifester relève du combat. À force de la ravaler, j'en ai la nausée.

Je suis assise sur une chaise dans une salle d'examen luxueuse. À côté de moi, Jodie, l'infirmière, me couve de son regard brun, chaleureux et rassurant, et son beau visage est détendu. Jodie est une sorcière, talentueuse en plus, et elle s'est débrouillée pour devenir mon amie. Elle a inauguré notre amitié en me filant une petite boule de potion dépilatoire dès la première nuit. En m'aidant à me doucher, elle avait été horrifiée par la pilosité de mes aisselles. Eh bien, qui l'eût cru ? Même si j'avais dégainé un couteau, elle n'aurait pas été plus choquée. Je souris à ce souvenir. Elle m'a traitée de « petit chat touffu » et m'a bombardée de conseils sur la *féminité* que j'ai oubliés aussi sec, tant son cours accéléré m'a laissée perplexe. Si on l'écoute, cette potion est un must, elle marche même sur le duvet du visage. Je n'avais pas la moindre idée que les femmes avaient de la moustache et du poil au menton, avant que Jodie m'en fasse tout un exposé. Au moins, mes sourcils sont bien nets, je suppose. À moins de prendre une boule d'antidote, me voilà donc condamnée à une éternité sans poils.

Jodie est bien plus qu'une infirmière sorcière ; elle est aussi mon orthophoniste. Un vrai couteau suisse, et jusqu'ici, elle se montre bienveillante et talentueuse. Est-ce que je peux lui faire confiance ? Aucune idée. Je ne sais même pas vraiment dans quel camp elle se trouve, mais elle m'intrigue. Les sorcières sont fascinantes, et d'après ce que j'ai pu comprendre, elles ne se battent pas. Pas besoin, avec la magie dont elles disposent. Avec Jodie et son sabbat qui m'inventent chaque jour une nouvelle boule de potion plus originale que la veille, je commence à adorer tout ce qui touche à la magie de sorcière.

Les cheveux châtains de Jodie sont tressés en deux belles nattes de chaque côté de la tête. Quant à moi, j'ai une tresse loose, une petite victoire depuis qu'elle a fait venir un coiffeur humain pour que mes cheveux, jadis longs jusqu'aux cuisses, soient coupés au milieu du dos, ce qui est plus gérable. Le coiffeur était complètement dingue du rose pastel ; il n'en revenait pas.

Mon roux naturel n'a toujours pas refait surface, et je ne peux même pas changer de couleur ; les métamorphes ne se teignent pas les cheveux. On peut, techniquement, mais ça ne sert à rien : la magie de la transformation annule tout pigment artificiel à chaque fois. Idem pour le maquillage et les tatouages. Tout se régénère au passage d'une forme à l'autre — c'est d'ailleurs ce qui explique notre longévité.

La blouse rose de Jodie bruisse quand elle me fait un double pouce en l'air en souriant de toutes ses dents. Je plisse le nez en réaction à ses pitreries et reporte mon attention sur le médecin du jour, le Dr Gregory, un métamorphe félin. Tablette en main, il lit mon dossier médical avec une lueur troublante dans le regard. Le Dr G lève enfin les yeux de l'écran et me sourit.

Je ne lui rends pas son sourire, mais l'observe avec méfiance. Je n'ai rien contre le gentil docteur, mais bon, il est spécialisé en gynécologie des métamorphes. J'articule en silence les mots « médecin du vagin », suivis d'un frisson théâtral et d'une moue grimaçante. Le sourire de Jodie s'élargit. Je serre les mains devant moi et me penche légèrement en avant sur la chaise pour protéger ma foufoune.

C'est lui, aujourd'hui, qui va m'ausculter et me tripoter. Génial... J'ai une envie furieuse de lui dire d'aller se faire voir. Cela ne fait que huit jours que je suis ici, et je n'en peux plus des examens. J'ai l'impression que mon corps ne m'appartient plus. Que ce soit sous ma forme lupine ou humaine, j'appartiens à tout le monde sauf à moi-même.

Je refoule mes émotions inutiles, me redresse, arque ma colonne vertébrale, relève le menton et tente d'avoir l'air adulte. Du coin de l'œil, je vois Jodie hocher la tête d'approbation. Je l'interprète comme une validation. Purée, se comporter en personne « normale » et équilibrée, c'est plus difficile que je ne le pensais. Je ne connais pas les règles du jeu.

Je me dis que la meilleure stratégie, c'est d'imiter les personnes autour de moi, espérant au moins donner le change. Mais tout cela m'échappe. J'ai l'impression d'être une gamine qui se réveille d'un mauvais rêve au bout de quatorze ans.

— Forrest, commence le docteur Gregory, en posant sa tablette avec un *clac* sur la table basse en verre.

Il se penche vers moi, pose ses avant-bras sur ses cuisses en costard à fines rayures. Il me dévisage sans vergogne.

— Le conseil est inquiet pour ton système reproducteur, qui pourrait avoir été affecté par tes anciennes conditions de vie. Nous ne pouvons pas te présenter de potentiels compagnons si tu n'es pas en bonne santé.

Voilà, c'est dit... j'ai du mal à croire que ce soit éthique. Je m'efforce de garder un visage impassible, mais l'angoisse me prend à la gorge, menaçant de faire tomber mon masque.

— Cet après-midi, nous allons parler de tes cycles de reproduction. Te rappelles-tu si tu as eu ta première chaleur ?

Je baisse la tête si brusquement que j'en ressens une tension dans la nuque et je ne parviens plus à soutenir son regard. C'est un médecin, mais suis-je obligée de parler de ça ? Je ne lui fais pas confiance, et encore moins au conseil. J'enroule mes bras autour de moi.

Pour les femelles métamorphes de la lignée Canidae, la

première chaleur survient en général après la première transformation animale, entre dix-huit et vingt-cinq ans. Contrairement aux humains, nous n'avons pas de règles mensuelles. Deux fois par an, nous avons des chaleurs, l'œstrus. Ce cycle dure de deux à quatre semaines, et c'est uniquement pendant cette période que nous pouvons concevoir. Une transformation après la période des chaleurs élimine naturellement la paroi de l'utérus. La magie régénère les cellules, donc le corps n'a pas besoin de le faire — sauf si, pour une raison quelconque, la femelle ne peut plus se transformer.

Je ravale le goût amer de bile qui monte dans ma bouche. Je me tortille sur la chaise et glisse mes mains sous mes cuisses pour en contrôler les tremblements. J'essaie de respirer calmement ; merde, il faut que je me reprenne. C'est juste une question.

J'ai eu ma première transformation et mes premières chaleurs beaucoup plus tôt que la normale.

Dis-lui.

J'inspire en tremblant. Le produit nettoyant au citron utilisé pour le sol me picote les narines. L'horloge murale égrène les secondes, chaque tic-tac résonnant plus fort que le précédent. Je me balance légèrement d'avant en arrière, tentant de former des mots. J'ai l'air marteau.

Je me racle la gorge et lentement, comme si j'avais répété, je murmure :

— Vers... dix ans.

Ma voix éraillée gratte comme du papier de verre. Je déglutis, la bouche sèche.

Coincée sous ma forme de louve, j'ai enduré cinq cycles de chaleurs traumatisants, suivis de saignements, incapable de me métamorphoser pour y mettre fin. C'était un soulagement quand ça s'est arrêté. Mon corps devait être trop mal-en-point, trop affaibli par la malnutrition. Je ravale la boule dans ma gorge et garde les yeux baissés.

Je mordille mes lèvres pour en calmer le tremblement.

Un souvenir grignote les frontières de ma conscience. Ce doit être un mauvais souvenir, vu la façon dont j'ai de plus en plus de mal à respirer. Je le remets dans sa boîte avec tous les autres.

Dr G me parle, mais je n'entends rien à cause des battements de mon cœur. Je bouge mes mains pour agripper les bords de la chaise ; le cuir glisse sous mes paumes moites. Je me force à rester immobile. Il faut que j'arrête de me balancer.

La boule dans ma gorge est devenue une pierre qui m'empêche de respirer.

Qu'est-ce qui ne va pas chez moi ?

Un bruit venu de l'extérieur me fait sursauter, et le souvenir jaillit comme un coup de poing dans la figure. Des images éclatent dans mon esprit, et me voilà de retour dans la cage.

Suis-je en train de mourir ? Des crampes atroces. Des gouttes de sang en forme d'étoile sur le béton.

— Sale chienne dégueulasse !

L'eau glacée du tuyau jaune jaillit comme un geyser entre mes jambes.

Froid, si froid. Je veux ma maman.

Le sang se mêle à l'eau, tourbillonne, s'écoule dans le siphon.

Non. Non. Non.

La honte, refoulée depuis si longtemps, me serre la

gorge. Je reviens à moi-même, et je sens un truc dur qui me rentre dans le dos. Il me faut quelques secondes pour retrouver mes esprits et comprendre que je suis coincée entre la table d'examen en cuir noir et le mur. Je suis recroquevillée sous la table, les genoux remontés contre ma poitrine. *Je n'arrive pas à respirer. Je n'arrive pas à respirer.* Des taches noires dansent devant mes yeux. Je cligne rapidement des paupières pour essayer de clarifier ma vision.

Puis il est là, un grand loup noir.

La table d'examen tremble légèrement au-dessus de moi alors qu'il rampe jusqu'à moi. Il laisse échapper un gémissement plaintif, et ses yeux gris, profonds et bienveillants, me fixent avec inquiétude. C'est le chien nounou. Je plonge mes mains dans sa fourrure épaisse et pose mon front contre le sien.

Qu'ai-je fait ? Qu'est-ce que j'ai bien pu faire ?

Le chien nounou pousse un profond soupir, faisant onduler mes cheveux humides qui collent à mon front. Il recommence. Inspire. Expire. Je m'efforce de calquer mon souffle sur le sien. Inspirer, expirer.

Je vais bien, je vais bien.

Quand mon cœur ralentit enfin et que mes tremblements cessent, le chien nounou recule lentement. Il attrape mon pull entre ses dents et me tire hors de ma cachette.

Je suis morte de honte.

Je lève les yeux vers le médecin et l'infirmière, visiblement choqués. Ma chaise s'est renversée ; autrement, tout semble normal dans la pièce.

Les larmes brillent dans les yeux de Jodie, et une ride d'inquiétude est apparue entre ses sourcils. J'articule un « je suis désolée » silencieux.

Jodie tire sur sa blouse. Elle plisse le nez et fronce les sourcils.

— Je n'ai rien entendu. Réessaie comme lorsqu'on s'entraîne toutes les deux.

Je lève les yeux au ciel, mais je suis soulagée de retrouver cette routine familière.

— Je... je s... suis... dé... solée, soufflé-je d'une voix rauque.

Jodie me fait un grand sourire, s'agenouille et me prend dans ses bras pour me réconforter.

— Un pas à la fois, murmure-t-elle en me serrant plus fort.

Après une tasse de thé, je parviens à donner à un docteur Gregory hésitant et distrait les informations dont il a besoin. Il conclut la séance sans m'imposer d'examen physique, sans doute pour ne pas risquer d'affronter le molosse enragé qui refuse de s'éloigner de moi. Le chien nounou — dont j'ai finalement appris qu'il s'appelait Owen — est officiellement mon héros.

Le docteur, visiblement mal à l'aise, laisse aussi échapper que je ne devrais pas avoir de problèmes pour avoir des enfants ; ma prise de poids devrait permettre à mon cycle de chaleurs et à ma fertilité de se rétablir. Chouette, le conseil va être ravi... (attention, roulement d'yeux).

Chapitre Douze

Je suis assise, jambes croisées, sur le lit de ma cellule. Ma cellule d'hôpital. Grâce à mon nouveau régime alimentaire, je me suis remplumée de sorte qu'être humaine n'est plus douloureux. Mes articulations au niveau des genoux, des coudes et du popotin ne me font plus mal. Maintenant qu'il y a plus de viande autour, mes os ne jouent plus aux maracas et je ne ressemble plus à Skeletor version fille. J'ai toujours l'air d'une gamine, mais je garde espoir. J'ai vite gagné en force, et je ne loupe pas une occasion de me lever, de marcher, de m'étirer pour m'assouplir.

Mon corps s'adapte, et tout me semble plus familier. Par contre, je ne m'habitue toujours pas à la disparition de ma fourrure. J'ai constamment froid... Bref, dans l'ensemble, je vais bien.

Ma voix en revanche... Parler est plus difficile que prévu.

Au début, la raison de mon incapacité à former des mots déboussolait les médecins. J'ai subi une batterie d'examens, et, même si mes cordes vocales sont abîmées — *bousillées* serait plus adéquat —, ça n'explique pas ma réticence à parler. Le problème est classé comme maladie mentale. Choc émotionnel. Pendant toutes ces années, coincée dans ma tête en compagnie de ma voix intérieure, j'aurais donné n'importe quoi pour parler. Désormais, utiliser ma voix me paraît déroutant. C'est très bizarre de m'entendre, et j'évite de parler à voix haute. Je n'ai pas l'habitude de m'adresser vocalement à des inconnus. Comme un jouet sur commande, je me force à parler quand il le faut. Sinon, je ne sortirai jamais d'ici.

Cet après-midi, les médecins — ou le conseil — veulent que je bosse sur ma mutation. En d'autres termes, ils veulent que je reprenne ma forme lupine.

Je me chie dessus.

Je crains de ne pas pouvoir redevenir complètement humaine, ou pire, de rester bloquée en louve. La peur vit en moi, elle me ronge. Peu importe ce que racontent les médecins, je n'ai pas l'esprit serein, cependant j'ai conscience de devoir passer par là.

Il ne va pas falloir que je me loupe...

Pas question d'attendre qu'une bande de toubibs s'attroupe autour de moi alors que je suis toute nue ; c'est déjà assez stressant comme ça. J'ai donc décidé de muter toute seule dans ma chambre.

Je sais, je sais. Je suis maboule.

Il faudrait au moins que j'attende Owen pour qu'il m'aide, mais l'attente me vrille les nerfs. Je dois en finir avec cette épreuve. J'expire nerveusement, humecte mes lèvres, descends du lit et carre les épaules. Je vérifie autour de moi, mal à l'aise, puis me désape. J'ignore s'il vaut mieux que je sois à quatre pattes, mais comme ça, ça va.

J'inspire une puissante bouffée d'air.

Les paupières closes, j'entame la visualisation de ma louve, de ma fourrure, de mes pattes... Mon corps commence à ressentir des fourmillements, et j'ouvre les bras à cette sensation étonnamment vivifiante. En deux temps, trois mouvements, me voilà louve.

J'ai l'impression d'être rentrée au bercail.

Je m'étire un peu. *Bon sang, regardez-moi ça !* Je secoue ma croupe et agite ma queue. *Mais regardez-moi ça, sérieux !* Ma gueule s'ouvre et ma langue émerge d'un sourire béat. Je tourne en rond, contemplant mes pattes puissantes. Je me plaque au sol, ébahie, et roule sur mon dos en les agitant au-dessus de moi.

Waouh. La magie m'a remise d'aplomb. Eh, la magie m'a guérie ! Je m'y attendais, mais le constater de ses propres yeux, c'est autre chose. Étourdie, bouleversée, j'ai le cœur léger.

Une petite voix rabat-joie me rappelle qu'il vaut mieux que je me retransforme, sinon je risque de rester bloquée. Ce serait tellement plus facile de rester louve... sauf si on m'enferme dans une autre cage. Un frisson m'ébranle. Cette seule pensée me terrifie. Je ne veux pas tenter le diable alors je me remets debout.

En soufflant, je referme les yeux et pense à ma forme humaine : mes mains et mes orteils blafards, et paradoxalement, mes cheveux roses.

J'éprouve un véritable soulagement en me retrouvant sur mes deux jambes. Rayonnante, je lance un poing victorieux en l'air. J'ai réussi ! Je suis une vraie métamorphe. Aussitôt j'éclate en sanglots.

Et c'est ainsi que le chien nounou me trouve : à me morver dessus, nue comme un ver.

— Forrest, tu vas bien ? Tu... tu t'es transformée ?

Je confirme, la bouche tremblante.

— Ce sont des larmes de joie ?

En réponse, je dodeline une espèce de « ni ». En fait, je ne suis pas certaine que ce soient des larmes de joie.

— Tu n'aurais pas dû le faire seule... tu veux du gâteau ?

— Qu'est-ce qu'il y a ? lance Jodie en entrant dans la chambre.

Elle tourne autour de Owen avant de me détailler de la tête aux pieds. Voûtée et larmoyante, je ne prends pas la peine de me couvrir.

— Forrest a muté et se sent...

— Pourquoi est-elle nue ?

— Les vêtements ne font pas partie de la transformation d'un métamorphe.

— Oh mais j'ai une potion pour ça ! se réjouit Jodie en se frottant les mains, tout sourire.

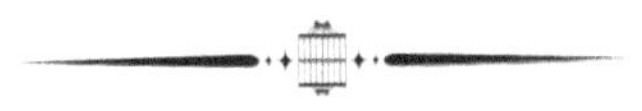

Une heure plus tard, je me trouve dans un angle de la salle à manger, dos au mur. Juste à côté de la fenêtre qui donne sur la cour intérieure. En arrivant, ils ont pris soin de m'installer dans une chambre au rez-de-chaussée pour avoir accès à ladite cour.

La porte à double battant s'ouvre d'un coup et Karen,

une nutritionniste humaine et maigrichonne traverse la pièce. Elle sourit nerveusement en m'apportant une assiette de poulet, accompagné de petits pois et de purée.

Je ronronne en signe d'approbation ; il y a de la sauce.

Karen a été engagée pour répondre à mes besoins nutritionnels. La pauvre a si peur de moi que l'odeur de terreur qui l'entoure me donne envie de me moucher. Je gigote sur ma chaise, tentant un sourire rassurant. Les yeux de l'humaine se dilatent et s'arrondissent. Sa panique envahit mes sens.

Je m'affaisse sur mon siège, impuissante, et abaisse le regard sur la table alors que Karen tremble comme une feuille, faisant tomber les petits pois de l'assiette au sol. Mon nez se retrousse : adieu, mes petits pois... On n'aime pas que je mange ce qui est tombé par terre, alors ils resteront là où ils sont.

Karen dépose l'assiette devant moi avec un bruit sourd et recule aussitôt.

— Alors F-Forrest, essaie de manger autant que tu peux.

J'articule un « merci » à la tremblante Karen.

Cette fois, mon sourire est pour le plat. Je m'*exerce* sur le poulet en m'efforçant de montrer le moins possible mes dents. Pour le moment, tout est un exercice. J'ajouterai les sourires en bas de ma liste interminable afin de m'exercer, éventuellement, devant mon reflet.

D'une main malhabile, j'empoigne mon couvert. Pour l'instant, tenir ma fourchette est une vraie mission, mes mains vont m'être inutiles pendant un bout de temps. Je grimace alors que je peine à la faire tourner, puis la serre dans mon poing et enfourche le poulet. L'humaine s'étrangle de peur et file à l'autre bout de la pièce. Je me voûte en grimaçant.

Bon sang, qu'est-ce que j'ai encore fait ?

En face de moi, Owen s'ébroue et je lève un regard vers lui. Les coins de ses yeux et de sa bouche tressautent ; il se retient de pouffer de rire. D'un signe de tête, j'indique Karen qui s'est enfuie ; je n'avais pas l'intention de l'effrayer.

— Ne t'en fais pas, dit-il en hochant la tête vers mon assiette, mange.

Inutile de me le dire deux fois. Au moins, j'essaie d'utiliser la fourchette ! Ça irait plus vite avec mes mains, à condition qu'on m'y autorise.

Je lève le poulet embroché en louchant presque dessus avant de l'enfourner dans ma bouche. J'en reprends un morceau.

Ma nuque se hérisse.

La pièce est plongée dans un calme anormal. Je lève le nez et les découvre tous en train de me fixer. Qu'est-ce qu'ils regardent ?

Je ramène l'assiette vers moi en mâchonnant.

Owen s'éclaircit légèrement la voix.

— Forrest.

Je rencontre ses yeux mécontents ; étant donné la tronche qu'il tire, j'ai dû faire quelque chose de travers, encore...

Oups, voilà que je grogne. Je m'arrête, puis expire. Mes yeux dardent autour de moi, vérifiant que personne ne lorgne ma nourriture.

— Pas de panique, personne ne va te voler ton déjeuner. Compte sur moi.

J'opine pour le remercier — je me fie à lui — puis

retourne à mon plat. Un ronronnement comblé succède au grognement.

Avec ma technique de pelleteuse, je vide mon assiette en moins de deux. Pas très glamour, mais efficace.

Owen se lève de table en s'excusant. Quand il revient de la cuisine, une chose ahurissante se produit : mon assiette vide est remplacée par une part de gâteau au chocolat.

Du gâteau au chocolat ! Un grand sourire illumine mon visage tourné vers Owen.

Sans déconner, j'entends carrément l'orchestre céleste des anges. Ce gâteau tombe du ciel, et je jure discerner une auréole dessus ! J'en croque un bout, mes yeux roulent dans leurs orbites.

C'est décidé. Par le pouvoir divin de ce gâteau au chocolat, Owen et moi sommes amis pour la vie.

CHAPITRE TREIZE

L'ÉNORME POING me prend en plein visage. Je râle quand le sang inonde ma bouche.

— Tu n'essaies même pas ! maugrée ce trouduc d'Owen, les yeux plissés par la sueur qui perle sur son front.

— Mais si !

Je dévoile mes dents ensanglantées, ce qui lui arrache un rire.

— Encore. Cette fois, contre moi.

Fonçant de nouveau sur moi, il feint un crochet à gauche que j'intercepte. Je bloque le coup à droite, mais loupe sa main gauche qui me frappe à l'estomac. Je souffle de douleur en gémissant.

Owen s'éloigne pour me tourner autour. Pour un grand costaud, il a le pied sacrément leste.

— Allez, sérieux ! Ça devrait être naturel pour toi de te

battre. Tu es une métamorphe. Bloque-moi, cogne-moi. Tu te bats comme une humaine.

Je me mets à grogner. J'esquive sans attendre quand il plonge sur moi, puis mon poing entre en collision avec sa mâchoire. Touché ! Owen titube en arrière, et pendant un instant, je me laisse aller à un élan de fierté. Enfin, je l'ai eu en pleine poire. Bien joué, madame.

Ma main bandée me fait mal ; je crois que je me suis pété les phalanges contre sa mâchoire. Fais chier, j'aurais mieux fait d'y aller avec le plat de la main.

Owen me cogne de nouveau.

— Arrête d'anticiper ! Une droite ne termine pas le combat.

Son regard braqué sur moi rétrécit, sa voix est tendue par la frustration.

— Où sont passées les combis qu'on a vues ensemble ? Ton atout, c'est tes jambes. Où sont tes kicks ? Allez, Forrest, tu peux faire mieux que ça !

Owen abat son poing gauche sur mon épaule, et je m'enveloppe de mes bras pour ne pas tomber.

— Aujourd'hui, c'est de la tarte avec moi. Ce ne sera pas toujours le cas. La vie n'est pas faite de papillons et de bisou-nours. Même à l'entraînement, il faut se donner à fond.

On s'y remet.

Je vacille un peu. Bordel, je suis claquée. Mais je me force à me concentrer. J'analyse son regard, attendant un indice de son prochain coup. Je pare son poing gauche, puis le droit, qui vise encore mon ventre. Il se baisse pour balayer mes jambes ; je saute pour esquiver. J'envoie une gauche vers son visage, et quand il arrête mon coup, je cherche à lui flan-quer une calotte sur la gorge avec mon autre main. Il arrête tous mes coups, mais ne voit pas venir mon tibia gauche qui le prend de biais, le faisant basculer. J'enchaîne avec un coup de coude à la tempe qui le met à genoux.

Je souris. Le gros poing d'Owen se plante dans ma poitrine, et je me retrouve à plat sur le dos, incapable de respirer.

À bout de souffle, je fixe le plafond avec des yeux de merlan frit. Il me faut plusieurs minutes avant de réapprendre à respirer correctement. Owen est assis à côté de moi. Je glisse un regard vers lui. Sa peau foncée luit, et il a l'air totalement imperturbable. Je suis certaine que je ne *luis* pas, moi ; je dois suer comme un porc.

— C'était mieux, remarque-t-il, le regard animé. Tu dois te transformer pour que ta main guérisse.

Il désigne du menton ma main droite boursouflée, et j'acquiesce en grognant.

— Je te vois ce soir... Soirée film ?

Incapable de hocher la tête, je remue les doigts pour lui répondre oui.

— Top, je veux te montrer *Iron Man*, dit-il par-dessus son épaule en partant.

Je ferme les yeux en grimaçant ; même mes cheveux me font mal. Je crois que je me suis améliorée aujourd'hui.

Trois semaines ont passé depuis ma sortie de l'hôpital de l'horreur. Je vis dans un appartement de l'immeuble appartenant à John, avec les chiens de l'enfer. Un ancien hôtel délabré avec vue sur mer que John a racheté et retapé.

Désormais, l'immeuble compte seize appartements, sans oublier la salle de sport avec piscine. Un très bel immeuble. J'occupe un penthouse avec rooftop privé végétalisé ; ça déchire.

Rien ne surplombe le bâtiment, ce qui fait du jardin sur le toit un endroit rêvé. D'un côté, il y a la vue la plus canon sur la mer, et de l'autre, la ville et le parc aquatique, la façade la plus animée de l'immeuble.

Souvent, j'observe le monde tourner, roulée en boule sur le rooftop. Les cris d'excitation provenant du parc d'attractions composent une musique d'ambiance relaxante, confirmant que la vie existe bel et bien en dehors de mes quatre murs de prison.

Une barrière magique entoure l'immeuble, empêchant les individus sans invitation ou mal intentionnés d'entrer. Elle les éloigne et peut même les rendre inconscients. En levant le nez, on remarque le scintillement doré de la magie qui forme un superbe dôme.

Si on y pense, qui serait assez fou pour s'attaquer à un lieu habité par les chiens de l'enfer ? Il faudrait être dingue, doublé d'une âme suicidaire. Je ne pourrais pas être plus en sécurité qu'ici.

Les meilleurs termes pour décrire mon appartement sont « moderne » et « fade ». Je passe le plus clair de mon temps sur le toit à pester contre Owen — ou comme maintenant, étalée comme une flaque d'eau dans la salle de sport.

Cet après-midi, j'ai décidé de filer en douce quand Owen sera occupé à autre chose.

J'ai envie de faire quelque chose toute seule, de m'aventurer dehors et m'acheter des fringues. Tout ce que John m'a gentiment acheté est un peu ringard. Je suis persuadée qu'une vendeuse expérimentée s'est éclatée à choisir ces tenues charmantes... Attention, je ne suis pas ingrate ! C'était très prévenant de la part de John de me trouver tout ça. Mais c'est plus fort que moi, j'ai envie de choisir ma garde-robe toute seule et de trouver moi-même mon style.

À l'avenir, j'achèterai probablement en ligne, une fois que j'aurai pris le pli avec toutes les applis high tech. Il ne me faut pas grand-chose, je préfère attendre que mon poids se stabilise. Je suis toujours maigre, mais plus squelettique. De timides courbes ont remplacé la peau et les os, et rembourré ma silhouette décharnée. Ça remue même à certains endroits ! Je ressemble plus à une femme qu'à une enfant. Délicate et ultra féminine. La surface contraste avec celle que je suis en dessous. Mon visage est aux antipodes de ce que j'imaginais. Pas la moindre trace de l'allure majestueuse de métamorphe dont j'avais rêvé.

Au moins, mes bras sont un chouïa plus définis, mes muscles se développent un peu.

Et puis, j'ai envie d'explorer la ville sans être flanquée de mes chiens de l'enfer de sécurité... Une envie folle d'explorer. Découvrir si le monde a plus à offrir que ce que j'ai vécu. Je veux avoir la liberté de choisir.

J'ai passé quatorze ans prisonnière de ma meute, et de ma louve. Il y a beaucoup de choses que j'aimerais faire, beaucoup de temps à rattraper. Ma vie ne se résumera pas à rester planquée derrière mes gardiens ou derrière les lois du foutu conseil. Si je ne cherche pas à gagner un semblant de liberté, je crains de ne jamais apprendre à vivre. Laisser les autres dicter ma vie, c'est facile. Mais comment grandir si mes rêves n'ont pas pris racine ? Comment grandir sans expériences humaines, sans erreurs ?

J'estime ne pas être en grand danger.

Le chien nounou me fera évidemment la morale quand il se rendra compte que je me suis fait la belle. Mais à ma décharge, je n'ai pas seulement bossé sur tous ces trucs de marche-et-parle. J'ai passé les dernières semaines à m'exercer au combat avec Owen, et d'autres chiens de l'enfer. Grâce à l'entraînement, je me suis franchement améliorée niveau coordination et fitness. Bien que je ne sois pas encore aussi bonne qu'à l'époque où j'étais gamine, je me débrouille. Ma mère insistait sur les aptitudes en combat, alors dès mes trois ans, j'ai appris les disciplines de combat des humains — le krav-maga, muay-thaï — ainsi que celle des démons, *Fbeed znvrhnjv.*

Owen sait que je ne suis pas une molle du genou, et encore moins une de ces miss métamorphes chochottes et geignardes « oh je me suis cassé un ongle ». Sérieux, il a passé des semaines à me latter la gueule en m'étalant en salle de sport. Je suis une dure à cuire, alors je pars en virée.

FIN DU SHOPPING. Même si je n'ai pas beaucoup dépensé, j'éprouve un réel sentiment de victoire : j'ai fait les boutiques toute seule. Un jour à marquer d'une pierre blanche, je suppose. Je flâne dans une ruelle qui s'éloigne de la zone commerciale principale. Mes sacs bringuebalent contre ma jambe pendant que je marche. Mes yeux avalent toutes les nouveautés qu'ils trouvent, l'enthousiasme fait battre mon cœur.

Mes pieds s'arrêtent net. En me contournant, des créatures bougonnent autour de ma silhouette figée. Oups, j'ai failli causer un carambolage sur le trottoir bondé. Mes méninges ne cherchent à formuler aucune excuse, comme toute mon attention est braquée sur le spectacle en face de moi. Je me mets à saliver en collant mon nez à la vitrine qui glisse avec un crissement sonore. J'entends presque la horde des anges chanter. Abasourdie, je fixe sans cligner des yeux... Oh mon Dieu, des gâteaux ! Des gâteaux faits maison à gogo !

La clochette tinte au-dessus de la porte alors que je déboule à l'intérieur. *Miam, du gâteau...* Mes narines inhalent le parfum de sucre, de chocolat et de café. Un vrai petit bijou ce café : intime, décalé et incroyable.

Mes pupilles effectuent des allers-retours entre les pâtisseries. Autant de choix me fait tourner la tête, je suis dépassée.

J'inspire un grand coup, ce qui n'aide pas vraiment.

J'ai peut-être un problème avec les gâteaux...

J'avale ma salive et recule lentement de la vitrine.

Sur le côté du comptoir à gâteaux se trouve une ardoise sur laquelle est écrit le menu en couleurs, et à côté duquel est placé, bien en évidence, un panneau précisant « Nourriture et boisson en attente ». Qu'est-ce que ça veut dire « en attente » ? J'approche du panneau. Bon Dieu, j'espère qu'un peu de lecture va me distraire afin que je ne succombe pas à une crise de gâteaux. Sérieusement, je suis à deux doigts de me jeter sur le comptoir.

Il est écrit : « Si vous (être surnaturel ou humain) n'avez pas les moyens de vous acheter à manger ou à boire, veuillez piocher un produit qu'un client aura gentiment payé à l'avance. »

Mes doigts suivent les mots avec un mouvement révérencieux, puis mon cœur s'arrête. Je redescends aussitôt de ma transe. Je pousse un soupir, et les tickets de caisse attachés au panneau flottent dans la légère brise.

C'est le paradis...

Je sais ce que c'est que d'avoir faim. Mes conditions de vie se sont améliorées, cependant, tout le monde n'a pas cette chance. Ce concept est merveilleux, généreux et prévenant. Ça me donne espoir ; le monde n'est pas seulement diabolique. La gentillesse existe aussi.

Après avoir commandé, j'indique en silence le panneau et tends un peu de monnaie qui me restait de mes emplettes. La dame à la caisse cligne des yeux, étonnée, et ses yeux bleus se brouillent. Je lui souris timidement, attrapant ma commande, puis je m'éloigne d'un pas gauche, le teint rose à coup sûr.

Je jongle avec mes sacs de shopping en cherchant une place où m'asseoir. Une dizaine de tables avec des fauteuils colorés sont disséminées dans le café. Je repère une chaise qui me permet de garder le dos au mur. Non seulement je pourrai guetter la porte du café, mais la rue entière. Je ronronne ; l'endroit parfait pour observer les passants. Amusée, je me demande si quelqu'un d'autre va laisser une trace de son nez contre la vitre du café pendant que je suis là.

En soupirant avec satisfaction, je m'installe sur ma chaise. Le bruit de la vaisselle et le tintement des cuillères m'arrivent en fond sonore et discret. Je sirote mon chocolat chaud et grignote une délicieuse part de gâteau au chocolat. Bon, d'accord... Disons plutôt que je l'engloutis. Mais faisons comme si je mangeais à la manière d'une lady, bien que je doive me rappeler de mâcher. Bonté divine, une bénédiction coulante et chocolatée. Si ça ne tenait qu'à moi, je ne passerais plus un jour sans gâteau au chocolat. Plus un !

Les murs du café sont lambrissés de vert pâle à mi-hauteur. Des livres occupent tout un mur, et en caresser la tranche me démange les doigts. Basculant la tête vers le plafond, j'étudie une branche d'arbre rose fleurie suspendue par des guirlandes lumineuses. J'aime ce bain de couleurs vives et uniques. Cet endroit est dément.

La vie moderne est fascinante. Les humains autour de moi ont le nez sur leur téléphone. Même ceux assis en face d'autres humains sont penchés sur leur portable, s'adressant occasionnellement quelques mots sans décoller les yeux de leur écran. Les gens n'échangent plus entre eux. Quel progrès saugrenu. Mince, je dois avoir l'air d'une folle à lier, assise, à scruter tout le monde, sans portable.

Les prédateurs ne sont pas en reste, j'en suis sûre.

Je parie que chasser des humains n'a jamais été aussi simple. Non pas que je fasse la promo de la chasse aux humains ! Les humains de sang pur représentent une espèce en voie d'extinction. Les sang-mêlé sont plus fréquents. De nos jours, il est rare de tomber sur un humain avec zéro pour cent de sang de créature surnaturelle dans son ADN. En termes d'évolution, il est logique pour les humains de se reproduire pour devenir plus forts, en meilleure santé et vivre plus longtemps.

D'après Owen, des milliers d'humains postulent chaque année pour être transformés en vampires. Aujourd'hui, tout le monde veut devenir vampire. Je ne crois pas que beaucoup veuillent devenir métamorphes, car le taux de transformation est faible et seul un pourcentage restreint de mâles survit.

Mon portable fourni par le conseil est éteint, dans un tiroir. Hors de question que cet engin file des informations au conseil ou me traque. J'ai acheté mon propre téléphone du monde moderne aujourd'hui.

Je ne suis pas la seule à verser dans le voyeurisme ; un jeune loup métamorphe est assis à quelques tables de moi. Il semble tout aussi fasciné et n'a pas cessé de me fixer. Je lui retourne son regard en haussant un sourcil, l'air de dire « tu veux ma photo ? » — je me suis entraînée à faire ça après l'avoir vu dans un film cool. L'inconnu interprète mon sourcil levé comme une invitation et se lève en raclant les pieds de sa chaise au sol. Mon rythme cardiaque s'emballe. Merde, je n'ai pas envie de lui parler ! Je me frotte la bouche en vitesse pour être sûre de ne pas être barbouillée de choco-lat. Il passe devant moi, puis il franchit la porte, et s'en va. *Ouf.* Je soupire, soulagée. Même si je n'ai pas voulu l'ef-frayer, je suis contente qu'il ne m'ait pas abordée.

Je ramasse le menu sur la table et l'examine en marmon-nant. J'envisage d'acheter une autre part de gâteau, puis je me demande si je peux embarquer un gâteau entier à la maison.

La clochette d'entrée carillonne, mes yeux se lèvent, et je me fige.

Ma mâchoire se décroche.

— Ha-Harry, balbutié-je, incrédule.

Chapitre Quatorze

— Alors, ça roule, nabote ?

Harry s'approche de ma table, tout sourire, mais ses yeux bleus démentent sa joie.

— Je peux me joindre à toi ? Tu veux quelque chose ?

D'un signe du menton, il désigne à la fois la chaise vide et l'assiette immaculée. Sans voix, je hoche frénétiquement la tête. Je n'arrive pas à croire qu'il soit là ; waouh, c'est presque surréaliste. Mes yeux s'agrandissent comme s'ils allaient sortir de leur orbite alors que je consulte le menu. Je m'agite sur ma chaise, un sourire niais sur le visage. Comment m'a-t-il trouvée ?

— Alors, tu t'es enfin échappée de l'hosto ?

Harry va au comptoir et revient avec une deuxième part de gâteau pour moi et un café pour lui. L'assiette claque sur la table quand il la pose, puis il s'affale sur la chaise en face de moi. Il croise les bras sur son torse et écarte ses jambes vêtues d'un jean déchiré. Posture typique de l'aspirant alpha. Je me retiens de pouffer ; je ne veux pas le froisser, il est adorable. Sa jambe gauche tressaute légèrement.

— Tout le monde perd la boule depuis ton retour ; ils veulent tout savoir sur *toi*, la *nouvelle* femelle métamorphe.

Il renifle et se frotte le nez du revers de la main. Je fronce les sourcils et avale un morceau de gâteau. Une nouvelle métamorphe ? Ils pensent que je suis apparue du jour au lendemain complètement formée ? Sa jambe continue de s'agiter.

— Pas très bavarde, hein ? On m'avait prévenu. T'es... t'es toute seule ? J'arrive pas à croire qu'on t'ait lâchée seule en ville. Où sont tes gardes ?

Il jette un coup d'œil autour de lui, comme s'il s'attendait à les voir jaillir de la boiserie pour lui sauter dessus. Je m'apprête à répondre, mais ma gorge se bloque, encore.

— On m'a dit que des chiens de l'enfer te surveillaient ?

J'acquiesce et prends une gorgée de chocolat chaud, espérant qu'il lubrifie mes cordes vocales.

— Ça doit être sympa de passer du temps avec tous ces chiens de l'enfer, non ?

Harry agite les sourcils d'un air salace.

Euh... non, beurk. Qu'est-ce qu'il insinue ? Ce n'est pas du tout la conversation que j'aie envie d'avoir avec mon demi-frère. Je frissonne et secoue vivement la tête. Si je les laissais faire, mes yeux se révulseraient dans mon crâne et disparaîtraient sans laisser de trace. Je ne suis pas aveugle, j'ai remarqué la beauté virile des molosses en question. Mais ce sont les hommes de John, et ils me traitent avec le plus grand respect. Les paroles de Harry sont déplacées. J'adore Owen, c'est mon roc, mais l'idée d'avoir des sentiments romantiques pour lui... pour n'importe qui, en fait, c'est hors de question.

Je ne suis pas prête pour une relation amoureuse — bordel, j'essaie juste de m'adapter à ce monde déconcertant. Dans ma tête, j'ai l'impression d'avoir cent ans... non, mille. Mais dans ce corps humain, je me sens dépassée et complètement perdue.

— Je suis sûr que le conseil a déjà choisi ton compagnon. J'ai été choisi pour Liz...

Les yeux de Harry s'illuminent et il bombe le torse fièrement, puis il se fige, grimace, et se ratatine. Il balaie le café du regard, fuyant mes yeux inquiets.

— Ouais, ça a vraiment bien marché... salope infidèle. Maintenant, je dois la regarder s'envoyer tous les humains mordus qui passent. D'après ce que je sais, elle s'est tapé la moitié des métamorphes du pays... sale pute.

Mes yeux s'écarquillent, et je laisse échapper un petit cri de surprise. Je n'ai jamais entendu Harry se lâcher comme ça.

Il ricane et lève les mains d'un air sarcastique.

— S'il te plaît, épargne-moi les clichés du genre « le temps guérit les blessures » et toutes ces conneries. Ah, j'oubliais : tu ne parles pas.

La vague d'amertume, presque venimeuse, qui émane de lui me fait frissonner. J'ouvre et referme la bouche comme un poisson rouge, mal à l'aise, gigotant sur ma chaise. Peut-être que je devrais sourire ? Oui, peut-être juste un sourire ?

Je suis perdue.

— Bon, puisque tu ne poses pas de questions… si tu t'intéresses à ce que je deviens, je vais te raconter le merdier.

Harry pointe son torse et plisse les yeux. Il ricane de nouveau, la jambe toujours branlante.

Ce que je n'avais pas remarqué jusqu'ici, c'est qu'il a une sale mine. Ses cheveux blond foncé sont gras et attachés à la va-vite en une queue-de-cheval douteuse. Il n'est pas rasé et ses poils de barbe poussent en plaques inégales. Il a besoin d'un bon décapage.

Je ne l'ai pas revu depuis ce fameux jour au manoir. J'avais prévu de le voir, vraiment. Mais avec les circonstances et tout ce qui s'est passé, c'était difficile, puis impossible. J'aurais dû faire plus d'efforts, j'ai honte.

Putain, je suis vraiment nulle.

— Après que Vince s'est fait descendre, Jace s'est barré, et c'est moi qui ai dû gérer toutes les merdes de la meute. Tout le monde blablate sur nous, sur mon père. Maintenant, je suis le paria qui n'a pas su combler sa compagne, raille-t-il. Ah, et aussi le bâtard dont le père a tué sa compagne et sa fille.

Les larmes me piquent les yeux. Je m'en doutais. Je savais que Harry aurait du mal à s'adapter à son nouveau statut de renégat, à la mort de Vincent, à cette histoire avec Liz. J'aurais dû être là pour le soutenir. J'ai naïvement cru que John s'en chargerait.

T'es trop bête, ma fille.

Harry souffre, et il n'a personne de son côté. Je tripote nerveusement mes doigts. Je mérite son amertume, je suis égoïste. Je baisse les épaules et un soupir triste s'échappe de ma gorge.

— Fais pas semblant de t'en soucier. Ça fait des

semaines que je crèche sur les canapés des autres. T'inquiète, je te demande pas de m'héberger avec tes molosses dans ton bel appart.

J'ouvre la bouche, mais la referme. Aucun mot ne me paraît à la hauteur de la douleur de Harry.

— Par contre, tu pourrais pas me dépanner de quelques billets ?

Sa jambe s'arrête de trembler, et son regard devient perçant.

— Juste de quoi payer une caution pour un appart. Je te rembourserai dès que je me remettrai à flot.

Il se penche pour sortir son téléphone de sa poche arrière, pianote quelques instants, puis me montre l'écran : une annonce pour un studio.

— Forrest, j'ai besoin d'un toit. Être renégat... c'est pas sans danger. Tu n'imagines pas le nombre de fois où on m'a tabassé.

Il soupire et s'enfonce dans sa chaise, laissant son téléphone sur la table.

Harry se passe une main sur le visage, gratte sa barbe de trois jours dans un bruit qui me hérisse.

— C'est pas grave si tu peux pas m'aider. C'est que moi, après tout.

Il me lance un regard d'enfant, agrandissant les yeux et faisant la moue.

Je baisse les yeux vers son téléphone, songeuse. Je possède plusieurs logements dans la ville, dont quelques-uns sont des planques qui n'ont aucun lien avec le domaine de ma mère. Harry n'a pas besoin de loger dans une piaule pourrie.

Je fouille dans mes sacs de courses pour récupérer la

boîte contenant le nouveau téléphone prépayé que la vendeuse a gentiment configuré pour moi.

Harry s'impatiente.

— Alors, le manoir de la meute est en vente ? J'ai vu ça en ligne, annonce-t-il avant de siffler. Ça fait un joli pactole... mais tu gardes la plupart des terres, non ? C'est un endroit de malade pour courir sous forme de loup.

Malade ? Je relève la tête, et je suppose que mon visage trahit ma confusion face à son choix de mot, car Harry interprète mal mon regard. Il baisse le menton et prend un air triste.

— Tu savais qu'il était à vendre, hein ? Je sais que vous, les filles, vous ne pensez qu'à vous accoupler et à faire des petits. C'est sûrement John qui l'a mis en vente ? C'est dommage.

Il renifle, croise à nouveau les bras.

Harry se trompe. C'est moi qui ai mis le manoir en vente. Je le déteste.

Après quelques erreurs de manipulation, je parviens à ouvrir ma messagerie. D'un doigt hésitant, je tape péniblement un message pour lui mettre à disposition un logement. La réponse est immédiate : l'appartement sera nettoyé et opérationnel dans quelques heures.

Je m'empare du téléphone de Harry, ouvre ses messages et y tape l'adresse et le code d'entrée de son nouveau logement. Puis je lui tends son téléphone. Il me l'arrache des mains en reniflant.

— Quoi, t'es sérieuse ? J'ai pas les moyens de me payer cet appart, il est bien au-dessus de mon budget, s'étrangle-t-il.

Mon sourire l'interpelle, il me fixe d'un regard méfiant.

Je hoche la tête et me tapote la poitrine. Il grogne. Pour m'expliquer, je lui montre mon propre téléphone et les échanges d'emails.

— C'est ton appart ? Putain, c'est quoi ce délire, pauvre petite bourge, on peut dire que t'es retombée sur tes pieds. Si j'avais su, j'aurais pas pieuté dans des taudis.

Il ricane, tapotant son téléphone sur le coin de la table. Il s'arrête et me pointe avec.

— Juste un truc : tu peux dire à ton staff de remplir le frigo de bière ? Oh, et il y a Sky Sports, par hasard ? Pour le foot ?

Je hoche la tête. C'est dans mes cordes. Je lui adresse un sourire timide, soulagée de pouvoir enfin faire quelque chose pour lui, et me racheter un peu.

— Merci... mais sérieusement, tu devrais pas traîner toute seule en ville. Ces chiens de l'enfer devraient être mieux formés pour encadrer une fille comme toi. Les métamorphes laissent pas les femelles se balader seules. Y a que les pouffiasses comme Liz qui sèment leurs gardes du corps. Tu veux pas te faire une sale réputation. T'es déjà bizarre à regarder. Si tu continues, tu trouveras jamais un compagnon convenable.

Je cligne des yeux, encaissant ses paroles blessantes. Est-ce qu'il voulait vraiment être aussi méchant ?

— Je te raccompagne. T'inquiète, petite sœur, je veille sur toi.

Affichant un sourire carnassier, Harry sort un couteau et le pose violemment sur la table.

Merde alors... mon regard parcourt le café nerveusement. Heureusement, personne dans le café ne semble avoir remarqué la lame gigantesque qui trône entre nous.

J'arque un sourcil quand Harry retourne la lame dans sa main et enfonce la pointe dans la table. Je le vois, horrifiée, graver dans le bois les lettres *L... I... Z*.

Mais qu'est-ce qu'il fout ?

Je sais que je ne suis pas « normale », mais jamais il ne me viendrait à l'esprit de vandaliser la propriété d'autrui.

Instinctivement, je lui tape la main pour déloger le couteau et le fusille du regard. Harry hausse les épaules en souriant d'un air suffisant. Il passe sa paume sur les entailles, balayant les copeaux par terre.

— Ce boui-boui est tenu par des humains. Franchement, on s'en branle si je gribouille la table.

Dis plutôt que tu la *bousilles*, je bouillonne intérieurement. Moi, ça me fait quelque chose. J'aime bien cet endroit. Quelqu'un a décoré ce café avec soin, avec goût. Pas question que Harry le massacre juste parce qu'il est de mauvaise humeur. Je ne le laisserai pas faire.

— Triste évolution, sœurette : te voilà passée de l'état de sauvageonne férale à gentille fifille qui aime les humains. T'inquiète, je vais pas salir mes nouveaux quartiers. Tiens, d'ailleurs, prends ce couteau, dit-il en faisant tourner la lame avant de la pousser vers moi sur la table. Tu devrais apprendre à te défendre si tu veux pas te comporter comme une vraie femelle qui reste à proximité de ses gardes. Ça t'aidera pas, de toute façon. Bordel, Forrest, tu parles même pas... c'est carrément bizarre.

Je sens mon cœur se serrer et chavirer. Je veux comprendre, avoir de l'empathie pour Harry et son mal-être, mais c'est dur. Je ne sais toujours pas trouver le juste équilibre dans mes émotions, et là, il m'énerve sérieusement. Les narines frémissantes, je mâche le dernier morceau de gâteau en silence, me retenant à grand-peine de ne pas attraper sa queue-de-cheval graisseuse et de lui claquer la tête sur cette table qu'il vient de saccager.

Je me frotte le visage contre mon épaule, expire un grand coup et me répète fermement que Harry m'a sauvée. C'est Harry. Il a gagné mon respect. Harry n'est pas un type méchant, il souffre, et ce qu'il dit aujourd'hui ne colle pas avec les conversations que j'ai entendues par le passé.

Il faut que je lui fasse comprendre que je ne suis pas comme Liz, et certainement pas comme ces pauvres femelles métamorphes soumises à leur meute. Je ne veux pas être séquestrée et réduite à un simple rôle de reproductrice pendant que mes homologues masculins vivent sans contraintes, libres de tout. Mon but dans la vie n'est pas d'être une compagne, une pondeuse de mioches, ou de me conformer aux normes injustes établies par le conseil. Les mots de Harry me donnent la nausée.

Avec soin, je repose le téléphone flambant neuf dans sa boîte et ramasse mes sacs.

— Allez, Forrest, fais pas la tête. Je te dis juste la vérité. J'ai encore droit au palace, hein ?

Je hoche la tête avec raideur. Il attrape son téléphone, et je me dirige vers la porte d'un pas rageur.

— Tu veux mon numéro ? crie-t-il dans mon dos.

Je rassemble toute ma volonté pour ne pas lever la main et lui faire un gros doigt d'honneur.

Chapitre Quinze

Je me dis qu'il est temps de rentrer. Mieux vaut que je reste seule. Enfin, quand je dis « mieux », c'est surtout pour les autres — avoir envie d'éclater une mâchoire ou deux ne peut pas être un comportement sain. Je ne suis pas quelqu'un de gentil, et partir comme je l'ai fait était immature. Tout était tellement plus simple quand j'étais coincée dans ma forme de louve.

Je traverse la place du Marché, et les choses vont de mal en pis.

Je n'avais pas prévu de me faire accoster par deux mastocs métamorphes aux allures de caïd. L'un me bloque le passage et l'autre se glisse dans mon dos. Pendant une fraction de seconde, je sens la peur monter, un goût amer envahit ma bouche, une pointe acide sous la langue. Mon instinct de survie, c'est soit de me figer soit de fuir, mais là, aucune des deux options ne me semble envisageable. Et cette rage, toujours là, ardente et prête à éclater, se réveille. Ils veulent m'encadrer ? Je les laisse faire.

— Salut, femelle. Qu'est-ce que tu fais toute seule ? Où sont tes gardes ?

Oh, mais merde. Je ferme les yeux, mes doigts crispés sur les poignées de mes sacs ; celui en plastique bruisse dans ma main droite. Je souffle un grand coup par le nez, exaspérée. Franchement, qu'est-ce qui leur prend, à ces idiots ? Je me décale légèrement pour garder les deux dans mon champ de vision.

Les deux types sont habillés en costard noir, bien taillé, du genre chicos. Mais, malgré leurs fringues de luxe, ils ont tout l'air de bourrins sans cervelle.

Bourrin numéro un, avec son crâne lisse et sa barbiche, ne me laisse même pas le temps de répondre. Il sort déjà son téléphone et se met à pianoter de son gros doigt dessus. Je tapote de l'index sur ma cuisse, agacée par sa suffisance. Ce mec a le culot de croire que je vais gentiment poireauter pendant qu'il passe son appel.

Mon irritation monte d'un cran, ma rage bouillonne.

Bourrin numéro deux, lui, me fixe comme s'il était en loup et que je portais un steak bien saignant entre les seins. Il a les cheveux châtains, les yeux sombres, un visage qu'une mère seule pourrait aimer.

Peut-être que ce sont les chiens de l'enfer ou John qui m'ont envoyé ces gars ?

— Chef, ouais, on a trouvé la femelle qu'on avait flairée... Ouais, elle est seule... Ouais, patron, on la ramène.

Il raccroche et fourre son téléphone dans sa poche.

— Bon, ma mignonne, tu viens avec nous. Ça fait des heures qu'on te suit à l'odeur.

Ah, intéressant. Ces deux bourrins, des loups que je ne connais pas, se sont mis en tête de me kidnapper en pleine rue, juste parce qu'ils m'ont sentie. C'est du grand n'importe quoi.

— Notre patron veut te parler. Il est... euh... inquiet pour ta sécurité.

Mais bien sûr. Je serre les dents pour réprimer un grognement.

Bourrin numéro un tend la main vers mes sacs de courses, et je relâche ma prise, le laissant me les prendre. Qu'il les porte pour moi, sans problème.

— Allez, on a assez perdu de temps à te pister.

Il me lance un regard narquois, limite lubrique.

Qu'est-ce qui ne va pas avec les métamorphes aujourd'-hui ? Ils me traitent comme si je n'étais pas une personne, comme si je n'étais qu'un utérus sur pattes.

J'en ai marre de ces conneries sexistes. J'en ai marre d'avoir peur, marre de devoir jouer les dociles. Je vais leur montrer une bonne fois pour toutes qu'il ne faut pas faire chier Forrest Hesketh. Toute la peur a disparu, engloutie par cette fureur qui me secoue comme un éclat de rire dément. Mon masque de douceur se fend et un sourire carnassier étire mes lèvres. J'ai beaucoup de rage et d'agressi-vité en moi, et cette situation est parfaite pour me défouler.

Je sors une boule de potion d'invisibilité que Jodie m'a donnée et la laisse tomber par terre. Elle se brise silencieuse-ment à mes pieds, sans que les deux brutes remarquent quoi que ce soit. Ah, la magie des sorcières... Grâce à cette petite boule, nous voilà invisibles aux regards indiscrets.

Sans les alerter, j'adopte une position de combat. L'astuce, c'est de ne rien laisser transparaître avant d'agir. Je déplace mon poids vers l'arrière, roulant le talon de mon pied avant sur le sol, et pivote de côté. J'oriente ma hanche vers Bourrin numéro un, qui se tient pile à la bonne distance. Je lève les bras pour protéger mon visage et m'équilibrer. Je pivote sur mon pied arrière en me contorsionnant, puis jette un œil par-dessus mon épaule vers Bourrin numéro un, dans ma vision périphérique. Dans un saut, j'envoie ma jambe à quarante-cinq degrés en pointant le pied pour accumuler de la puissance dans le tendon, et plante mon talon à l'arrière de son crâne chauve.

Avec l'impact, son corps se replie sur lui-même. Toute la manœuvre a pris à peine une seconde : un coup de pied retourné parfait. J'émets un petit sifflement satisfait.

Bourrin numéro deux reste figé, la bouche ouverte, les yeux écarquillés en voyant son compagnon au sol, entouré de mes sacs de shopping.

— Bordel de... murmure-t-il.

Ma rage ronronne, et un sourire effrayant aux lèvres, je lui fonce dessus. Il réagit rapidement et essaie de me coller un coup de poing à la figure, mais je me baisse, me glisse sous sa garde et m'avance vers lui. Quand il se penche pour bloquer mon coup de pied feint, je frappe du plat de la main sous sa mâchoire, en plein dans la glotte. Puis j'enchaîne avec un coup de coude sur le nez et termine par un direct dans la gorge.

Du sang gicle de son nez et de sa lèvre.

Il émet un gargouillis étrange et tombe à genoux. Je lui adresse un sourire, lève la main pour un petit signe d'adieu, puis balance mon pied de côté qui l'atteint en pleine tête.

— Bonne nuit, articulé-je sans un son.

Je regarde autour de moi, vérifiant que la potion fait bien son effet. Parfait, personne ne nous remarque. Je rigole tout bas. Je mets les deux loups en position latérale de sécurité. Est-ce que ça aidera ? Aucune idée, mais je me sens d'humeur magnanime. Par précaution, je leur balance aussi des boules de potion de sommeil ; pas question qu'ils me suivent.

Ah, mais j'ai encore un truc à faire avant de partir. J'extirpe le téléphone de la veste de Bourrin numéro un et appuie sur la touche de rappel.

— Vous arrivez bientôt ? lance une voix grave.

— Nope, réponds-je en appuyant sur le *p*.

Un silence plombant s'installe.

— Bonjour, petite louve. C'est un plaisir de t'entendre. Puis-je savoir pourquoi, et surtout comment, tu appelles ? ronronne la voix masculine au bout du fil.

J'éloigne le téléphone en fronçant les sourcils. Le « patron » m'écœure déjà.

— Vos bourrins sont sur la place du Marché. Envoyez quelqu'un pour les ramasser.

Ma voix est rauque, irritée par le manque de pratique. Mais par chance, parler par téléphone est bien plus facile qu'en face-à-face.

— Ils sont vivants ? Que s'est-il pa...

Je lui raccroche au nez et jette le téléphone près des deux molosses, puis récupère mes courses. Je me sens plus légère. Je me remets en route d'un pas joyeux, sautillant presque sur le chemin de la maison.

Retour sans embrouille. Owen me salue d'un hochement de tête et me demande si je lui ai pris quelque chose.

Puis il m'annonce qu'il m'attendra à la salle de sport dans dix minutes pour éliminer le gâteau que j'ai mangé. Ce chien de l'enfer sournois m'a suivie, apparemment. Euh, il n'est pas intervenu, donc je vais prendre ça comme une victoire.

L'illusion de la liberté.

Chapitre Seize

Quelques semaines se sont écoulées et je suis de retour au café-pâtisserie où j'attends Harry avec une tasse de thé et... une assiette vide qui contenait une part de gâteau aux carottes. Elle est si propre qu'on dirait qu'elle sort du lave-vaisselle. Et si quelqu'un ose insinuer que j'ai léché l'assiette, je nierai farouchement. Hmm, les miettes.

Il y a quelques jours, Harry a repris contact, tout penaud, mais débordant d'enthousiasme pour son nouvel appart et le poste de comptable qu'il a décroché. Il a demandé qu'on se voie, et je suis ravie qu'il ait envie de passer du temps avec moi.

Seul bémol : ma table habituelle est prise. Je me retrouve donc installée à côté des toilettes. Ce n'est pas l'idéal, mais au moins je ne tourne pas le dos à la porte.

Harry finit par arriver. Il s'assied et grimace, reniflant ostensiblement.

— C'est pas la meilleure table, Forrest...

Il indique de la tête les toilettes derrière moi, comme si ça m'avait échappé. Je hausse les épaules.

— Alors, t'as encore botté le cul à quelques métamorphes ? dit-il avec un sourire en coin.

Oh oui, il se croit drôle. Je lève les yeux au ciel.

— T'as entendu parler de la fille que les vampires ont trouvée ?

Il se cale au fond de sa chaise, les yeux brillants d'un enthousiasme débordant. Harry est un grand bavard. Il adore les potins et c'est une encyclopédie vivante au sujet des créatures surnaturelles.

— Il paraît qu'elle s'est fait mordre par un métamorphe félin, et elle a failli crever. Les vampires l'ont trouvée dans un garage.

Je réprime un frisson. Les garages et moi, nous ne sommes pas copains.

— Une fille des rues, à peine dix-sept ans, mais on dit qu'elle a survécu, qu'elle s'est même transformée. T'imagines ? Une humaine mordue... Je me demande si ça l'a rendue stérile. Et si elle peut se transformer, qui sait combien d'autres femmes pourraient en faire autant.

Son visage s'illumine, comme si c'était la nouvelle du siècle. Je le fusille du regard.

— T'inquiète, Forrest, je vais pas mordre une humaine. J'ai pas envie que le conseil me tombe dessus.

Harry frissonne théâtralement, puis sirote pensivement son café.

— Les vampires la retiennent encore. Ça va finir en guerre s'ils la rendent pas.

Si Grace était encore vivante, elle aurait seize ans. Peut-être que je pourrais trouver quelqu'un pour aider cette fille... Je note mentalement d'en parler à Owen pour voir s'il a des informations sur son cas.

Harry me paraît étrangement différent aujourd'hui ; je mets un moment à comprendre pourquoi. Ah, il est propre. Il porte un pantalon chic et une chemise, ses cheveux sont courts et il a rasé son affreuse barbe. Je souris, contente de retrouver l'ancien Harry.

La clochette de la porte retentit. Du coin de l'œil, j'aperçois une vision cauchemardesque.

Oh non, pas elle. Liz Richardson. Elle se dirige vers nous en roulant des hanches comme une reine de beauté, aspirant tous les regards masculins. Mon premier réflexe est de baisser les yeux et de prier pour qu'elle passe son chemin. Mais je ne lui donnerai pas cette satisfaction ; je ne suis plus une louvette affamée et terrorisée. Alors, je redresse le menton et soutiens son regard. *Allez, peau de vache, sors donc ton épée en argent maintenant que je peux te tenir tête.* Liz retrousse les lèvres dans un rictus menaçant, et je lâche un rire sec. Mais c'était quoi, ça ? Il n'y a pas que sa démarche qui est ridicule. Je pouffe de rire.

Oh, et Harry est là ! Je me retiens de justesse de faire une grimace et me tortille sur ma chaise, consciente que tout ça pourrait mal tourner. Pauvre Harry.

Liz s'arrête à notre table, une traînée de parfum écœurant derrière elle. Je fronce les sourcils, perplexe, en la voyant poser une main sur le dossier de la chaise de Harry, l'autre sur sa mâchoire. Lentement, elle incline la tête, maintenant son regard fixé sur moi, et dépose un baiser sur la joue de Harry, laissant une trace de rouge à lèvres écarlate. Puis elle se redresse et me lance un sourire victorieux.

— Salut, mon chéri, je suis si contente qu'on puisse se retrouver pour un café, minaude Liz.

Harry lui adresse un sourire niais.

— Salut, Liz. Tu veux une part de gâteau ?

Il déconne ?

Je cligne des yeux, abasourdie. Je n'ai aucune idée de ce qui se passe. Qu'est-ce qu'elle fait ici ?

— Oh non, merci, je ne mange pas de gâteau, grimace Liz.

Elle est tarée ou quoi ? Sérieusement, qui refuse un gâteau ?

— Je veux bien un macchiato décaféiné, triple shot, au lait de soja, sans sucre, mais avec du sirop de noisette zéro calorie, si possible, poursuit-elle en battant des cils d'un air angélique.

Je n'ai aucune idée de ce qu'elle vient de commander, mais je suis prête à parier que son truc extravagant n'est pas à la carte. Harry se lève en quatrième vitesse, et je l'entends marmonner la commande pour ne pas l'oublier alors qu'il se dirige vers le comptoir.

Liz me lance un regard noir de l'autre côté de la table. Je la fixe sans expression, encore sonnée. Elle soupire, détourne le regard, puis sort son téléphone et pianote furieusement en m'ignorant. Ça me va.

Harry revient et, avec un geste théâtral, dépose un café tout à fait ordinaire devant Liz. Il se gratte la tête, visiblement nerveux.

— Euh, c'est juste un déca avec... du lait de soja. Ils avaient pas le reste...

Il se balance d'un pied sur l'autre, attendant son approbation.

— Oh, c'est pas grave, répond Liz d'un ton faussement adorable.

Mais qu'est-ce qui ne tourne pas rond chez elle ? La voir d'aussi près, avec son attitude aimable, commence à me faire flipper. Je sais bien qu'elle n'est pas sympa avec moi, mais même ce semblant de gentillesse me met mal à l'aise. Il y a seulement quelques semaines, Harry traitait Liz de tous les noms. Elle l'a trompé ! Et maintenant, il lui sert son café comme s'il lui tendait une offrande sacrée. Où est passée sa résolution de ne jamais lui pardonner son infidélité ?

— La prochaine fois, on ira dans un endroit plus classe. C'est petit et ça sent bizarre ici.

Elle renifle dans ma direction. Ah, voilà, le masque de Liz se fendille... et étrangement, ça me rassure.

— Ouais, la prochaine fois.

Harry lui sourit béatement, puis s'affale sur la chaise à côté d'elle, bras et jambes écartés. Liz me jette un sourire suffisant. Mon détecteur de conneries s'emballe — elle manigance quelque chose. Son sourire me donne envie de sauter par-dessus la table et de lui en coller une.

— Je suis contente que tu sois là, chienne...

Liz porte une main à sa bouche et feint de rire de son « lapsus ». *Chienne.* Je ferme brièvement les yeux. Ce n'est qu'un mot, et les mots ne blessent que si on leur en donne le pouvoir. Pas question de réagir devant elle. Je redresse les épaules, luttant contre ma tendance naturelle à me recroqueviller, et j'inspire profondément pour me calmer.

Malheureusement, je tousse en inhalant une bouffée de son parfum. Purée, elle a vidé le flacon, ou quoi ?

— Je sais que tu es *très* proche de mon chéri et que tu voudrais passer plus de temps avec lui.

Elle me lance un sourire si faux, si éclatant, qu'on dirait une caricature.

Je penche la tête. Où veut-elle en venir ? Harry fait partie de ma meute.

— Ce que tu ne piges pas, c'est que tu ne vas pas acheter son affection en lui trouvant un logement minable, surtout que s'il a fini à la rue comme un renégat, c'est uniquement de ta faute.

Liz se penche sur la table et grogne. Ma bouche s'ouvre sous le choc. *Quoi ?*

— Avoue que tu as manipulé toute la situation dans ton propre intérêt et que tu as mis en scène cet appel téléphonique.

Elle pointe un ongle rouge vers moi, parfaitement assorti à sa robe moulante qui fait un garrot à son corps.

— Avoue-le. Je suis venue te dire que Harry est à moi, et que tu dois nous laisser tranquilles ! Et puis, il faut que tu causes à ton frère pour effacer son statut de paria. Tes mensonges vont finir par être découverts, et tu ferais mieux de réparer tes torts avant qu'il ne soit trop tard.

Elle se redresse, tambourinant ses ongles rouges contre sa tasse, et affiche un sourire satisfait.

Je cligne des yeux. C'est quoi ce délire ? Sur quelle planète vit cette nana ? Je jette un coup d'œil à Harry pour scruter sa réaction. J'attends qu'il la rembarre, mais je le vois acquiescer. Le mec hoche sa putain de tête.

Puis Harry se penche, et me tapote la main qui serre le

bord de la table en guise de consolation. Je la retire brusquement, frottant mon poing contre une douleur aiguë au creux de la poitrine.

Aïe. Je m'efforce de garder un visage impassible.

— Je comprends que tu sois contrariée. Liz m'a tout expliqué, et ce qu'elle dit est logique, dit-il en lui adressant un sourire débordant d'amour. Tu as des problèmes, Forrest.

Il me regarde d'un air faussement peiné, comme un mauvais acteur.

— Sa parole ne vaut rien, chéri. Regarde, elle n'a même pas pris la peine de démentir nos accusations ! Il faut voir ça comme une intervention salutaire. Ta meute l'a protégée, oui, mais... c'est une ingrate. Qu'est-ce que tu aurais pu faire de plus ? Une férale ! Pourquoi crois-tu qu'elle refuse de parler ? Elle sait qu'on la percerait à jour. Personne ne la croit, c'est une menteuse. Rien de tout ça ne serait arrivé si tu avais écouté et l'avais éliminée quand on en avait l'occasion, ajoute Liz d'une voix à peine perceptible.

Harry acquiesce de nouveau, une lueur de mépris brillant dans ses yeux bleus.

Mon cœur explose en mille morceaux.

Je ferme les yeux, refusant de pleurer. J'ai une envie irrépressible de me recroqueviller, mais je me redresse, me forçant à garder la tête haute.

Je voulais croire en Harry, je voulais voir en lui un allié, un frère. Je pensais qu'il était de la meute, un membre de ma famille. Mais chaque fois qu'il en a l'occasion, il me balance une nouvelle pique, et une part de moi s'effondre. J'ai un nœud dans la gorge, la bouche sèche, le cœur lourd. L'homme que j'ai cru voir en lui n'existe pas.

Je l'ai inventé.

Cette prise de conscience me frappe comme un bus lancé à pleine vitesse — le trou dans mon cœur me fait un mal de chien.

Quelle idiote.

Liz caresse la joue de Harry et me lance un regard méprisant.

— C'est même pas une femelle de sang pur de toute façon, pas vrai, chéri ? Elle est à moitié faë ou naine, un truc du genre. C'est pour ça qu'elle est si petite et qu'elle est devenue férale pendant des années, murmure-t-elle en se penchant vers lui.

Elle passe une main dans son carré impeccable et ses yeux brillent de plaisir alors qu'elle me regarde.

— Sérieusement, regarde ses cheveux, ses yeux, et cette tenue. Une vraie bête de foire !

« À moitié naine. » Elle est sérieuse ? Je porte des baskets argentées, un legging, et un joli pull avec une licorne — rien de plus normal. C'est quoi, son problème, à la fin ? Pourquoi me déteste-t-elle autant ? Le venin qui coule de sa bouche est pur mensonge, et pourtant, Harry l'avale comme du miel. Elle est folle, et lui, il est encore plus cinglé de croire ses salades.

Je préférais encore quand Liz faisait semblant d'être sympa.

Cette peau de vache n'est même pas capable de me regarder en face pendant qu'elle m'insulte. C'est le minimum, non ? Je lève les fesses de ma chaise avec l'intention de lui casser la figure. Peut-être même de cogner leurs deux crânes ensemble pendant que j'y suis.

— Tu es prête, joli cœur ? demande une voix grave derrière moi.

Je me rassieds d'un coup et me retourne pour découvrir un métamorphe, sorti je ne sais comment des toilettes derrière nous. Il est impeccable, costume gris anthracite sur mesure et pardessus assorti. En jetant un coup d'œil vers Liz, je remarque son regard vide ; elle ne semble pas le connaître.

Est-ce que... c'est à moi qu'il parle... ?

Je fronce les sourcils. Il incline la tête, toute son attention sur moi.

Oui, c'est à *moi* !

— Allez, joli cœur. Je sais que tu voulais passer du temps avec ton *frère*, mais on ferait mieux d'y aller. On a une sacrée journée qui nous attend.

L'étrange loup me sourit chaleureusement.

Je le fixe, éberluée. Sérieusement, est-ce que tout le monde est drogué, ou suis-je la seule à être complètement paumée ici ?

Il se penche sur la table et tend la main à Harry.

— Daniel Kerr, enchanté de te rencontrer enfin, Harry.

Waouh, l'étrange loup est bon — il ignore Liz. C'est comme si la peau de vache était transparente. Je lui pardonne presque de m'avoir appelée « joli cœur ». Presque. Sérieusement, ça me hérisse. Grrr... « joli cœur »...

Liz ne sait plus quoi faire pour attirer son attention. Elle presse ses seins généreux l'un contre l'autre, les pose quasiment sur la table. *Doucement, Liz, si tu les comprimes trop, ils vont jaillir de ton décolleté.*

Harry serre la main de Daniel, visiblement perplexe.

Daniel m'observe avec un doux sourire, ses yeux bleus pétillent.

— Tu es ravissante aujourd'hui, petite louve, murmure-t-il en me caressant la joue.

Son pouce frôle ma lèvre inférieure, et je suis tellement stupéfaite que je reste immobile, bouche bée. Ce geste est d'une telle intimité que je ne sais absolument pas comment réagir.

Combien de fois un inconnu vous aborde-t-il en prétendant que vous êtes en couple et se permet-il de vous toucher tendrement ? Absolument rien ne m'a préparée à ces conneries.

Liz est passée de la satisfaction arrogante à la fureur pure. Son visage est rouge vif, assorti à sa robe et à ses ongles. Son regard fait des allers-retours furieux entre Daniel et moi. Elle agite les mains pour mieux exhiber ses seins et attirer son attention. Elle lance aussi des regards assassins à Harry, attendant visiblement qu'il réagisse. Mais Harry est tout aussi perdu qu'elle.

J'imagine que ce n'était pas au programme de leur « intervention salutaire ». Bien fait pour eux.

— Alors, c'est toi, Harry, le renégat ? De l'ancienne meute d'Oakland ? Merci de tenir compagnie à *ma* Forrest. Je sais qu'elle ne te parle pas, mais elle te trouve amusant.

D'un geste qui se veut amical, Daniel lui tape dans le dos, mais avec suffisamment de force pour propulser Harry en avant, presque hors de sa chaise. Ce dernier grimace de douleur.

— Si tu veux bien nous excuser, on a une journée et une nuit bien remplies. Viens, Forrest.

Il me prend doucement le bras, et je me lève sans

opposer de résistance, me laissant volontiers guider entre les tables. Juste avant de franchir la porte, je me retourne et fais un petit signe d'adieu narquois au couple médusé. Bande de cons.

— Désolé d'avoir interrompu ta conversation, mais je ne pouvais plus écouter cette fille infecte une seconde de plus, explique Daniel quand nous sommes enfin dehors sur le trottoir.

Qu'est-ce qui vient de se passer ? Est-ce que ce type m'a secourue par hasard ? Je lève la tête, haut, très haut. Bien sûr, il est grand, comme tous les métamorphes — un mètre quatre-vingt-dix, facile. Je lui arrive à peine au niveau de la poitrine. Il baisse les yeux vers moi, l'air amusé. Je hoche la tête d'un air méfiant pour le remercier et lui fais un petit salut de la main avant de tourner les talons pour m'éloigner.

— Elle nous observe encore, Forrest. Viens, je te dépose chez toi.

Je lève les yeux vers son beau visage aux traits ciselés, aux yeux bleus et aux cheveux noirs. Avec sa mâchoire carrée et son regard intense, il a le charme d'une star de cinéma.

Curieusement, je le laisse me prendre le bras et m'entraîner vers une voiture luxueuse garée un peu plus loin.

Chapitre Dix-Sept

J'entre par la portière passager ouverte par Daniel. Il la referme derrière moi, puis contourne la voiture pour entrer de l'autre côté.

Pourquoi est-ce que je le suis ? Aucune idée. Honnêtement, je ne veux pas céder la victoire à Liz. Elle vient à peine d'essayer de me rabaisser, et sans l'intervention de Daniel, je me serais tapé la honte en pétant un câble. La seule chose que j'ai perdue aujourd'hui, c'est la paire de lunettes roses à travers laquelle je voyais Harry.

De nouveau, je me frotte la poitrine en grimaçant. Je pourrais bien apprendre à vivre avec, pensé-je en clipsant ma ceinture.

La voiture démarre et les portières se verrouillent. Automatiquement j'espère, bien que le regard suffisant et malsain du conducteur dans le rétroviseur ne m'y invite pas. Le conducteur... Un métamorphe chauve à barbiche. Puis, c'est la douche froide. Je le reconnais : Bourrin numéro un, le mec que j'ai cogné il y a quelques semaines.

Je me prends la tête entre les mains et me masse les tempes. Oh, putain de merde. Pas besoin d'être un génie pour savoir qui est Daniel. Je lui ai déjà parlé, une fois. C'est lui, le *Patron*. Le type qui a ordonné aux deux molosses de me traquer et de m'enlever.

Je n'arrive pas à croire que je suis montée dans sa caisse. Quelle abrutie !

Je cale mon coude sur la portière et presse un petit coup sur le bouton de la vitre automatique qui descend d'un centimètre. Plutôt bon signe, je ne suis pas coincée. Je lève les yeux vers Daniel, qui m'observe sans rien dire, un sourire satisfait aux lèvres.

— Tu sais, Forrest, depuis notre petite conversation au téléphone, j'ai été plus qu'intrigué. Ton histoire, ton vécu. Être restée coincée sous forme de louve si longtemps... Malgré les difficultés des derniers mois, tu t'es surpassée. Maintenant que je t'ai rencontrée en personne, me voilà captivé.

Je crois qu'il s'attend à une réponse, mais je ne me sens pas de bavarder avec un homme qui vient probablement de me kidnapper.

J'ai remarqué que moins on l'ouvre, plus les autres sont enclins à parler. Ils jacassent comme des pies. Comme mon silence les met un peu mal à l'aise, ils le comblent avec du bruit. Vraiment bizarre. Même les mecs — adeptes des réponses monosyllabiques ou des grognements — s'ouvrent à moi comme si j'étais un confessionnal.

— Tu es tellement différente des autres femelles de

notre espèce. Unique. J'ai presque six cents ans, et je n'ai jamais eu le plaisir de rencontrer quelqu'un comme toi. C'est comme si tu avais été conçue pour moi, jeune louve.

Quoi ? Bouche bée, je le regarde, mi-horrifiée, mi-confuse. Ses paupières tombent et il passe sa langue sur ses lèvres. Essaie-t-il de me draguer ? *Beurk.* Le charme n'opère pas du tout. Il me regarde comme si j'étais une déesse vivante. Flippant. Je ne lui ai jamais parlé, hormis au téléphone il y a des semaines. Pourtant, il semble sur le point de me déclarer sa flamme. Je m'agite sur mon siège. La façon dont il s'exprime... Ça me rappelle un autre trajet, en compagnie d'un démon...

— Si je n'avais pas vu l'état de mes hommes, je n'y aurais jamais cru. Je suis impressionné, tu es une jeune femme talentueuse. Je suis ravi que tu aies choisi de partir avec moi, c'était la bonne décision.

J'ignore ce qu'il attend de moi. Veut-il une médaille ?

Il se tourne vers moi en se rapprochant, tendant la main pour caresser mon visage de la même façon qu'au café, et je me mets à grogner. Loin d'être intimidé, il s'incruste dans mon espace personnel avec un rire grave. La peur et la rage m'envahissent, je commence à trembler. Daniel prend une profonde inspiration, inhalant mon odeur sur la veine qui pulse dans mon cou, puis émet un feulement qui me fait grogner de plus belle. Tout en moi me hurle de m'éloigner, que je ne suis pas en sécurité.

Ce type est barré.

Je m'éloigne autant que la ceinture de sécurité me le permet en me calant dans un coin de l'habitacle sans cesser de gronder. Pourtant, sa main droite s'empare de ma hanche pour me ramener à lui. Il resserre ma ceinture pour m'empêcher de bouger en me coinçant carrément sur mon siège. Je serais incapable de me transformer ceinturée comme ça. En fait, si, mais je resterais coincée, car sa main entrave le cliquet.

Agacée, je lève les jambes pour le repousser, mais il me bloque de tout son poids, clouant mes jambes au siège. Daniel est presque sur moi maintenant. Sa main droite a réussi à s'enrouler autour de ma taille. Je le fixe, éberluée, la respiration paniquée.

Je lutte contre la montée d'angoisse.

Qu'est-ce qui se passe, putain ? J'essaie encore de lui échapper, mais sa main me serre plus férocement. La joie des espaces confinés.

— Tu ne vas pas m'échapper encore une fois. Tu... es... à... moi, assène-t-il.

Son ton venimeux me fait sursauter, puis il se calme aussitôt pour adopter une voix cajoleuse.

— Aucune issue, Forrest. Aujourd'hui ne t'a pas prouvé ton manque de discernement et de sécurité, laissée à toi-même ? Personne ne t'appréciera autant que moi, petite louve. Personne ne peut assurer ta sécurité mieux que moi.

Je me tortille pour mettre de la distance, en vain.

J'ignore pourquoi il agit de la sorte.

La douceur de son regard est déroutante. Daniel est le pire des méchants ; cette espèce de malade croit faire le bien.

Ma bouche est trop sèche pour me permettre de parler et mon cerveau ne parvient pas à formuler un mot.

Daniel se penche vers moi, et je tremble. Son sourire contre ma joue me dégoûte à m'en donner la chair de poule.

— Il me tarde d'être en toi, petite louve.

Oh bordel de merde. C'est la panique totale.

Pendant une fraction de seconde, je perds tout bon sens. La peur reptilienne qui m'ébranle m'empêche de former des pensées cohérentes. Je gémis, peinant véritablement à m'écarter de lui. Dans ce court instant, j'oublie tous mes entraînements. Je dois m'enfuir !

Le crâne d'obus qui conduit rit à gorge déployée.

Je m'oblige à m'arrêter et à respirer. Il faut que je réfléchisse.

Daniel pourrait croire que je suis exténuée ou que j'ai abandonné. Mais je m'efforce de bâillonner mes instincts primaires. Je n'ai pas l'habitude qu'un homme me parle en ces termes. Il m'a pratiquement coincée sous lui dans une voiture qui va Dieu sait où. S'imagine-t-il pouvoir me balancer ses obscénités en de pareilles circonstances ? Des filles aimeraient sûrement se retrouver sans défense face à un loup canon. Un autre genre de filles auquel je n'appartiens pas.

J'ai passé des années prisonnière de mon corps. En tant que louve, j'en ai vraiment bavé et je ne compte pas réitérer l'expérience en tant qu'humaine. Hors de question. Je ne sais pas où il veut en venir, mais je ne suis pas une putain de victime.

Ça ne va pas du tout là !

Ma colère amène une autre réponse ; ma magie de métamorphe réagit brillamment. Pour la première fois, des griffes apparaissent au bout de mes doigts.

Scotché, Daniel lâche ma main en murmurant « magnifique ».

Je n'ai pas réfléchi, j'ai agi, écoutant les instructions hurlées dans ma tête par Owen. Puis je déchire ma ceinture en un coup de griffes, lacérant le cou et la poitrine de Daniel au passage.

La douleur soudaine l'oblige à reculer. Ce taré continue de me dévorer du regard avec une expression exaltée. Je profite de sa distraction pour abaisser la vitre en appuyant sur le bouton. Avant qu'elle ne s'ouvre complètement et qu'il ne tente de me retenir, je me transforme en louve.

Glissant par l'ouverture, je saute de la voiture en marche, sans m'inquiéter des véhicules qui arrivent sur l'autre voie à gauche.

Mon épaule amortit durement ma chute sur le bitume, et l'impact me fait rouler bouler.

Je me secoue. Tout est intact chez moi, hormis ma fierté. Je me mets à courir.

Heureusement, Daniel ne me suit pas. Je suis tellement en rogne que je pourrais lui arracher la gorge et utiliser son nez comme chewing-gum. Ouais, à ce point. Je déteste être terrorisée. Je sais que c'était irréaliste, mais j'ai bêtement cru ne plus jamais avoir affaire à ce type de peur.

Bon sang, suis-je destinée à toujours être la victime de quelqu'un ?

Le manque de respect dont il a fait preuve est ahurissant. Ce n'est peut-être que mon avis, mais les hommes ne devraient pas nous sauter dessus comme ça. Sa mère ne lui a pas appris à ne pas agresser les inconnues ? Ou sa belle gueule l'a-t-elle protégé du rejet ?

Je n'ai pas dit « Non » ni « Casse-toi ». Est-ce ma faute ? J'aurais sûrement dû utiliser ma foutue voix... Pourquoi suis-je restée muette comme une carpe ? Harry a raison sur une chose : je suis carrément bizarre. J'ai une voix. Il faut l'utiliser. Qu'est-ce qui cloche chez moi ?

Des événements terribles se produisent quand je ne parle pas.

Mais Daniel est un métamorphe, il a dû flairer ma peur. Il savait que j'étais terrifiée, et ça ne l'a pas arrêté. Il n'a pas battu en retraite, *mais il n'a pas eu de geste déplacé non plus*, corrige une affreuse petite voix dans ma tête.

Après avoir repris mes esprits, je réalise qu'on s'apprêtait à quitter la ville. La voiture se trouvait sur la route principale débouchant sur l'autoroute. Niveau timing, j'ai eu du bol ; la vitesse était limitée à trente kilomètres-heure.

Je sais où je suis. La boutique de magie de Jodie n'est pas loin. Je dois parler à ma copine la sorcière pour avoir l'avis d'une amie.

En courant vers sa boutique, je me questionne : est-ce *moi* qui pousse les métamorphes à être irrespectueux ? Je n'ai croisé que des mentalités de misogynes à faire froid dans le dos. Ils pensent sérieusement pouvoir me traiter comme bon leur semble, sans conséquences.

Mais merde, quoi ! Je viens de sauter d'une bagnole pour fuir ce connard de Daniel.

Ce chtarbé a dû croire que c'était un genre de préliminaires.

Je souffle. Bon sang, j'étais mieux dans ce café à subir les piques de Liz, ça en dit long... Pourquoi suis-je montée dans cette voiture, sérieux ?

J'ai passé tant de temps à apprendre la vie, sous forme de louve, dans d'étranges programmes TV regardés à travers la fenêtre de la cuisine... J'ignore tout du comportement normal d'un métamorphe adulte. Jusqu'ici, j'ai eu de la chance, compte tenu du gabarit de Daniel.

Je ne suis pas en capacité d'analyser en profondeur tout

ce bordel. Mon irritation, ma blessure et ma peur ne m'aideront pas, et encore moins si je cède à la colère en bouffant le nez de Daniel, à mon grand dam.

Je dois être rationnelle. Si je laisse la peur régir ma pensée, je vais commettre une erreur et finir blessée.

Ce sont des choses qui arrivent. Je vais bien. Et le mieux que je puisse faire, c'est d'apprendre de mes erreurs.

Alors j'enfouis tout ce merdier dans un coin reculé de ma tête. Je l'enterre dans une autre boîte mentale, appelée cette fois « À voir plus tard ».

Il ne peut rien m'arriver de pire aujourd'hui.

CHAPITRE DIX-HUIT

JE NE METS PAS LONGTEMPS à arriver chez Jodie, car j'avance d'un bon pas. Quand je pousse la porte de sa boutique, l'odeur de magie et d'herbes m'enveloppe immédiatement. C'est la première fois que je viens ici, même si Jodie m'a toujours dit que j'étais la bienvenue. J'espère qu'elle est là, pas de garde à l'hôpital. J'ai désespérément besoin de voir un visage amical.

La boutique, dont l'enseigne en majuscules domine la devanture, proclame avec assurance : « ÉLIXIRS & INFUSIONS — EXPERT EN POTIONS PORTABLES ». La boutique se niche entre une galerie d'art à gauche et un salon de coiffure à droite, dans un petit bâtiment couleur crème, avec une vieille inscription de banque gravée dans la pierre au-dessus de la porte. Nous sommes sur Birley Street, une rue piétonne animée en plein centre-ville.

Je me plante devant la porte fermée, lève la patte et tapote légèrement. Je fais attention de ne pas abîmer la peinture avec mes griffes. Au bout de quelques instants, une jeune sorcière en uniforme scolaire bleu m'ouvre grand la porte en signe de bienvenue.

— Forrest, comment vas-tu ? Entre. Jodie ! Forrest est là, et elle est en mode louve !

La jeune sorcière, Heather, pousse un petit cri de joie en me voyant et me gratifie d'un immense sourire. Je l'ai rencontrée à l'hôpital quand elle aidait Jodie avec une commande de potions. Je la trouve adorable.

— Forrest, est-ce que je peux te caresser ? S'il te plaît, dis oui ! Tu es tellement mignonne !

Elle sautille en agitant les mains, ses courtes boucles blondes rebondissent.

Je hoche la tête et laisse ma langue pendre, lui offrant mon plus beau sourire de louve. Heather pousse un nouveau cri de joie et s'assied à même le sol, juste à côté de moi.

Elle me caresse doucement, ses doigts glissant dans la fourrure autour de ma tête et le long de mon dos. C'est... tellement agréable. Je crois bien que personne ne m'a jamais caressée sous ma forme de louve. En y pensant, je me rends compte que je n'ai jamais connu de geste tendre sous cette apparence. À chaque caresse, je sens mon corps se détendre un peu plus.

Je jette un coup d'œil autour de la boutique, fascinée. Elle est inondée de lumière — la lumière naturelle entre par les grandes vitrines, et des dizaines de globes lumineux magiques flottent dans les différents coins de la pièce. Ils se déplacent avec la lumière du jour et éclairent les zones d'ombre. Un globe s'est déjà positionné au-dessus de Heather et moi. Dément.

Les étagères en bois débordent de merveilles. Les vibrations de l'énergie des artefacts magiques emplissent l'air et l'odeur puissante des herbes me chatouille les narines.

Je ferme les yeux. La vie n'est pas si mal quand on oublie les aspects négatifs.

— Allez, laisse-la un peu tranquille, fofolle. C'est une femme sous toute cette fourrure.

J'ouvre un œil et j'aperçois Jodie, debout devant une porte menant sans doute à l'arrière-boutique. Son sourire chaleureux illumine son joli visage.

— Forrest, ça me fait plaisir de te voir, ma puce. Si tu reprends forme humaine, je te prépare une tasse de thé.

Elle me tourne le dos et disparaît en trottinant dans l'arrière-boutique.

— Oh non, je voulais en profiter un peu plus. C'est rare de voir un métamorphe sous sa forme animale. Ta fourrure est tellement douce, boude Heather en se relevant et en s'éloignant à contrecœur.

Je pousse un petit rire lupin, me relève en m'étirant, et m'avance vers l'arrière-boutique, mes griffes cliquetant sur le plancher. Je jette un coup d'œil à l'intérieur.

La pièce est spacieuse mais chaleureuse, avec des tons chauds de vert qui me plaisent. Il y a un vrai poêle à bois et un coin salon cosy à une extrémité, et une belle et grande cuisine de sorcière de taille industrielle à l'autre, avec une table pouvant accueillir douze personnes au milieu.

Une fois dans la pièce, je laisse la magie faire son œuvre. En une fraction de seconde, je passe de louve à humaine. Ça ne fait pas mal, c'est naturel. Rien à voir avec ces films horribles et racistes réalisés par des humains où les os craquent, où des fluides bizarres dégoulinent et où le loup-garou hurle de douleur. Ici, c'est une transformation naturelle, une danse silencieuse, belle, pure et magique.

La magie est complexe et fascinante. Les sorcières, par exemple, ne l'utilisent pas de la même manière que les métamorphes. Il existe tellement de branches de la magie que certaines sorcières sont des spécialistes des potions, comme Jodie et son clan. D'autres se spécialisent dans les éléments.

Ce que je veux dire, c'est que les sorcières *manipulent* la magie. Les métamorphes *sont* magiques.

Jodie m'a appris un fait intéressant à propos des sorcières. Elles ont le problème inverse des métamorphes : les *sorciers* sont extrêmement rares.

Jodie, qui me tourne le dos, prépare le thé. Elle a sorti le grand jeu : un beau plateau avec des tasses et des soucoupes délicates, une théière élégante, un petit pot à lait, et même un sucrier avec de vrais morceaux de sucre... c'est très chic.

Je sors les boules de potion de mes poches. Autant en profiter pour les faire vérifier par Jodie, vu que je ne sais pas trop si mes transformations successives les ont abîmées. La magie de transformation que Jodie m'a offerte à l'hôpital fait que mes vêtements se changent avec moi, comme si je ne les quittais jamais. Mes armes aussi, d'ailleurs — et ça, c'est carrément génial ! Par contre, les objets technologiques ne suivent pas, donc je ne sais pas trop comment les potions supportent les allers-retours. Franchement, ça m'arrange de ne plus avoir à me mettre à poil pour chaque changement.

— Tu peux les mettre dans le bol sur la table là-bas. Je les regarderai plus tard.

Jodie me tourne toujours le dos. *Drôle de sorcière*, je

pense avec un sourire amusé, en déposant docilement les potions dans le bol.

— Assieds-toi, dit-elle en apportant le plateau avec le thé. Alors, qu'est-ce qui ne va pas ? Ce n'est pas ton genre de te promener avec insouciance dans la rue en louve.

Je m'assieds et me mordille la lèvre. La moitié des trucs qui se sont passés aujourd'hui ne se seraient probablement jamais produits si j'avais ouvert ma fichue bouche. Il est grand temps que je reprenne le contrôle. Je pose ma tête dans mes mains et me frotte les tempes. Par où commencer...

— Utilise tes mots, Forrest. Il n'y a que nous ici. Explique-moi ce qui s'est passé.

Son regard est chaleureux, encourageant. Je prends une grande inspiration, ouvre la bouche, et je lui raconte tout.

J'explique ce qu'il s'est passé avec Harry, puis avec Daniel. Au début, Jodie s'énerve contre Harry et se réjouit du sauvetage inopiné de Daniel. Mais plus j'avance dans mon récit, plus elle devient furieuse, prête à tout pour me défendre. J'ai vraiment de la chance d'avoir une amie comme elle. Je ressens un soulagement immense qu'elle connaisse les détails de cette journée et qu'elle soit d'accord avec moi sur presque tous les points. D'après elle, je n'ai pas réagi de manière excessive. Elle me donne même l'impression que j'aurais dû agir bien plus tôt.

Une fois calmée — après avoir sérieusement envisagé de mutiler Daniel pour l'incident de la voiture —, Jodie finit par abandonner l'idée de me préparer une potion « explosion de quéquette ». Enfin, je crois.

Elle me tend une boule rouge vif.

— Tiens, c'est une potion d'impuissance masculine.

C'est la version sorcière du gaz lacrymogène. Non seulement ça empêche un mec de bander pendant des semaines, mais en plus, ça le paralyse complètement pendant une vingtaine de minutes, même s'il est métamorphe. Comme ça, tu as le choix : soit tu t'enfuis, soit tu en profites pour le poignarder, ajoute-t-elle avec un sourire malicieux.

Je fixe la petite boule inoffensive dans ma paume, puis lève les yeux vers elle. J'espère qu'elle ne m'a pas refilé celle qui explose ! Comme si elle pouvait lire dans mes pensées, Jodie éclate de rire.

— Ta tête...

Elle rit tellement que des larmes roulent sur ses joues, et je la regarde avec un sourire amusé. Quand elle réussit enfin à parler, elle me dit :

— Je te promets que c'est pas celle qui explose, Forrest.

Elle repart dans un fou rire, se tenant les côtes, les yeux brillants.

— Avec cette potion, si la victime va voir une sorcière pour se faire soigner, elle saura tout de suite ce qu'il a fait et pourrait même prolonger l'effet du sortilège d'impuissance. Alors, fais attention et utilise-la seulement dans une situation comme celle d'aujourd'hui, c'est une punition très efficace.

Elle essuie les larmes de rire qui lui perlent encore aux cils.

Waouh. Note pour moi-même : ne jamais mettre une sorcière en colère.

— Merci, dis-je avec un sourire prudent.

La colère de Jodie est aussi impressionnante que redoutable. Je frissonne pour la forme, et elle éclate de rire à nouveau.

— J'aurais tellement aimé que tu fasses sa fête à Liz... dit-elle, songeuse.

Je souris, imaginant la scène, même si l'intervention inopinée de Daniel m'a probablement évité des ennuis à long terme.

— Bref, je me retrouve avec un nouveau harceleur immonde sur les bras.

Cette pensée dégrise mon amie, qui m'adresse un sourire triste.

— Bon, il va falloir qu'on trouve un moyen pour que les métamorphes arrêtent de te pister aussi facilement. J'ai justement quelques petites merveilles qui devraient faire l'affaire... donne-moi une seconde.

Jodie claque des mains, se lève d'un bond, et disparaît dans sa réserve. Après un bon quart d'heure, elle revient avec un superbe bracelet. Elle le pose devant moi.

— Voilà ton bracelet. Il est non seulement joli, mais aussi bourré de magie complexe. Si tu décides de l'utiliser, tu deviendras impossible à tracer quand tu le portes.

L'utiliser ? Sans hésiter, j'attrape ce bijou et le glisse à mon poignet gauche avant même que Jodie ait terminé. Elle me regarde en secouant la tête, amusée, puis me ressert une tasse de thé et poursuit.

— C'est un dissimulateur magique d'odeurs. Il changera ton odeur en permanence, et même de près, un métamorphe te sentira comme une simple humaine parmi d'autres. Oh...

Jodie se lève et revient avec une vieille boîte qu'elle pose sur la table.

— Une fois que je t'aurai équipée, les loups-garous seront incapables de soupçonner ta présence, même si tu es sous leur nez. Même ton copain, le chien de l'enfer, ne te reconnaîtra pas avec cette petite merveille.

— Ooh, c'est un glamour ? demandé-je prudemment.

Jodie roule des yeux et secoue la tête.

— Non, pas un glamour. Beaucoup de créatures peuvent voir à travers. Non, ce qu'il te faut, Forrest, c'est de la magie de déguisement, murmure-t-elle d'un air conspirateur.

Oooh.

Je quitte la boutique de Jodie quelques heures plus tard, un petit papier avec un numéro de téléphone dans ma main, et les poches pleines de jolies boules de potion amusantes. Bonne nouvelle, Jodie m'a confirmé que mes autres potions avaient parfaitement survécu aux transformations, ce qui signifie que mes nouveaux bracelets magiques devraient aussi se transformer avec moi sans problème.

À mon poignet gauche, j'ai mon fantastique dissimulateur d'odeurs ; à mon poignet droit, mon bracelet de déguisement. La magie du déguisement, elle, ne fonctionne pas en permanence. Il faut poser les doigts sur le bracelet et prononcer le mot *Betty* pour activer le sort.

Jodie et moi avons bien ri en testant les possibilités de ce sort. Rien de tel que de se voir dans le miroir avec un nez énorme et un menton ridicule pour retrouver le sourire. En fin de compte, vu que ma voix est si grave et rauque, on a décidé de faire de « Betty » une vieille dame, parfaite pour brouiller les pistes. J'ai gardé ma taille, ma carrure, et même la couleur de mes cheveux. Après tout, si les permanentes bleues sont à la mode un jour, pourquoi ne serait-ce pas au tour du rose ? En les nouant en chignon, tout sera parfait. Moins on se modifie avec la magie, moins le sort risque d'être découvert. Yeux bruns, nez fin, et plein de rides, des rides de sourire et de bonheur. Les métamorphes ne vieillissent pas comme les humains : chez nous, l'âge ne se voit pas dans les traits du visage. Non, notre âge se mesure au niveau de puissance qui émane de nous, au-delà des sens normaux. Une fois qu'un métamorphe atteint sa maturité, son plein potentiel — entre trente et quarante ans d'apparence humaine —, le corps cesse de vieillir. Pour nous, l'âge est moins une question de temps que de pouvoir.

Avec quelques accessoires, peut-être juste un manteau, « Mamie Betty » sera parfaite. Le déguisement idéal.

Chapitre Dix-Neuf

Quand j'arrive à l'appartement, j'apprends que John a essayé de me joindre et veut me parler immédiatement. Apparemment, il a déjà eu vent de ce qui s'est passé aujourd'hui avec Daniel et cette histoire de pseudo-enlèvement. Comment il l'a su aussi vite ? Mystère.

Quand John décroche l'appel vidéo, il a l'air furieux. Pendant une seconde, je me réjouis de voir à quel point ma mésaventure le bouleverse.

Mais cette pensée était *terriblement* présomptueuse de ma part.

— J'ai reçu un appel très... intéressant du *conseiller* Daniel Kerr.

Je me fige et je blêmis. Oh, merde... Daniel le harceleur est un membre du conseil ? J'en ai marre de ma vie. J'observe John, la boule au ventre.

— Tu te rends compte, Forrest, que le fait qu'un membre du conseil m'appelle pour me parler de ma sœur ingérable est absolument inacceptable ? Qu'est-ce que t'as foutu pour énerver un des métamorphes les plus influents du pays ? rugit-il.

La stupéfaction m'envahit, et en réaction, ma magie se déchaîne : mes doigts se transforment en griffes. Hors champ. Owen lâche un grognement de surprise. Je grimace. Cette conversation ne devrait pas du tout prendre cette tournure. Je me mordille la lèvre et tords mes mains sur mes genoux. Mes griffes s'enfoncent involontairement dans ma cuisse, laissant une odeur de sang dans l'air. Owen s'empare rapidement de ma main pour me soutenir en silence, et sans doute aussi pour m'empêcher de m'entailler davantage la jambe.

Inconscient de tout cela, mon frère continue de me sermonner.

— Le conseiller m'a expliqué en détail l'incident d'aujourd'hui.

John se frotte la nuque, exaspéré, avant de laisser échapper un grognement.

— Nous avons convenu que tout cela est de ta faute, clairement, à cause de ton manque d'expérience de la vie. Tu m'as beaucoup déçu, Forrest... Tu t'es comportée comme une gamine hystérique. Tu as mal interprété ton échange avec le conseiller. Notre mère aurait honte de ton attitude instable.

Mon estomac se contracte dès qu'il mentionne ma mère. L'image de ce jour-là, dans le hangar, essaie de s'imposer dans mon esprit, comme une lame qui remonte à la surface. Non. Pas de flashbacks. Je chasse brutalement le souvenir et le remets dans sa boîte mentale. Non, pas maintenant.

John se trompe ; je sais, au plus profond de moi, que ma mère aurait compris, sans l'ombre d'un doute.

— Daniel Kerr n'a jamais essayé de t'enlever ni de te faire quoi que ce soit de déplacé. T'es conne ou quoi ? C'est ridicule de croire qu'un membre du conseil te poursuivrait pour *te* capturer !

John secoue la tête, le dégoût visible dans chaque trait de son visage furieux.

Rassemblant tout mon courage, j'ouvre la bouche pour me défendre, bien décidée à ne pas laisser ces accusations injustes sans réponse. Un feu de détermination s'enflamme en moi, irradiant dans tout mon corps.

— Il...

— Non ! Je parle, me coupe John, levant une main pour m'imposer le silence.

Je le fixe, les yeux brûlants, essayant de lui faire comprendre silencieusement à quel point ses mots me blessent.

— Daniel affirme que tu l'as agressé. Forrest, tu as agressé un membre du conseil ! Il aurait pu être sérieusement blessé. Et apparemment, avant de l'attaquer, il a dû intervenir pour t'empêcher d'attaquer une métamorphe innocente. Putain mais qu'est-ce qui ne va pas chez toi ? Tu as besoin d'aide ! J'ai convaincu le conseiller de ne pas porter plainte, et, heureusement pour toi, il n'a pas fait appel aux chasseurs. Mais nous avons conclu que tu n'étais pas digne de confiance.

La confusion m'envahit, mon pouls martèle mes tempes. Il me faut toute ma force pour rester immobile et ne pas réagir. Owen me presse la main, alors que je lutte pour paraître calme à l'extérieur. J'inspire profondément, douloureusement, tentant de stabiliser mes émotions.

— Daniel est également préoccupé par la façon périlleuse dont tu as sauté de sa voiture. Par la vitre, Forrest, sérieusement ? continue de me sermonner John. Il a même proposé, à ses frais, de mettre ses propres métamorphes bien entraînés à ta disposition pour te servir de gardes du corps. Désormais, dès que tu voudras quitter l'immeuble, ils t'accompagneront. Les chiens de l'enfer ont bien mieux à faire que de gérer tes incartades.

John secoue la tête, l'air profondément agacé et déçu.

Daniel a bien joué son coup. Manipulateur de première. Comment je vais me sortir de ça, aucune idée. Bravo, Daniel. Bien joué.

— J'ai refusé, cependant, l'invitation pour que tu ailles vivre chez lui.

Ah, que c'est magnanime... Refuser à mon kidnappeur un accès permanent.

— Je me dis que tu vis déjà assez de changements comme ça. Mais écoute-moi bien, Forrest Hesketh : encore une erreur, et je te laisse tomber.

Il soutient mon regard, un grondement sourd lui échappant à nouveau. Quand John perd son calme, il est terrifiant, et en ce moment, il ne tient plus qu'à un fil.

— Tu as besoin d'aide. Daniel va s'en charger. Je ne sais pas par quel miracle tu as réussi à gagner ses faveurs. Surtout après tout ce que tu as fait, balance-t-il en secouant la tête. Ce conseiller est un homme bien meilleur que moi.

Il frotte à nouveau sa nuque. Puis, dans un murmure glaçant, il ajoute :

— Que pouvais-je espérer d'une louve férale ? Tu te comportes comme un animal, alors je vais te traiter comme tel. Si je pouvais t'attacher en laisse, je le ferais.

Je prends une inspiration aiguë, profondément blessée. Une laisse ? Sérieux, John ? Tant qu'à faire, pourquoi ne pas m'offrir un collier électrique ?

— Tu m'as déjà assez fait perdre de temps. J'ai du travail. Conduis-toi bien.

Il coupe court à la conversation sans un au revoir.

Je reste assise, engourdie, fixant le vide. Je pousse un soupir de frustration. Dire que j'ai osé penser que cette journée ne pouvait pas empirer. Putain de loi de Murphy.

Putain de vie de merde.

Je ferme les yeux et cogne l'arrière de mon crâne contre le siège. Cette discussion a rapidement dégénéré. Techniquement, oui, j'ai griffé Daniel pour me défendre, mais merde ! C'est lui qui m'a agressée. Et voilà maintenant que John a invité cet homme puissant et dangereux à s'immiscer davantage dans ma vie.

Si je n'avais pas parlé à Jodie aujourd'hui, j'aurais pu me persuader que j'avais exagéré. Les mots cruels de John... « Encore une erreur, et je te laisse tomber. » C'est si facile pour lui de gober les conneries de Daniel.

Sans même me demander ma version des faits.

J'examine ma cuisse en sang. Les entailles sont superficielles, tant mieux, mais mon legging est fichu.

Daniel, ce salaud, nous a tous manipulés comme des pions et a obtenu ce qu'il voulait. Une larme glisse le long de mon nez, je l'essuie sur mon épaule.

J'ai besoin d'aller à la salle de sport, de cogner contre un sac de frappe jusqu'à l'épuisement, puis de me réfugier dans la méditation. Si je ne le fais pas, je suis capable de partir à la chasse et de montrer à ce connard de Daniel ce qu'est une vraie agression. Lui hurler dessus pour m'avoir terrorisée dans cette voiture, pour avoir retourné mon frère contre moi.

Non. C'est exactement ce qu'il attend, que je réagisse sans réfléchir. M'en prendre à lui, c'est jouer à son jeu, montrer à John que je suis un animal sauvage.

Un sanglot s'échappe de mes lèvres. Je ferme les yeux pour ne pas pleurer.

La meilleure chose à faire, c'est de jouer intelligemment, de rester discrète, de ne pas réagir. Hors de question d'entrer dans le jeu malsain de Daniel.

Daniel doit me voir comme une proie apeurée, faible, sans soutien. Pour renforcer cette impression, il vaudrait mieux que je reste cloîtrée dans mon appartement. Avec mes années passées sous forme de loup, j'ai l'habitude des situations pourries. Il s'attendra donc à ce genre de comportement. Une réaction prévisible, qui pourrait le pousser à baisser sa garde, à commettre une erreur. En lui donnant assez de mou, il finira par se pendre tout seul.

Je pense à mes frères et aux morceaux de mon âme qu'ils ont piétinés aujourd'hui. Toute mon enfance a été marquée par la négligence et la douleur constante infligée par ceux qui étaient censés m'aimer. Je secoue la tête. Pas étonnant que je sois habituée à la dureté de ce monde, car je m'attends à ce qu'on me frappe quand je suis à terre. Oui, la violence, physique ou mentale, je la connais bien.

La vie est sacrément injuste.

Mais ce qui importe, c'est la manière dont on y fait face,

et je refuse de devenir une personne amère et horrible qui se laisse dominer par sa rage.

Pourquoi les hommes de ma vie se sentent-ils obligés d'agir avec tant de cruauté ?

— C'était un peu injuste, dit Owen.

J'ouvre les yeux, le fixe. Je réalise que nous nous tenons toujours la main ; il est resté silencieux, me laissant digérer tout ça à mon rythme. Peut-être pas tous les hommes de ma vie, finalement. Je lui presse la main en guise de remerciement.

— Tu veux bien me dire ce qui s'est passé ?

Je lâche sa main, tripotant mes griffes, et je lui adresse un sourire triste. Une autre larme échappe à mon contrôle. Comme avec Jodie, je lui raconte tout.

Quand j'ai fini, la colère d'Owen vibre dans l'air autour de nous. Il prend une grande inspiration et la relâche dans un souffle rauque. Il me regarde et grogne.

— Il faut dire à John...

— Non, s'il te plaît. Il ne me croira pas, tu l'as entendu. Inutile de te battre avec mon frère ou avec Daniel. Je... je ne veux pas être un fardeau, dis-je d'une voix tremblante, pathétique. Ce serait exactement ce que veut Daniel. Il faut que je choisisse mes batailles et que je garde mes cartes secrètes.

Je lui expose ensuite mon raisonnement et ma théorie.

Je croise le regard d'Owen ; je lis de la peur et de la colère dans ses yeux gris. Owen tient à moi. J'essaie de lui montrer ma reconnaissance. Mes yeux picotent, ma poitrine se serre. Il passe une main sur son visage, déglutit, grogne et finit par hocher la tête d'un air bourru.

— D'accord.

Owen m'examine alors ; il hoche la tête une fois qu'il s'est assuré que je ne suis pas à l'article de la mort. Il m'ébouriffe les cheveux comme si j'étais une enfant. S'ensuit un sermon de dix minutes sur les raisons pour lesquelles il est si dangereux de monter dans la voiture d'un inconnu. La normalité de la réprimande m'éloigne de l'état de panique. Le câlin chaleureux après ce discours me fait encore plus de bien.

Owen convient que le dissimulateur d'odeur et la magie du déguisement sont de bonnes idées. Moins on peut me pister, mieux c'est.

Nous décidons ensemble que je suis officiellement en confinement. Pas question de quitter l'appartement, encore moins l'immeuble, surtout avec la nouvelle équipe de gorilles, euh, pardon, *gardes du corps*, qui va patrouiller. Avec ma chance, je parie que ce sont les deux Bourrins qui vont me surveiller. Alors que je cherche déjà des moyens détournés pour m'échapper, peut-être en apprenant à descendre en rappel, Owen me parle des portails.

— On a des portails ? Pourquoi je ne suis pas au courant ?

— Ce sont des passages créés par des sorciers, un réseau de portails reliés entre eux à travers le monde grâce à la magie des lignes telluriques, explique Owen. Il faut avoir la permission pour aller quelque part et connaître les codes des portails au risque de recevoir un accueil désagréable, voire fatal, de la barrière de l'autre côté.

Il y a des portails un peu partout dans la ville. Owen me promet de me donner plus tard les codes locaux et la carte des portails du monde à mémoriser.

La facilité des déplacements me séduit, sans parler de la

discrétion. La perspective de voyager instantanément n'importe où dans le monde me fascine. Grâce à la magie, la planète devient minuscule.

Malheureusement, je ne vais pas pouvoir jouer avec ces portes magiques tout de suite, car notre immeuble n'en possède pas encore.

Owen sort son téléphone de sa poche.

— J'ai une amie qui est sorcière des portails. Je peux l'appeler...

— Oh, une amie, hein...

Je remue les sourcils d'un air lubrique, un sourire goguenard aux lèvres. Owen est gêné par mes taquineries. Ce qui m'encourage à passer mes doigts dans mes cheveux, à battre des cils et à faire la moue dans une parodie grotesque de séduction. Il grimace, horrifié. Je rigole en essayant d'attraper son téléphone. Il pose une main sur mon visage pour me tenir à distance et brandit son téléphone hors de ma portée.

— Arrête, j'ai cru que tu faisais une crise d'épilepsie... ne recommence pas. Ce n'est pas ce genre d'amie, Forrest. Mais je peux lui demander de venir installer un portail ici ce soir. Ce sera une dépense énorme, mais ça vaut le coup... Heureusement que tu es riche. Et je connais une autre sorcière qui me doit un service et qui pourra venir poser une barrière de protection ensuite.

Je sautille sur mon siège. Cool ! Mon propre portail !

— La barrière protégera l'appartement, car empêcher Daniel d'entrer dans le bâtiment sera impossible. C'est un membre du conseil très influent, presque intouchable. Le fait que l'immeuble appartienne à John n'arrange rien. Je pourrais quand même lui parler... ?

Je secoue la tête.

— D'accord. *On* choisit nos batailles et on garde *nos* cartes secrètes, répète Owen en écho à mes paroles de tout à l'heure. Programmer la barrière pour faire exploser Daniel ou ses sbires, aussi amusant que ce soit, serait idiot. Alors, on la configure pour qu'ils ne puissent pas entrer dans ton appartement ni s'approcher de toi. Pendant ce temps, tu fais semblant de bouder dans ton coin. Ça nous laissera le temps de trouver une solution.

Youpi ! On a un plan ! Owen se lève et me tire du canapé.

— On utilisera ton rooftop pour l'entraînement. Aller à la salle de sport est hors de question pour un bon moment. À partir de maintenant, tu es en confinement. Allez, va te changer. Je vais te faire bosser sur les points de pression, l'arrachage des yeux, et le combat au sol. On doit aussi s'assurer que ces griffes n'apparaissent pas à tout bout de champ.

Chapitre Vingt

Tout à l'heure, en quittant sa boutique, Jodie a insisté pour me glisser un papier dans la main, prétextant que j'en avais besoin. C'est le numéro de téléphone d'une association venant en aide aux créatures en difficulté. Elle m'a assuré de leur efficacité ; si quelqu'un manque d'informations sur la loi des métamorphes et souhaite gérer un cas comme Daniel, c'est à eux qu'il faut faire appel. Par politesse, j'ai accepté le numéro. À la base, je n'avais aucune intention de leur téléphoner. Jodie doit être médium...

Il faut que je me montre proactive, vu le harceleur-kidnappeur qui me colle aux basques. Je n'ai aucun véritable allié. Owen est évidemment de mon côté, mais je ne peux pas lui demander de mettre sa carrière et sa vie en danger pour moi. Quel genre de personne serais-je si je faisais ça ? Idem pour Jodie. À regret, j'ai décidé de me tenir à distance de mon amie jusqu'à ce que Daniel se calme. Je refuse d'impliquer les sorcières, ce n'est pas leur combat. Daniel est trop dangereux.

J'appelle le numéro, sans réponse.

Quelques heures plus tard, après que les sorcières ont installé la barrière de protection et mon nouveau portail, je me sers une tasse de thé quand mon téléphone sonne. Je le regarde, interloquée. *Qui peut bien m'appeler ? On ne m'appelle jamais.* Fixer le portable d'un air ahuri ne répondra pas à la question. *Oh et puis merde*, pensé-je avant de décrocher.

— Allô ? fais-je prudemment.

— Forrest ? Je fais suite à ton appel... tu sembles avoir des soucis avec un membre du conseil ? Ça va ?

J'éloigne le téléphone en clignant des yeux. *Euh...*

— C'est un peu le bazar, je réponds sur mes gardes.

Et encore, le mot est faible.

— Oui, je comprends. Je m'appelle Ava, se présente mon interlocutrice. Je suis experte en sécurité. Désolée de ne pas t'avoir rappelée plus tôt. Généralement, je contrôle ceux qui m'appellent avant de leur parler, ça peut prendre un moment. Dans ton cas, le temps passé à rassembler des preuves s'est avéré productif. J'ai une vidéo de ton enlèvement d'aujourd'hui.

— Une... vidéo ? soufflé-je, prise de court. Comment tu as su que... quel genre de vidéo ?

Je ferme les yeux et me mords la lèvre. *Faites que ça m'aide, pitié*, imploré-je l'univers.

— Des deux tentatives d'enlèvement. N'oublie pas que ça fait deux fois que le membre du conseil essaie.

Mon oreille perçoit, à travers le combiné, les touches du clavier qu'on tapote.

— Une vidéo enregistrée depuis les lampadaires routiers quand tu sautes de la voiture, une autre au café... Oh, et le plat de résistance : une vidéo dans la voiture.

— Oh mon Dieu, lâché-je dans un étranglement qui se transforme en couinement.

Je chancèle, manquant de faire tomber ma tasse de thé que je parviens à glisser sur le comptoir avant de m'effondrer, sans la moindre grâce, au milieu de la cuisine.

Qui est cette femme ? Puis-je lui faire confiance ? Que veut-elle en échange ?

— Voilà, j'ai tout envoyé sur ton adresse mail. Au lieu de livrer cette information à ton frère, le chien de l'enfer, je propose qu'on vise plus haut. Si tu es d'accord et que tu te fies à moi, je peux t'aider à te sortir de ce cauchemar une bonne fois pour toutes.

— J'ai envie de te croire, murmuré-je d'une voix mal assurée. J'ai passé une journée merdique. Je ne sais pas quoi dire... Ava, c'est trop beau pour être vrai. Mais je vais te faire confiance. Mille mercis.

— Jodie sera ravie, dit-elle d'un ton chaleureux. Ça ne va pas se faire d'un coup. Je vais devoir planifier un rendez-vous, et entre-temps, tu dois faire profil bas, Forrest. Je ne peux pas te protéger avant d'avoir livré les preuves à la bonne personne. Sauf si tu préfères disparaître... ? Je peux t'y aider, si tu ne veux pas te battre. Je pense que tu as toutes tes chances de te disculper. Mais je peux t'aider à fuir si tu veux... ?

— Je veux tenter ma chance.

Je suis tellement heureuse qu'elle soit de mon côté. L'espoir m'anime. Je trouve incroyable qu'elle ait mis la main sur ces pièces à conviction sans rien lui avoir communiqué.

Ça en jette. Si ça se trouve, Ava est une hackeuse ? Est-ce un rêve ? En croisant les doigts, je place ma foi en elle, espérant qu'elle ne m'entube pas.

— Je vais faire profil bas et rester ici. Merci, Ava. Si je peux t'aider en retour, dis-le-moi.

— T'en fais pas, Forrest. C'est mon job. Je te rappelle quand j'en sais plus. Fais attention à toi.

Après avoir raccroché, encore par terre et tremblante, je jette un œil à ma boîte mail.

Ava n'a pas menti.

La vidéo est accablante. C'est ce qu'il me fallait, j'espère que ça suffira.

Je crois que j'ai trouvé ma porte de sortie.

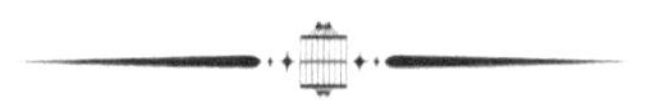

FACE À MON PORTAIL, je trépigne sur place comme si j'avais des fourmis dans le pantalon. J'ai l'impression d'être à côté de la plaque. Je remets mon manteau en place et replace une mèche de cheveux dans mon chignon. Ça fait des semaines que je procrastine pour utiliser ce portail magique. J'hésite à quitter la sécurité de mon appartement de peur que Daniel ou John m'enferme. Du coup, je me suis barricadée chez moi. Quelle ironie...

J'ai également peur de me tromper dans les symboles du portail et d'atterrir au mauvais endroit. Je regrette d'avoir dit à Owen que je n'avais pas besoin de son aide quand j'ai emménagé ici. En réalité, j'aurais dû le faire il y a des semaines.

Je ris en repensant au portail et à la mine dégoûtée de la

sorcière quand je lui ai dit que je le voulais dans mon armoire. Franchement, qui n'a pas envie d'avoir un portail magique comme dans *Narnia* ?

Elle a passé des heures à me créer un portail magique reliant mon appartement aux lignes telluriques. Quand j'ai demandé s'il était possible de faire un don des fringues que je n'aimais pas à travers le portail, la sorcière n'a pas vraiment souri à ma boutade, me répondant par un « non » sec. Son expression outrée était à mourir de rire. La sorcière de ma piaule était plus sympa.

Mon temps s'est divisé entre éviter les crétins de Daniel, m'entraîner avec Owen et lire tous les bouquins qui me passaient sous la main. Le temps a filé pendant que je me planquais. Désormais, il faut que j'utilise le portail, et Owen ne peut pas m'aider, il n'est pas là. Il a été envoyé avec les autres chiens de l'enfer sur une affaire top secrète du conseil. J'ai l'horrible pressentiment que Daniel se cache derrière cette mission. Ça peut paraître parano, mais j'en suis presque sûre.

Les Bourrins ont passé les dernières semaines postés devant chez moi, avec d'autres gardes. Je les ai évités comme la peste. Je faisais livrer mes repas, mais les livraisons se sont arrêtées quand les chiens de l'enfer sont partis. J'ai l'impression d'être dans un château : assiégée par Daniel, qui fait de son mieux pour m'affamer pendant que je reste sagement dans ma tour. Quel con.

Ava a trouvé une preuve contre les Bourrins qui acceptent ma commande avant de la balancer ou de la manger. Ces enfoirés ont bouffé mon gâteau au chocolat ! *Mon* gâteau ! En manque de pâtisserie, j'ai l'intention d'entrer dans la peau de Mamie Betty pour aller faire un tour.

Je dois être forte.

Je me hisse sur la pointe des pieds, examine le portail avec appréhension. Je connais les formules et le lieu où je dois me rendre. J'ignore simplement à quoi ressemble le portail de l'autre côté. Ça me stresse.

Je prends une profonde inspiration, et d'une main tremblante, je commence à inscrire la formule.

Des symboles magiques aux allures de hiéroglyphes égyptiens qui se rapprochent néanmoins de l'écriture cunéiforme. Les sorcières appellent ce langage magique, qui n'appartient pas à l'histoire de l'humanité, les « runes ». Il existe un nom ultra branché pour les désigner ; mais ne me le demandez pas, je l'ai oublié. Mes derniers cours de magie remontent à mes neuf ans.

Les trois premiers symboles ont l'air de crypter la zone ; les six suivants se réfèrent au portail. En théorie, la formule que j'inscris devrait me conduire à la porte d'un portail dans une allée, à quelques rues de la boulangerie que je veux essayer. Il faut aussi que j'apprenne à parler davantage aux inconnus, afin que ce voyage me serve à pratiquer l'art de la conversation et l'utilisation du portail.

Rien à faire. Je retarde l'échéance.

Je termine la formule, retiens mon souffle, et je fais un pas en avant.

Ce n'était pas si mal. Je suis vivante, et... j'ai eu l'impression de passer une porte lambda. Plutôt décevant. Je m'attendais à un petit picotement ou à un éclair de lumière, enfin n'importe quoi. Je regarde autour de moi, heureuse de constater que je suis effectivement dans une allée — celle que je voulais, j'espère.

Deux vampires se tiennent devant la porte du portail

quand j'en sors. Je manque de les percuter. Inattendu, mais intéressant. Avec un peu de chance, ils ne font que la traverser et ne la gardent pas. Je fais un pas de côté en leur lançant un signe de tête méfiant. Je n'aime pas les vampires.

Rien à voir avec le fait qu'ils soient morts ou sucent du sang ; c'est un truc de métamorphe. Mon odorat est très fin, et les vampires sentent le cadavre qui pourrit lentement. Sûrement le début de la décomposition avant leur transformation, mais ça peut tout aussi bien être l'odeur propre aux vampires — une odeur de pourri. Dans tous les cas, ils me donnent toujours un haut-le-cœur. Je m'efforce de ne pas respirer par le nez ni de pincer les narines pour manifester mon dégoût.

Les deux vampires ont l'air humain. L'un est gras avec une horrible raie sur le côté, et l'autre est maigrichon. Si on plisse les yeux, ils passeraient pour Laurel et Hardy. Il ne manque plus que le chapeau melon.

— Comment se fait-il qu'une vieille humaine comme toi utilise le portail ?

Hein ? Humaine ? Mais oui, le dissimulateur d'odeurs et « Betty »... Super ! Ça fonctionne même sur les vampires — c'est bon à savoir. Bon, si je dois faire de la pratique aujourd'hui, autant utiliser ma voix. Prions pour qu'ils ne veuillent pas me zigouiller et me dévorer. Flanquer une raclée aux suceurs de sang qui ont voulu m'utiliser comme poche de sang, ça ne passe pas vraiment inaperçu.

Je toussote.

— Navrée de vous avoir bousculés, messieurs, lancé-je d'une voix enrouée. Pardonnez-moi, j'ai une course à faire.

Ils me regardent de haut en bas.

— Tu pourrais peut-être nous aider, l'humaine. On est

à la recherche d'une métamorphe. Cheveux roses, yeux dorés. J'imagine que ça ne te dit rien ?

Oh merde. Ils parlent de moi là. C'est moi qu'ils cherchent. Je nie de la tête en leur adressant une expression — que j'espère — perplexe et inquiète.

Merde, merde.

— Je n'ai jamais rencontré de métamorphe. Est-ce une criminelle ?

Je frissonne un peu, espérant dissimuler l'accélération de mes battements.

— Non, mais il y a un mandat d'arrêt sur sa tête. Elle a dû piquer l'intérêt de quelqu'un. Cheveux roses, yeux dorés, aphone. Tiens, si tu la vois, appelle-nous, dit-il en me tendant une carte de visite. On te donnera un paquet de fric en échange.

Je hoche la tête, feignant l'enthousiasme, et prends la carte.

— Merveilleux, m'exclamé-je joyeusement. Avec cet argent, je pourrai rendre visite à ma sœur. Je garderai l'œil ouvert, lancé-je en tapotant mon chignon. Oh, mais j'ai moi aussi les cheveux roses ! J'espère que personne ne me prendra pour la métamorphe, gloussé-je.

— Ne t'inquiète pas, l'humaine. Personne ne vous confondra, répond le vampire à la raie d'un air railleur.

Je leur souhaite bonne chance en continuant mon chemin dans l'allée. Je prends sur moi, priant pour ne pas être trahie par les pulsations de mon cœur. J'essaie de me traîner pour paraître plus humaine ; j'ai certainement l'air de m'être fait dessus. Une nouvelle ligne à ajouter dans ma liste d'exercices : la démarche de Betty. Les humains ne traquent pas.

UNE FOIS CHEZ MOI, je me prépare une tasse de thé, puis je m'assieds sur le rooftop en savourant mon gâteau au chocolat.

Je scrolle les numéros de mon répertoire. J'essaie d'abord de joindre Owen, mais son portable est éteint. Avant que je ne le repose, mon téléphone se met à sonner. Ava.

— Salut, tu es chez toi ? Tu es au courant du mandat d'arrêt ?

Je retourne à l'intérieur en vitesse et me vautre sur le canapé. La barrière empêchera les autres d'écouter aux portes.

— Oui, je l'ai su ce matin. C'est quoi cette histoire ? Deux vampires m'ont offert de l'argent. C'est Daniel ? Qu'est-ce qu'il trafique ?

— Je te confirme que Daniel est bien à l'origine du mandat d'arrêt. Il perd patience, ce qui joue carrément en notre faveur. Impliquer la Guilde des chasseurs, c'est le summum.

J'entends le sourire dans sa voix.

— Je vais t'envoyer une copie du mandat maintenant. Heureusement, la récompense n'est pas très élevée. Il y a des conditions sur ta santé, ton bien-être, ce qui veut dire qu'il ne veut pas que tu sois blessée. J'ai le sentiment que ce mandat vise surtout à te mettre au pied du mur. Il se contente du minimum sans vraiment essayer, en ayant recours à la Guilde pour faire le sale boulot, dit-elle sur un ton désapprobateur. Ce mandat illégal nous a propulsées en haut de la liste d'attente. J'ai réussi à planifier une rencontre avec la Guilde pour demain.

Ava se met à glousser avec fierté.

— Je n'ai rien trouvé dans le système de la Guilde : il n'y a aucune poursuite officielle contre toi. Le document stipule même qu'on doit te livrer à Daniel, sans passer par les procédures de la Guilde des chasseurs. Remettre une fugitive à la présumée victime... ça sent mauvais. C'est un abus de pouvoir énorme. Je vais me servir des vampires que tu as rencontrés aujourd'hui pour distraire tes gardes. Fais en sorte de passer sous les radars demain matin. Je vais m'arranger pour que tu puisses aller au rendez-vous pour faire annuler le mandat. Je t'envoie une voiture dans la matinée.

L'appel se termine sans un au revoir.

Je prends un gros risque en me fiant à elle, mais je la sens bien.

L'email d'Ava arrive sur mon téléphone, j'ouvre la pièce jointe et lis. Le mandat d'arrêt surnaturel. Je parcours rapidement le document officiel qui m'étiquette comme fugitive.

Et ben...

Mentalement, je m'imagine filer dans des tunnels, Tommy Lee Jones aux trousses. *Je n'ai pas tué ma femme ! hurlerais-je.*

Bon d'accord. C'était Harrison Ford. Mais me voir affublée du terme de « fugitive » — bien que ce soit un ramassis de conneries — me fait sentir comme une vilaine fille. J'entonne *Bad Guy* de Billie Eilish en m'emparant d'une autre part de gâteau et en allumant la bouilloire.

Chapitre Vingt-Et-Un

Je me rends à la Guilde des chasseurs avec un avocat maléfique. Oui, un *avocat maléfique*. Ava s'est chargé des présentations. Le démon, monsieur Brown, m'accompagne pour poser des questions au sujet des accusations d'agression retenues contre moi.

Plus nerveuse, tu meurs.

Mes cheveux roses détachés m'arrivent à la taille. L'ourlet de ma ravissante robe blanche à col roulé s'arrête au genou. De jolies fleurs sont brodées en relief, ainsi qu'un arc dans le dos. J'ai enfilé un jupon à volants dessous pour la bomber. Parfait dans le genre ridicule. Si j'étais grande, la robe aurait été élégante — ça reste une création de designer —, mais sur ma silhouette menue, elle me donne l'air fragile. Une jeune femme innocente, inoffensive même. J'ai assorti le tout avec un cardigan bleu pastel, une paire de collants bleu clair et de petites chaussures blanches.

J'ai l'impression d'être toute nue sans mes bracelets aux poignets. Comme Ava m'a dit qu'il y aurait un détecteur de magie à l'entrée, il valait mieux les laisser à la maison.

Enfin prête, je sors par la porte du hall. Les gardes sont partis en urgence une demi-heure plus tôt, laissant la voie libre. Briefée sur la voiture par Ava, je suis sereine en l'apercevant lorsque je quitte l'immeuble et ma barrière de protection.

Mes phalanges blanchissent sur la poignée de la portière. Flageolante, je ferme les yeux, me redresse et ouvre la portière. Je me glisse à l'intérieur, puis salue monsieur Brown avec un signe de tête et un sourire timide. *Ce n'est pas Daniel*, me répété-je en tremblant.

Le démon n'est pas ce à quoi je m'attendais. Mince, cheveux blonds en bataille, des yeux bleu pâle brillant derrière des lunettes à monture épaisse. Son costume marron est abominable.

— Mademoiselle Hesketh.

Il me renvoie un signe de tête, puis regarde par la fenêtre, sans attendre de réponse. Je m'assieds en silence, sans attacher ma ceinture.

En peu de temps nous arrivons au siège de la Guilde des chasseurs. La voiture nous dépose devant la porte d'entrée en verre. Une femme à l'air harassé nous salue, puis nous passe par le détecteur d'armes et de magie. Après le contrôle de sécurité, elle nous indique l'ascenseur, scannant une carte au lieu d'appuyer sur un bouton. Les étages défilent et nous arrivons au dernier étage. Quand la porte s'ouvre, nous pénétrons dans un couloir superbement décoré au bout duquel se trouve une porte.

Pas du tout menaçant.

Il n'y a rien d'inscrit dessus. Je n'ai aucune idée de qui nous allons rencontrer. Mon stress doit être imprimé sur mon visage, car monsieur Brown me regarde d'un air gentil et confiant.

— Maintenant, mademoiselle Hesketh, il vous suffit de dire la vérité. Je me charge du reste.

Je hoche la tête nerveusement et me tortille les doigts. La dame nous ouvre la porte et nous fait entrer. Elle reste dans le couloir avant de refermer la porte derrière nous.

Le bureau est immense, bien décoré dans des tons marron et dorés, à l'instar du couloir. Une pièce très virile où la boiserie commence à mi-hauteur. Il y a un coin salon-bibliothèque composé d'un canapé en cuir avec deux fauteuils à oreilles.

Un métamorphe gigantesque est assis derrière le bureau qui fait face à la baie vitrée. Il se lève pour nous accueillir tandis que nous marchons à sa rencontre. Je lève la tête vers lui et mes yeux s'arrêtent à la pointe de son nez. C'est officiel : dans l'univers des grands métamorphes que j'ai rencontrés, ce mec les bat tous, et à plate couture. En termes de hauteur et de carrure, il dépasse — et de loin — les chiens de l'enfer. Le voir en photo et en personne n'a rien à voir. En photo, on pourrait croire qu'il n'est pas si grand comme il est bien proportionné.

Son costume bleu marine est impeccable et épouse harmonieusement son torse puissant, ses larges épaules massives, et sa taille étroite et tracée. Même en costard, il serait plus à l'aise avec une épée à la main. Bon sang, ses épaules n'en finissent jamais... Je parie qu'il vous arrache la tête en une droite. Il doit frôler les deux mètres — je table sur un mètre quatre-vingt-quinze. D'instinct, je sais que c'est un métamorphe dragon.

La puissance de l'énergie du dragon me picote la peau, tout le duvet sur mon corps se hérisse. J'ignore qui il est, mais je sais que c'est *quelqu'un*.

Je ne suis pas assez fière pour nier qu'il me fout les pétoches.

Il met mes instincts en ébullition. Inconsciemment, je me place derrière mon avocat maléfique — inutile, le dragon me voit toujours. Mes yeux scannent la pièce, à la recherche d'une autre issue de secours.

Il m'analyse et ne trahit aucune émotion, mais ses narines frémissent en captant mon odeur. Son visage est une œuvre d'art : ciselé, anguleux, pommettes hautes, mâchoire carrée, nez droit. Bouche pulpeuse, avec une lèvre inférieure plus généreuse. Cheveux longs, argentés ; même sa peau diffuse une aura argentée ! Il est à tomber. J'inspire brutalement. Comment pouvait-il en être autrement ? C'est un métamorphe dragon. Rare et légendaire.

Bordel de merde, ce mec est une bombe. J'échappe un souffle presque inaudible.

Les yeux du dragon brillent, je m'immobilise instincti-vement. *Prédateur.* J'essaie de me comporter en proie intel-ligente. Je ne bouge pas d'un muscle, garde les yeux braqués sur lui ainsi que le reste de la pièce. Ma poitrine se serre, la panique perturbe ma respiration.

Je suis à la fois terrifiée et excitée. Vraiment désta-bilisant.

On toque à la porte. Je sursaute et lâche un hoquet de

peur. Un hoquet, bon sang ! Le dragon m'évalue plus fermement.

— Entrez, dit-il d'une voix basse.

La porte s'ouvre sur un sorcier aux cheveux noirs qui semble avoir la quarantaine. Waouh, un sorcier. Il contourne le grand bureau et vient se mettre à côté du dragon.

Voilà, Forrest. Concentre-toi sur le gentil sorcier, pas le dragon flippant.

Le métamorphe retourne s'asseoir derrière son bureau et tend une main indiquant des chaises à ses visiteurs. Monsieur Brown acquiesce et va s'asseoir. Pendant quelques secondes, je ne bouge pas, prise par l'envie de me carapater à toute vitesse de ce bureau. Rappelée à l'ordre par la mine perplexe de monsieur Brown, je file m'asseoir.

En me précipitant vers ma chaise, ma robe se froisse dans la panique. Je dois ensuite me tortiller comme une petite fille pour la remettre droite. La taille exagérée des chaises n'aide en rien, et mes pieds se trouvent à trente centimètres du sol. Putain. Quand je relève le nez, les trois hommes ont les yeux rivés sur moi.

J'espère qu'ils n'ont pas vu ma culotte.

Je suis vraiment contente de porter des collants. Satanée robe. Le dragon grogne.

Je relève les yeux vers lui, tentant de deviner si c'est bon ou mauvais signe.

— Merci de nous avoir accordé ce rendez-vous, Général, commence monsieur Brown avec un hochement respectueux. Je m'appelle monsieur Brown, je suis ici pour représenter mademoiselle Hesketh quant au mandat d'arrêt émis contre elle pour agression.

Le dragon ne me lâche pas du regard, je refuse de bouger de ma chaise. Menton levé, je n'arrive pas à m'empêcher de jeter des coups d'œil vers la sortie.

— C'est une accusation sérieuse, mademoiselle Hesketh, déclare le dragon d'une voix grave et envoûtante.

J'acquiesce en tentant de ne pas frémir. Le sorcier tend une tablette au dragon, qui parcourt les documents. Après dix bonnes minutes, ses yeux reviennent sur moi.

— Je vais vous poser quelques questions, et vous allez y répondre sincèrement, mademoiselle Hesketh. Matthew, le cristal de vérité, si tu veux bien.

Le sorcier — Matthew donc — extrait de sa poche un cristal qu'il dépose sur le bureau.

— Veuillez le tenir dans votre main droite. Ne décollez pas la main du bureau, dit-il calmement.

Je réponds au sorcier par un signe de tête avant de saisir le cristal dans ma paume tremblotante.

Le dragon attend quelques secondes, puis entame son interrogatoire.

— Veuillez me donner votre nom complet et votre âge.

De nouveau, je hoche la tête et humidifie ma bouche dans un tic nerveux.

Allez, je peux le faire ! *Pitié, petite voix, ne me lâche pas.* Je tousse pour m'éclaircir la gorge.

— Forrest Hesketh, et j'ai...

Je m'interromps, me sentant vieille tout à coup.

— J'ai vingt-trois ans.

Le cristal vire au rouge. C'est mauvais ? Rouge ! Le dragon souffle, dépité. Je me tourne vers monsieur Brown, alarmée.

— Monsieur Brown, votre cliente ne peut même pas

décliner son identité sans mentir, vous me faites perdre mon temps !

— Général, vous venez à peine de lire le dossier de mademoiselle Hesketh. Cela ne fait que trois mois qu'elle a repris forme humaine, après quatorze années passées sous forme lupine. Je crois que c'est son âge, le problème.

Un silence tombe. Tout le monde me regarde.

— Désolée, monsieur, dis-je d'une voix rauque et essoufflée, puis je gigote sur ma chaise. Je n'ai pas l'impression d'avoir vingt-trois ans. Mais c'est bien mon âge... Oui, j'ai vingt-trois ans.

Rouge, encore. Je suis à deux doigts de me fracasser le crâne contre le bureau. Je fais de mon mieux. Bon sang, je ne sers à rien. Le dragon va me bouffer !

— Répétez votre nom, ordonne le métamorphe d'un ton dur.

Je sursaute en m'étranglant. Mon cœur tambourine dans mes tempes.

— Je m'appelle Forrest Hesketh, coassé-je.

— Vous êtes ici pour démentir les accusations d'agression lancées par le conseiller Kerr ? demande-t-il.

Je lance un regard à monsieur Brown qui m'encourage d'un signe de tête.

— Euh non... enfin, je veux dire, si, déclaré-je timidement.

Le cristal demeure translucide. Le dragon me regarde d'un air exaspéré.

— Expliquez ! aboie-t-il, excédé.

Alors je lui raconte tout

Chapitre Vingt-Deux

À la fin de mon discours, ma gorge me brûle. Le fait d'avoir la bouche sèche me fait tousser. J'ai tout raconté depuis le début au dragon en biglant sur son nez — trop dégonflée pour croiser son regard.

Le cristal est resté transparent tout au long de ma tirade. Au moins ça.

— Montrez-moi vos griffes d'humaine. Matthew, peux-tu apporter un verre d'eau à mademoiselle Hesketh ?

Je le regarde, étonnée. Il veut voir mes griffes ? L'impatience éclaire un instant son visage.

— Mademoiselle Hesketh, vos griffes sont l'arme en question.

Matthew dépose un verre d'eau sur le bureau. Je marmonne un « merci » et avale d'une traite.

Montrer mes griffes à un dragon — un dragon, bon

sang ! —, quelle pression... Si j'échoue, va-t-il me dévorer ? Mon cœur reprend un rythme effréné. Je ferme les yeux pour me recentrer et je fais tout pour refouler ma peur. Je prends une grande inspiration, laissant la magie de métamorphe opérer sur mes doigts. Quand j'ouvre les yeux, une flamme bleue danse au bout de mes ongles.

Mais... et mes griffes ? C'est quoi ça encore !

Je lâche un hoquet, choquée. Sans réfléchir, je plonge ma main dans le verre d'eau.

Dans l'élan, je perds l'équilibre, et n'ayant plus les mains libres pour me stabiliser, je tombe à la renverse avec perte et fracas. Je me retrouve la robe relevée par-dessus ma tête. *Charmant.*

Je reste là, je ne bouge pas. J'attends qu'ils oublient ma présence. Ma respiration est affolée et je gémis encore de peur.

Putain, pourquoi moi...

Je sens du mouvement au-dessus de moi. Je lève un œil hébété vers le dragon qui soulève la robe de mon visage, puis le fixe. Une mèche de cheveux me colle à l'œil gauche, je souffle dessus pour la déloger. Le dragon se baisse à mon niveau, incline la tête en étudiant mes mains. L'une d'elles est restée fermée sur le cristal, tandis que l'autre est encore coincée dans le verre.

— Avez-vous déjà fait ça auparavant ?

Je fais non de la tête.

— Des mots, Forrest, dit-il calmement de sa voix douce et mielleuse.

Il écarte la mèche rebelle. Je déglutis en fixant ses mains. Ses grandes mains... les plus grandes que j'aie jamais vues. Elles vont bien avec sa carrure, rien de surprenant. Le métamorphe est tout près de moi, il me surplombe.

— Jamais. J'essayais de vous montrer mes griffes.

Le cristal ne devient pas rouge.

— À quoi pensiez-vous ? me demande-t-il, le regard intense.

Sa voix est plus basse, plus douce, presque inaudible. Je me penche en avant, et pour la première fois, nos yeux se rencontrent. Waouh, ses iris sont d'un gris argenté magnifique. Il dégage une odeur musquée de bois fumé délicieuse ; je la hume à plein nez.

— J'ai eu peur d'être incapable de montrer mes griffes et que vous me... dévoriez.

Le dragon part d'un rire tonitruant en se relevant et m'aide à me mettre debout.

— Essayons encore, mademoiselle Hesketh, vous voulez bien ?

Il secoue la tête en jetant un œil à mes deux mains « indisponibles », et me porte jusqu'à ma chaise, réarrangeant ma robe sans difficulté. Je le regarde faire, éberluée. Il retire le verre de ma main avec un bruit de ventouse et le repose sur le bureau.

— Allez, des griffes cette fois-ci, mademoiselle Hesketh, dit-il en faisant le tour de son bureau pour regagner son fauteuil.

— Et si je..., dis-je en bougeant mes doigts avant d'imiter un bruit de flamme.

Le dragon me sourit.

— Ça n'arrivera pas.

Allez, ma grande, lance-toi. Au lieu de fermer les yeux cette fois, je me concentre sur mes entraînements avec

Owen. Je visualise la part de gâteau au chocolat à laquelle j'aurai droit cet après-midi...

La magie agit et mes griffes apparaissent. Je souris, triomphante.

Les pupilles du dragon se braquent sur mes lèvres, puis se dilatent. Un grondement appréciateur résonne dans sa poitrine.

— Excellent, me félicite-t-il d'un ton grave et légèrement rocailleux.

Il penche la tête de côté et inspire de nouveau mon parfum. Est-il au courant qu'il n'est pas très discret ? Il me tend la main par-dessus la table. Bouche bée, je le regarde, un peu paumée.

— Votre main, mademoiselle Hesketh.

Oh. Je pose ma main mouillée dans sa paume, il fronce les sourcils.

— Désolée, marmonné-je.

Il inspecte ensuite mes griffes.

— Matthew, ajoute au dossier que les griffes de mademoiselle Hesketh font presque huit centimètres, dit-il en tapotant mon index. On ne peut pas les considérer comme des armes, conclut-il, hautain.

Je me renfrogne à mon tour.

C'est quoi le problème avec mes griffes ? Elles sont géniales ! On ne peut pas les considérer comme des armes ? C'est ça, ouais.

— Daniel, si, le contredis-je dans un souffle.

— Si vous voulez bien m'excuser... Mademoiselle Hesketh, restez ici.

Le dragon se lève et s'éloigne.

— Matthew, procédez à une évaluation de la magie de mademoiselle Hesketh. Je veux un rapport complet.

Il disparaît derrière une porte dissimulée vers le coin bibliothèque. Oh, un portail.

Sans lui, la pièce perd soudainement toute sa chaleur. Son odeur boisée draconique persiste dans l'air.

Il fiche la trouille, mais il sent sacrément bon.

Je jette un œil à monsieur Brown, qui m'adresse un signe de tête. Je trépigne discrètement sur mon siège, soulagée que mon rôle dans ce foutoir touche à sa fin.

Encore échevelée suite à ma chute, j'en profite pour remettre de l'ordre dans ma tignasse. Matthew part dans le couloir et revient avec un scanner magique.

— Veuillez ranger vos griffes et placer votre paume sur le scanner.

J'obtempère, sauf que j'ai les genoux pleins de cheveux après m'être servi de mes griffes comme d'un peigne. Note pour moi-même : les griffes acérées ne sont pas faites pour se brosser les cheveux. Dieu merci, j'ai une sacrée crinière, autrement je serais chauve à l'heure qu'il est.

Je place ma main sur le scanner et l'observe s'illuminer, fascinée. J'en ai déjà vu un à l'hôpital, et mes lectures m'ont appris que les chasseurs en possèdent un basique. Mais ce n'est pas la version basique que j'ai devant moi. Même monsieur Brown l'observe avec intérêt. Le scanner pique mon doigt et prélève un échantillon de mon sang.

Nous attendons le retour du dragon, parti depuis une éternité. Bon, j'exagère : deux heures. Mais un gâteau au chocolat m'attend à mon retour ! L'attente est un supplice. Ce serait bien ma veine si ce bogosse me refourguait à Daniel.

Matthew commande du thé et du café entre-temps. J'enfourne deux sablés dans ma bouche avant que quelqu'un d'autre ne se jette dessus. Les sablés... la fierté de l'Écosse. Je les adore. Je ressemble probablement à un hamster avec la bouche pleine.

À cet instant, le dragon fait son grand retour.

Il me regarde en fronçant les sourcils et aperçoit les cheveux éparpillés. Il lève un sourcil interrogateur en direction de Matthew.

— Mademoiselle Hesketh s'est brossé les cheveux à l'aide de ses griffes, explique le sorcier.

Le métamorphe se frotte la tempe en soupirant.

— Nunuche, lâche-t-il en secouant la tête.

Il retourne s'asseoir derrière son bureau et saisit la tablette de Matthew pour analyser le rapport de magie, j'imagine.

— La potion dépile-poil et la potion anti-nudité pour métamorphes agissent encore dans son métabolisme ? Il y a également des traces de dissimulateur d'odeurs et de change-apparence.

Je mâche le bout de biscuit resté en bouche en évitant de m'étouffer. Maudite Jodie avec sa potion dépile-poil ! Maintenant le dragon est au courant ! Je lui ai mentionné le dissimulateur d'odeurs, le change-apparence... mais je ne suis pas rentrée dans les détails ! En fin de compte, Betty est un dissimulateur. Je ne peux pas déballer à un dragon que j'envisage de m'habiller en petite vieille pour me faire la belle.

— Qui est votre fournisseur de potions ?

Pour faire croire que j'ai encore la bouche pleine, je gonfle les joues en les montrant du doigt. J'ai besoin de temps pour réfléchir. Mécontent, le dragon ne gobe pas du tout ma petite ruse.

Qu'est-ce que je dis maintenant ? Jodie va-t-elle avoir des problèmes ? Je scrute monsieur Brown, qui hoche la tête, pour changer. Mes yeux se portent sur Matthew, qui ne me regarde même pas. Ma bouche est vide à présent. Je réponds par un signe de tête négatif.

— Vous refusez de me dire qui vous procure vos potions ? s'offusque le dragon.

Je secoue de nouveau la tête.

— Mademoiselle Hesketh, cette personne n'aura aucun ennui. Vous n'avez rien utilisé d'illégal. Vous pouvez répondre, m'encourage monsieur Brown.

Je m'obstine à secouer la tête. Jodie est mon amie. Je ne vais pas envoyer un dragon sur le pas de sa porte, même s'il peut faire appel à un sorcier. Il n'en est pas question. C'est non. Le dragon devra me dévorer. Je croise les bras sur ma poitrine, puis les laisse vite retomber ; c'est le genre de Liz d'adopter cette attitude. Matthew relève la tête et pose désormais sur moi un regard intrigué en souriant légèrement.

Le dragon souffle de frustration.

— Heureusement pour vous, je n'ai pas le temps de vous torturer pour vous soutirer l'information, révèle-t-il d'un air sombre en se massant les tempes. J'ai annulé le mandat d'arrêt, avec effet immédiat. Les pièces à conviction fournies par monsieur Brown avant notre entrevue corroborent votre version des faits. J'ai fait savoir à Daniel Kerr que vous étiez officiellement sous ma protection. Je ne peux pas croire que les chiens de l'enfer ne se soient pas montrés plus dissuasifs. Vous êtes une source d'ennuis, mademoiselle

Hesketh, dit-il en me lançant un regard sévère. On doit mieux vous encadrer. J'ai parlé à votre frère en personne. Je lui ai montré la vidéo dans laquelle on voit que Daniel Kerr cherche à vous agresser sexuellement.

J'ouvre de grands yeux. *Merde alors.* John connaît maintenant la vérité. Il ne peut pas nier les preuves ni contredire un dragon aussi terrifiant. *Et bim !* J'adore ce mec. Je me trémousse sur ma chaise, à deux doigts d'exécuter la danse de la joie.

— Vous avez déclenché votre magie du feu, reprend-il. À compter de ce jour, il est d'accord pour dire que vous serez mieux sous ma protection. Du moins, pour l'instant.

Donc *c'était* bien de la magie du feu ! Évidemment, quelle idiote.

— Est-ce que ça veut dire que je suis une chienne de l'enfer ? m'empressé-je de demander, enthousiaste.

— Non, mademoiselle Hesketh. Les chiens de l'enfer sont des guerriers. Autrement dit, vous êtes un fardeau.

Chapitre Vingt-Trois

Et c'est ainsi que je me suis retrouvée dans l'antre d'un dragon. J'avoue que je n'écoutais plus très bien à la fin de la réunion. J'ai entendu *mandat annulé, protection, bla-bla-bla*, puis mon cerveau a bloqué sur cette histoire de la magie du feu. Autant dire que j'avais mentalement décroché.

Bref, avant même que je comprenne la situation, monsieur Brown s'est levé et nous avons été raccompagnés jusqu'à l'ascenseur.

Owen nous attendait près de la voiture. Surprise totale ; il m'a expliqué que le Général avait annulé sa mission et lui avait ordonné de me raccompagner.

Ce que je n'ai pas réalisé sur le moment, c'est que je rentrais à l'appartement juste pour faire mes valises.

J'ai remercié monsieur Brown et lui ai demandé de m'envoyer sa facture ; il m'a répondu que mon « gardien » s'était déjà acquitté de la note. J'ai dû lui lancer un regard perplexe, car il a précisé que le Général avait payé. *Euh, d'accord...*

Et voilà pourquoi nous nous trouvons en haut d'une véritable falaise, dos au portail du dragon. La vue me laisse baba ; je vais gober des mouches tellement ma bouche est grande ouverte. Perchée sur un éperon rocheux dominant la beauté sauvage de l'océan Atlantique, se trouve le repaire irlandais du dragon : une structure cubique entièrement faite de verre.

C'est un chef-d'œuvre ultramoderne digne de la maison du méchant dans James Bond.

Merde, j'espère que ce n'est pas un mauvais présage.

Le bruit des vagues, le parfum de l'océan et la saveur salée sur ma langue envahissent tous mes sens. Les vagues de l'Atlantique s'écrasent contre les rochers en contrebas. Je n'aurais jamais cru qu'une maison puisse être aussi specta-culaire. Elle doit être perchée à environ soixante-quinze mètres au-dessus des flots, avec une envergure et une puis-sance qui inspirent le respect. Je me sens toute petite et insi-gnifiante.

La campagne environnante est luxuriante et verdoyante. L'herbe côtière est parsemée de petites fleurs sauvages, jaunes, violettes et roses. Au loin, il y a des montagnes et des bois. Étrangement, l'espace d'un instant, les arbres du Temple me manquent. Mais je chasse cette pensée ; je ne veux pas les revoir. Il est donc inutile de les regretter.

C'est la première fois que je quitte l'Angleterre. Je suis en Irlande, le pays des faës. En principe, les métamorphes n'ont pas le droit de fouler les côtes irlandaises. Mais le dragon, parce qu'il est... un dragon, fait exception. Et désormais, moi aussi ! C'est grisant.

Owen frappe à la porte du dragon, qui vient ouvrir lui-même, et nous entrons dans un vestibule d'un blanc éclatant. Je me planque derrière la carrure imposante d'Owen et j'admire la maison avec délectation, tout en essayant de ne pas fixer le dragon. Mais je ne peux m'empêcher de l'observer du coin de l'œil. Il est impossible d'ignorer sa présence.

Un escalier en chêne et verre, mélange parfait de tradition et modernité, monte à l'étage, tandis qu'un autre descend, probablement vers un sous-sol. Plus loin, le couloir mène à une porte en chêne à droite, une autre à gauche, et les doubles portes vitrées en face ouvrent sûrement sur le salon. L'odeur boisée et légèrement fumée de la maison ravit mes sens. J'ai bizarrement l'impression d'être chez moi.

Owen pose mes deux petits sacs sur le sol en béton ciré, serre la main que le dragon lui tend, puis me fait face, un léger sourire aux lèvres. Je m'accroche à son regard gris, légèrement inquiète.

— Sois sage. Et ne va pas chercher les ennuis, dit-il d'un ton bourru. Tu as mon numéro si tu as besoin de moi. Et je ne veux pas entendre dire que tu as bastonné un troll ou un faë, d'accord ?

Je lui lance un sourire espiègle. Owen me serre dans ses bras.

— Tu es en sécurité ici, je te le promets, murmure-t-il.

Je hoche la tête.

— Tu vas me manquer, mon chien nounou, dis-je d'une voix rauque.

J'aurais aimé qu'il reste.

— Bon, ça suffit maintenant. Tu la reverras, ta casse-cou cinglée. Tu peux y aller, le chien de l'enfer. Merci de l'avoir déposée.

Le dragon lui lance un regard appuyé, et Owen me lâche doucement, me fait un sourire et offre un signe respectueux au dragon avant de s'éclipser.

Je regarde Owen s'éloigner, le cœur lourd.

Je lève les yeux vers le dragon. Merde, je ne sais même pas comment l'appeler. Je ne peux pas continuer à le nommer « le dragon », même dans ma tête. Tout le monde l'appelle le Général, mais c'est sûrement un titre, pas son vrai nom ? Et monsieur Brown a dit qu'il était mon gardien. Tout ça est très confus ; il faut vraiment que j'essaie d'écouter plus attentivement et que je pose plus de questions.

Et puis, je ne supporte plus que mon satané frère continue de me refiler aux autres sans jamais me demander mon avis. Qu'est-ce qui cloche chez lui ? Pourquoi John ne peut-il pas prendre deux minutes pour me demander ce que *moi*, je veux, où je souhaite vivre ? J'ai de l'argent et je suis censée être une adulte, mais j'ai l'impression d'être dans le jeu de « la patate chaude », où chacun se renvoie la balle — moi, en l'occurrence. Et me voilà maintenant hébergée par un dragon terrifiant ! Tout va si vite que j'en ai le tournis.

— Venez, mademoiselle Hesketh, je vais vous montrer votre chambre.

Le dragon m'observait en silence depuis un moment. Il ramasse mes sacs et je le suis docilement.

— J'ai pensé que vous seriez à l'aise au rez-de-chaussée. Ma chambre est à l'étage, si jamais vous avez besoin de moi.

J'acquiesce poliment.

La chambre est magnifique et sent la peinture fraîche. Elle donne sur l'avant de la maison, ce qui me soulage : je n'aurai pas à dormir suspendue au-dessus de la falaise. Les murs extérieurs sont en verre, tandis que les murs intérieurs, le plafond et les boiseries sont d'un bleu marine profond. Le parquet en chêne, posé en chevrons, complète parfaitement la déco. Le bleu marine, au lieu d'assombrir et de rapetisser la pièce, crée au contraire une atmosphère apaisante, et les deux murs de verre font entrer l'extérieur, avec une vue spectaculaire sur les montagnes. Ce bleu marine me rappelle la première fois où j'ai revu le ciel nocturne après des années de cage et de barreaux. C'est la couleur que prend le ciel juste avant que les étoiles n'apparaissent, quand il fait presque nuit, mais pas tout à fait. L'odeur de la peinture indique que le dragon a fait repeindre la chambre pour moi.

Le lit est immense, et je passe la main sur la couette jaune moutarde, parsemée de délicates fleurs bleues. Un tapis rond, également jaune moutarde, habille le sol. En avançant, je remarque que la pièce se resserre légèrement vers une porte sur la gauche, qui doit être la salle de bain. De chaque côté de cette porte, des placards ouverts en chêne. Derrière l'un d'eux, un recoin caché attire mon regard : un coin lecture secret, également peint en bleu marine. J'étouffe un cri de joie en découvrant les étagères vides, prêtes à accueillir des livres, et un gros pouf moelleux au sol. Le coin lecture parfait. J'ai envie de sauter de joie. Je me retiens de justesse et me contente de sourire jusqu'aux oreilles.

Puis, mon regard tombe sur un cadre photo familier posé sur une étagère, seul. Et pendant une seconde, je ne peux plus respirer. Mes genoux se dérobent. Je trace le verre du bout des doigts. Sur la photo, ma mère et ma sœur me sourient.

Mes yeux se remplissent de larmes.

— J'espère que la chambre vous convient.

Je me retourne, et constate que le dragon m'observe toujours depuis la porte. Sans réfléchir, je me précipite vers lui et, sur un coup de tête, j'enroule mes bras autour de sa taille et lui fais un câlin impromptu.

— Merci, murmuré-je à ses abdos.

Je pourrais tout aussi bien câliner un tronc d'arbre, vu l'absence totale de réaction de sa part, mais waouh, ses muscles sont... musclés ! Ce dragon est en acier. Je m'en moque pour le moment ; il mérite un câlin. J'enfouis mon visage dans sa chemise et je respire son odeur. Après une vingtaine de secondes, je me recule et lève les yeux.

— Merci... pour la photo...

Je ravale un sanglot, les yeux brillants.

— La chambre me convient parfaitement. C'est vraiment gentil d'avoir pensé à la repeindre.

Le dragon est planté là, embarrassé, les bras ballants de chaque côté, un sac dans chaque main. Je recule, un sourire hésitant mais sincère aux lèvres.

J'ignore à quel moment j'ai cessé d'être terrifiée par le dragon.

— Je vous en prie, dit-il d'une voix légèrement rauque, avant de toussoter. Je laisse vos affaires ici, à vous de les arranger comme vous voulez. N'hésitez pas à explorer la maison.

Il pose mes sacs près des penderies, puis tourne les talons pour quitter la pièce d'un pas vif. Avant de refermer la porte, il ajoute :

— Dîner dans une heure.

La porte se referme en claquant.

J'enlève mes baskets argentées à paillettes, me passe une main sur le visage pour calmer mon émotion, puis attends quelques instants. J'ouvre la porte de ma chambre et jette un coup d'œil dans le couloir. Aucun signe du dragon. Je retiens mon souffle, tends l'oreille, et j'entends des bruits de pas à l'étage. L'impatience de découvrir l'antre du dragon monte en moi, et je me glisse discrètement dans le couloir.

Je passe la tête dans la pièce en face de la mienne, découvre une chambre d'amis sans grand intérêt. Rien à voir avec la mienne. Bon, si je ne peux pas monter, je peux toujours descendre. J'ignore la pièce au fond du couloir et opte pour l'escalier. L'air est imprégné d'une légère odeur de chlore, mêlée au parfum musqué et fumé du dragon. En bas des marches, la pièce s'ouvre sur une salle de sport impressionnante, équipée des machines les plus modernes. C'est peut-être ici qu'il forge ses muscles massifs.

Je pousse des portes, ouvre des placards, et pousse un cri de joie en découvrant une salle de cinéma derrière une porte à ma droite.

Au-delà des équipements de musculation, j'aperçois, à travers une grande baie vitrée, une piscine extérieure. J'ouvre la porte coulissante et sors : le dragon a un jacuzzi luxueux, un sauna, et un hammam. Mais c'est la piscine qui retient toute mon attention. Elle est incroyable, entièrement faite de verre. J'ai le vertige en regardant à travers le fond transparent — je vois la mer en contrebas. On dirait que l'eau s'écoule directement du bord de la falaise, se jetant dans les vagues tumultueuses en dessous.

Nager dans cette piscine sera une aventure en soi. Mon Dieu, cette maison est fabuleuse.

Une heure plus tard, je quitte ma chambre et suis l'odeur de la nourriture. J'arrive dans une grande pièce ouverte avec une cuisine, une table à manger et des canapés en cuir confortables. C'est moderne et élégant — vraiment charmant. Comme dans ma chambre, les murs extérieurs sont en verre, mais ici, il y en a sur trois côtés.

J'avance mécaniquement, presque en transe, hypnotisée par la vue. Le soleil descend lentement vers l'horizon. Les couleurs éclatantes se réfractent sur le verre et dessinent des arcs-en-ciel sur les murs. C'est à couper le souffle. Toute la pièce est un tableau de lumière déclinante, d'océan et de ciel. Je m'imagine presque en train de voler ou debout sur le pont d'un navire en mer. Observer une tempête se lever ici, la mer déchaînée, le vent soufflant en rafales, le tonnerre et les éclairs illuminant le ciel... Le plus beau spectacle naturel imaginable. Impossible de se lasser d'une vue aussi grandiose.

— Mademoiselle Hesketh, veuillez vous asseoir.

Je me tourne, cligne des yeux. Oh là, je suis vraiment impolie. Le dragon a posé nos assiettes sur la table sans que je m'en aperçoive. Il se tient devant une chaise, attendant que je prenne place.

— Oh, je suis désolée, la beauté du site m'a surprise. Votre maison est somptueuse, et cette vue est incroyable.

J'ai envie de demander s'il a besoin de quelque chose, mais ça serait bizarre, vu que c'est chez lui. Je me mords la lèvre et me précipite pour m'asseoir. Je choisis la chaise en face, mais le dragon secoue la tête et m'indique celle devant lui. Oh, il tire la chaise pour que je m'asseye. La vache. Personne n'a jamais fait ça pour moi. Je m'installe en marmonnant « Merci ».

Je l'observe contourner la table avec cette démarche imposante. Il est canon. Il a troqué son costume contre un jean bleu clair et un tee-shirt blanc à manches longues, moulant au point où on pourrait presque compter chaque muscle. Il est tellement serré qu'il pourrait aussi bien ne rien porter du tout. Je n'ai jamais vu un corps aussi sculpté. Difficile de ne pas baver. Je m'intéresse soudain de très près à mon assiette, histoire d'arrêter de le mater, et je ne lève les yeux que lorsqu'il est enfin assis.

— Comment dois-je vous appeler ? demandé-je à brûle-pourpoint.

Il me regarde, la tête légèrement penchée, comme s'il réfléchissait.

— Vous ne savez pas qui je suis ?

Ce n'est pas dit d'un ton arrogant, mais plutôt comme si cette ignorance le surprenait sincèrement. Je souris en m'excusant et secoue la tête. Non, je n'en ai pas la moindre idée.

— Ah. Mademoiselle Hesketh, dites-moi, que savez-vous exactement ?

Je sens mes joues chauffer et je tortille mes doigts pour masquer ma gêne.

— Je sais que vous êtes quelqu'un d'important… euh, je vois que vous êtes un dragon, j'ajoute en faisant un geste vague pour l'englober. Tout le monde vous appelle, euh, le « Général »… Je suppose que c'est un titre lié à la Guilde des chasseurs ? Monsieur Brown a dit que vous étiez désormais mon gardien, et que vous aviez réglé sa facture. Merci d'ailleurs. Je peux vous rembourser.

Je baisse les yeux vers mon assiette ; il a cuisiné un steak, de la purée de pommes de terre et des brocolis, avec une sauce au poivre. Miam.

— Mangez, ordonne-t-il d'une voix brusque.

Pas besoin de me le dire deux fois. Je me mets à dévorer mon plat.

J'essaie de manier couteau et fourchette correctement. Je m'améliore.

Le dragon fait un bruit étrange. Je jette un coup d'œil et le vois porter sa fourchette à sa bouche avec une expression triste. Je baisse les yeux et reprends mon repas en silence. J'espère qu'il va bien. Je n'aime pas l'idée qu'il soit triste. Ça fait si longtemps que je n'ai pas mangé de viande rouge que mon côté carnivore prend le dessus.

Difficile de manger comme une dame quand on a envie de s'empiffrer et de manger le plus vite possible avant que quelqu'un ne prenne l'assiette. J'ignore si cette peur de manquer de nourriture s'effacera un jour. Après tant d'années de privation, il m'est impossible de manger lentement. Je serre inconsciemment l'assiette contre moi, mes bras l'entourant pour la protéger. Au moins, je n'ai pas grogné.

— On vous a privé de nourriture.

Je sors momentanément de ma boulimie et relève la tête. Il me regarde avec une compassion indescriptible dans ses yeux argentés. Je baisse les yeux et hausse les épaules. Cela explique sans doute l'expression triste de tout à l'heure. Ce n'est pas un sujet dont j'ai envie de parler.

Une fois que j'ai avalé quelques bouchées — bon, la moitié de mon assiette —, j'essaie de ralentir le rythme.

J'écoute attentivement quand le dragon se met à parler, sa voix profonde grondant dans la pièce comme l'océan au pied de la falaise.

— Oui, je suis un dragon métamorphe. Mon titre est bien celui de Général. J'ai un long et ennuyeux passé en tant que guerrier et commandant. En ce moment, je supervise la Guilde des chasseurs, et les chiens de l'enfer sont également sous ma juridiction.

Ses doigts longs et puissants tapotent la table.

— Monsieur Brown a raison : puisqu'il est de mon devoir de te protéger, je suis techniquement ton gardien. Tu peux m'appeler Aragon. Et me tutoyer.

CHAPITRE VINGT-QUATRE

APRÈS LE DÎNER, je constate avec horreur qu'il n'y a pas de dessert prévu au menu. Walou. Qui ne mange pas de dessert ?! Apercevant mon visage horrifié, le dragon... Euh, Aragon reste planté devant le frigo, puis déniche un pauvre pot de glace à la vanille. Une espèce de boule qui a gelé au fin fond du bac à glace. Néanmoins, j'enfonce allègrement ma cuillère dedans, assise en tailleur sur le canapé d'Aragon.

Il s'étale sur les règles à respecter avant d'aborder enfin la raison de ma présence ici.

Me protéger de Daniel n'est pas l'unique explication.

— Lors de ton premier séjour à l'hôpital, ton état était critique, dit-il. La partie avant de ton cerveau, le cortex préfrontal, ne s'est pas bien développée. C'est la région qui gère tout ce qui est organisation, priorité et contrôle des pulsions.

Si je résume, Aragon a la preuve scientifique que mon cerveau est celui d'une ado.

Chouette.

J'ai envie de rétorquer que je n'ai aucun problème de pulsions — le nombre de fois où j'ai renoncé à être intrépide est impressionnant —, que je suis un gourou de la zénitude. Mais je me tais. Je suis assez intelligente pour ne pas me battre contre un dragon et son diagnostic médical.

Qu'est-ce que je disais : une parfaite maîtrise de soi !

Ça m'a l'air d'être un ramassis de conneries. Mon cerveau est normal.

Et mon cerveau d'ado aussi, pensé-je en levant les yeux au ciel.

— Tu es plus forte qu'un métamorphe normal, continue-t-il d'une voix basse, émerveillée. Malgré ton petit gabarit, ta force égale celle des chiens de l'enfer.

Je sautille sur le canapé d'un air narquois. Je suis une super-métamorphe !

— Arrête, nunuche... grommelle le dragon en se pinçant l'arête du nez, visiblement frustré.

Je m'immobilise.

— La manifestation de ta magie du feu est préoccupante. Forrest, les métamorphes ne sont pas supposés développer ce type de magie avant leurs six cents ans, à condition qu'elle se manifeste. C'est un don très rare. Et la capacité à contrôler la transformation partielle à vingt-trois ans est inexplicable. Je crois que ton frère avait plus de cent ans quand il a réussi. Si on ajoute à cela ton jeune âge... tu es une anomalie. Une énigme pour la magie et la médecine.

Merci, maman. Ton ADN, c'est le gros lot.

Aragon m'assure que mon cerveau peut se développer

correctement avec le temps. Mais je ne suis pas inquiète outre mesure, ma petite tête n'a aucun souci.

D'accord, je me trouve un peu toquée, mais vu mon passif, qui ne le serait pas ? J'ai traversé l'Enfer, et j'en suis ressortie en fumée. Toute cette histoire de test est une excuse pour me contrôler. Ils ne supportent pas de me laisser vivre ma vie, hors de leur portée. Je le regarde, soupçonneuse. Je suis une jeune métamorphe, dotée de la magie du feu... Je comprends maintenant pourquoi on m'a refilée à Aragon.

— Qui, sinon toi, pourrait mieux me surveiller et me contrôler ? dis-je, en levant un sourcil.

— Je t'assure, Forrest, que je ferai tout pour te protéger. Seule ta sécurité m'importe. Le conseil ignore que tu possèdes la magie du feu, et j'aimerais que cela reste ainsi. Je suis ton gardien officiel et ce n'est pas une mission que j'ai acceptée à la légère.

Son regard traduit ensuite toute l'ampleur du fardeau, c'en est troublant. Même effrayant. Il est vraiment sincère. S'être désigné comme mon gardien le met-il en danger ? Est-ce que *je* représente un danger ? L'expression de son visage est déchirante, quelque chose en moi se fissure. Je déteste ça. Ma tête retombe contre ma poitrine, j'examine mes mains, incapable d'affronter son intense regard.

— Eh bien, merci, bredouillé-je, un nœud à la gorge.

Peu importe ce qu'il croit, ou ce que je veux croire, il va falloir que je me mette dans le crâne que je suis seule. Je suis une survivante, pas une victime. Je ne vais pas me contenter d'accepter la situation. Impossible. Je pourrais trouver un moyen de reprendre le contrôle de ma vie.

Ça ne se fera pas en un jour. Et je ne peux pas me

permettre de broyer du noir comme ces dernières semaines. Pour l'instant, il y a un terrible dragon qui prétend vouloir me protéger. Daniel peut bien aller se faire voir, et John aussi par la même occasion.

J'éprouve de la loyauté envers Owen et Jodie. Ava a gagné mon respect et ma confiance. Mais la seule personne sur qui je peux compter, c'est moi.

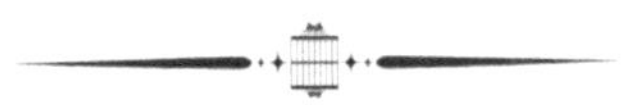

DE RETOUR DANS MA CHAMBRE, je suis prête à me pieuter. Après une douche, j'enfile mon pyjama, qui se résume à un short de sport et un tee-shirt. Depuis que j'ai repris le contrôle de ma transformation à l'hôpital, je dors en louve. Impossible pour moi de dormir en humaine, je me sens vulnérable. Du reste, je suis habituée à dormir sous ma forme animale. Les lits sont trop confortables, ma peau est trop froide, et dormir par terre sous forme humaine ne fait pas l'affaire.

Ces derniers temps, je dors en louve à cause des cauchemars qui me tourmentent. Bizarrement, je n'en fais pas en étant louve.

Je me dirige vers mon recoin secret et place un cadre photo sur l'étagère plus bas, puis je laisse la magie faire son boulot. Aragon veut qu'on aille courir à cinq heures du mat'. À tous les coups, il devait s'attendre à ce que j'objecte, sauf que j'adore m'entraîner, quelle que soit l'heure. Ce n'est pas comme si je devais me sortir hors du lit.

Je me roule en boule, le nez sur ma queue touffue, face à la lune. *Je vous aime de tout mon cœur*, dis-je à l'intention du cadre photo. Les battements de paupières s'espacent alors que j'essaie de garder les yeux sur les visages heureux de ma mère et ma petite sœur, jusqu'à ce que je m'endorme.

Je cours derrière Aragon sur un chemin naturellement tracé par les pas précédents. L'air du matin est sec et frais. Le chemin nous fait passer par le bois, la lande et les tourbières qui entourent le pied la montagne. Le panorama est à couper le souffle.

Alors que les kilomètres disparaissent sous mes pieds, je réalise à quel point la maison d'Aragon est isolée dans cette partie de l'Irlande. Aucune route ne mène chez lui. Intéressant. J'imagine qu'il doit seulement utiliser le portail ou voler. J'ai l'impression qu'on est seuls sur Terre. Hormis des animaux ou le reflux des vagues, mon ouïe surdéveloppée ne détecte que le bruit de nos pas.

Ça, et le bourdonnement délirant de la barrière magique d'Aragon.

Je ne l'ai pas remarquée en arrivant hier ; elle se trouve à des kilomètres de la maison. Je suis choquée de la découvrir ce matin. Elle n'encercle pas seulement sa maison, mais la zone entière sur des kilomètres. Contrairement à mon appartement, elle n'est pas du même doré auquel je suis habituée. Non, elle est multicolore ; elle scintille et crépite dans l'obscurité. Je la sens irradier à travers moi, jusqu'au plus profond de mon être. Personne ne peut prétendre la louper en s'en approchant par mégarde. C'est l'équivalent magique d'un champ magnétique. Je n'aimerais pas voir les dégâts sur un visiteur indésirable...

Le ciel s'éclaircit pendant que nous filons à travers le sommet venteux. Le rouleau des vagues se forme à l'infini sous nos pieds. Aragon m'apprend que le littoral abrite de petites grottes et des coins où nager que le récif protège de la force de l'océan Atlantique. Il me parle des différentes espèces de flore : la silène, la porcelle enracinée et l'armérie maritime.

Nous gardons une allure rapide pendant encore une bonne heure. Je n'ai jamais couru avec personne auparavant, ça déchire. Si j'étais sous ma forme de louve, j'aurais probablement la langue au vent en ce moment, un sourire béat aux babines. En l'occurrence, je ne crois pas avoir cessé de sourire. J'ai mal aux zygomatiques. C'est énorme.

Sur le chemin du retour, l'aurore pointe à peine à l'horizon. Aragon me dit de me préparer à partir pour huit heures et de prendre mon petit-déjeuner.

Chercher comment m'habiller est une prise de tête, et au final, j'opte pour un legging noir avec un pull-over vert sympa. Hier soir, Aragon m'a dit que je ne pouvais pas porter mes bracelets magiques, que sous sa protection bla-bla-bla... personne ne me tracera. J'enveloppe le bracelet dissimulateur d'odeurs dans du papier toilette et le mets dans la poche avant de mon legging, et le bracelet mamie Betty autour de ma cheville — c'est plus discret. Allez, c'est l'heure du petit-déj' !

Je regarde la cuisine, le regard noir et les poings sur les hanches, exaspérée. Elle a été conçue pour un géant !

Toutes les étagères sont plus hautes que la norme. Heureusement, il y a presque tout dans le placard du dessous. Mais la confiture de fraise se trouve dans un grand placard, sur l'étagère du dessus, à une... disons, une trentaine de mètres du sol. Je me dévisse la tête pour l'apercevoir, agacée. Je suis convaincue que c'est facile, pour un grand dragon capable de voler. En revanche, du haut de mon mètre soixante, c'est mission impossible.

Entonnant la musique de *Mission Impossible*, j'escalade le comptoir en chaussettes. Je me hisse sur la pointe des pieds en m'étirant au-dessus du vide. Je frôle la confiture sans parvenir à l'attraper. Contrariée, je rouspète en planifiant ma première tentative de sauvetage de confiture.

Je vais sauter et l'attraper.

Alors que je m'apprête à me jeter en l'air, Aragon se matérialise à côté de moi en me fichant une peur bleue. Je hurle de peur en glissant.

Oh oh. J'atterris dans les bras d'Aragon qui me rattrape au vol.

— C'est ton fredonnement incessant qui m'a fait venir. Tu aurais dû m'appeler pour que je te donne la confiture, dit-il d'un ton bourru.

— Et bah... quelle réception. Désolée. Tu m'as fait peur, me justifié-je, gênée.

Je reste bouche bée devant ses magnifiques iris gris. Il n'a pas l'air en colère. Ses prunelles brillent même d'une lueur amusée.

Ses avant-bras n'ont aucun mal à soutenir mon poids.

La proximité entre Aragon et moi me déstabilise complètement. Mais je n'éprouve pas la frayeur qui me submerge en présence d'autres hommes. Je pose mes mains sur son torse et m'appuie contre lui. En me rapprochant carrément, mon nez effleure son cou.

Je hume.

Son odeur charbonneuse, musquée, emplit mes narines, je tremble, et mon ventre exécute une pirouette.

Je ronronne.

Pourquoi est-ce que je me sens bien dans ses bras ? Je suis consciente du danger qu'il représente. C'est facilement l'un des métamorphes les plus puissants de la planète. Quand a-t-il cessé de m'effrayer ?

Un son guttural se forme dans ma gorge.

Dès l'instant où mes yeux se sont posés sur lui dans son bureau, mes hormones endormies se sont réveillées d'un coup, réclamant à l'unisson l'attention de mon gardien.

Aragon tourne la tête, sa respiration est sur mes lèvres. J'ouvre la bouche pour savourer son souffle.

La chair de poule apparaît sur ma peau. Je me comporte de façon déplacée. C'est quoi mon problème, putain ! Je me redresse, le visage cramoisi.

— Euh, désolée. Je n'ai jamais fait ça avant. Tu... m'as prise de court. Je suis affamée. Voilà, c'est ça, j'ai la dalle...

Du charabia. Je suis complètement paumée, je ne comprends pas un traître mot de ce que je raconte. En grimaçant, je m'efforce de ne pas avoir l'air dingo.

Pourquoi l'ai-je reniflé ?

— T'es vraiment givrée. Que vais-je faire de toi ?

Aragon soupire en me reposant doucement à terre ; mon corps effleure le sien. Un frisson me secoue. Bizarrement, ma respiration est saccadée, et une chaleur se forme au creux de mon ventre.

Euh d'accord... Mon cœur semble sur le point de bondir hors de ma poitrine et mon ventre effectue un nouveau salto. J'aime être tout près de lui. Il sent trop bon.

Je lâche un soupir de frustration quand il s'écarte, à mon grand dam. Gardant une main sur ma nuque, il attrape sans problème le pot de confiture, le dépose sur le comptoir à côté du grille-pain.

— Ne grimpe pas sur le comptoir, nunuche. Allez, fais vite, tu as cinq minutes.

Je souris en entendant ce surnom : nunuche. Il presse légèrement ma nuque avant de quitter la cuisine.

Je l'observe partir. Son costard gris anthracite va bien avec ses cheveux gris et la couleur de sa peau. J'expire, mes mains tremblent quand je finis de tartiner mon toast.

Waouh, c'était chaud.

Chapitre Vingt-Cinq

Aragon m'emmène bosser avec lui, c'est dingue, non ? Nous arrivons directement dans son bureau via le portail.

— Bon, tu vas devoir t'occuper toute seule. Sollicite Matthew si tu as besoin de quelque chose.

Je dansote sur la pointe des pieds en jetant des coups d'œil dans le bureau.

— Je peux pas t'aider ? demandé-je, excitée par cette idée. Il y a de la paperasse à faire ? Je suis sûre que je peux aider la Guilde des chasseurs, ou même faire du classement, répondre au téléphone ?

Je souris en hochant la tête pour l'encourager à déléguer.

Mes pensées dérivent et je m'imagine en train de sauver le monde. J'ai envie de m'entraîner à prendre un air surpris pour le jour où la Guilde des chasseurs me décernera une médaille pour ma bravoure. Je fredonne.

Aragon penche la tête en fronçant les sourcils.

— Mademoiselle Hesketh, tu sais lire au moins ? Rien dans ton dossier n'indique tes compétences en lecture.

Ma bouche s'ouvre en grand ; cette fois, c'est moi qui le dévisage. Non mais, sérieusement ? Quel malotru ! Bien sûr que je sais lire ! J'avais neuf ans quand je me suis retrouvée coincée sous ma forme de louve, pas trois. Ce n'est pas comme si j'avais oublié l'alphabet.

Je laisse échapper un grognement.

Puis je me ravise. C'est vrai que mon éducation n'a pas dû être une priorité pour le conseil ; qui se soucie qu'un utérus sur pattes sache lire et écrire ? Heureusement que j'avais des cours à la maison. Mais Aragon ne connaît pas le programme éducatif de ma mère.

— Ne te vexe pas, c'est une question légitime.

Je relève le menton et lui fais un signe de tête qu'il prend pour une confirmation.

— Eh bien, j'ai ici une étagère pleine d'encyclopédies passionnantes, dit-il en désignant l'espace salon et les étagères surchargées. Pourquoi ne pas commencer par là ?

Il m'encourage d'un sourire et quitte la pièce.

Salaud de bogosse !

Je n'ai aucune envie de lire ses bouquins barbants et merdiques. J'adore lire, mais pas les encyclopédies. Je voulais faire quelque chose de fun ! Je soupire, ferme les yeux et tape du pied. Bon, il va falloir que je m'y mette sérieusement. Il faut que j'en apprenne plus sur les métamorphes. Je n'ai que des connaissances basiques sur mon espèce, apprises quand j'étais gamine. Rien d'utile.

Idéalement, je devrais connaître au moins les lois, non seulement pour éviter les ennuis, mais aussi pour empêcher les autres de profiter de mon ignorance. Si je connais les règles du code de conduite sur le bout des doigts, je saurai quand il est permis de flanquer une raclée à quelqu'un et quand il vaut mieux s'abstenir.

J'ai sérieusement besoin de trouver une solution pour démêler ce qui ressemble à un vrai foutoir : ma vie.

Je sais que je ne peux pas faire confiance ni au conseil ni au dragon, même si j'ai une obsession étrange pour son odeur. Ce n'est qu'une question de temps avant que je fasse une connerie et qu'Aragon se débarrasse de moi. Mon propre frère... je ferme les yeux. *N'y pense pas*. Je triture une mèche de cheveux. Heureusement que j'ai eu la présence d'esprit d'emporter mes bracelets. Si Aragon en avait l'occasion, il les ferait disparaître, j'en suis certaine.

Je mate les étagères.

Je m'en approche en traînant des pieds, et parcours les titres sans grand enthousiasme. Purée, j'aurais besoin d'un manuel pour m'y retrouver dans ce bordel. Il n'existe pas un bouquin du genre *Les Métamorphes pour les Nuls* ? J'ai intérêt à en apprendre le plus possible sur *tout*, le plus vite possible. Je me demande s'il a un livre sur la magie du feu. Je soupire. Si j'arrive à contrôler ce pouvoir, il sera plus difficile de me kidnapper.

Surtout si je suis en feu et que je hurle. Je souris en imaginant les flammes léchant le pantalon de Daniel. Je me frotte les mains en rigolant dans ma tête. *Mouahahaha*.

Quelques livres attirent mon attention, et, à ma surprise, ils sont exactement ce qu'il me faut. Rien sur la magie du feu, mais ils contiennent bien les informations que je cherche. J'en prends six, les plus essentiels, et m'installe dans un fauteuil pour lire. Je me remets à fredonner *Mission Impossible*.

Le gros volume de lois m'intrigue : un passage caviardé attire mon attention. Mes yeux secs s'écarquillent d'horreur en déchiffrant ce que je lis. Je mordille ma lèvre inférieure et frissonne de partout.

Le passage concernant les morsures entre créatures est biffé, mais d'après ce que je comprends, il existe un moyen pour un métamorphe de prendre le contrôle total d'un autre. C'est flippant. Contrôle de l'esprit ! Je porte une main à ma bouche. C'est de la magie de soumission interdite.

Oh, c'est grave.

Ce n'est pas banni parce que c'est profondément immoral et malsain — non, c'est interdit seulement parce que, si un mâle métamorphe mord une femelle et meurt, celle-ci le suit dans la tombe. Un nouveau frisson me secoue et les poils de ma nuque se hérissent.

Le conseil qui a pondu ces lois et ceux qui ont écrit ce livre passent à côté d'un point crucial : c'est littéralement de l'esclavage. Un mal absolu. Qu'est-ce qui cloche chez les métamorphes ? Je pousse un soupir tremblant et referme le livre avec fracas, écœurée. Les femelles métamorphes sont foutues — pas étonnant que nous soyons si rares. On ne peut pas lutter contre la bêtise.

La société des métamorphes est pourrie.

— Forrest, je suis libre pour le reste de la journée. Rien d'urgent ne requiert mon attention. Nous allons manger dehors, si cela te convient.

Je lève les yeux. Aragon est de retour, suivi par Matthew.

— Oui, bien sûr, réponds-je d'un ton morne.

Je me lève d'un bond et range les ouvrages que j'ai parcourus sur les étagères. Au passage, je donne une pichenette au livre des lois en grognant.

Ce truc mérite de brûler.

Aragon fait un signe de tête à Matthew, et alors que nous nous dirigeons vers le portail, j'adresse un signe amical au sorcier. Je suis Aragon en silence, réprimant mon envie de sautiller d'excitation. Il m'emmène manger dehors. Mon premier rencard !

Nous nous installons dans un petit restaurant en ville, spécialisé dans les burgers gourmets. Aragon me tient la porte en verre et m'accompagne à l'intérieur. Puis il pose délicatement sa main sur ma nuque pour m'orienter vers une table. Mon cœur bat la chamade. Je me surprends à aimer la sensation de cette main ferme, peut-être un peu trop.

Nous nous asseyons en face l'un de l'autre à une table pour deux, presque trop petite pour la corpulence d'Aragon. Il est obligé d'étendre ses longues jambes sous ma chaise. Je ne peux m'empêcher d'apprécier le frôlement de nos jambes. Comme il est encore tôt, le restaurant est presque vide et la plupart des tables sont inoccupées.

Toute mon attention est focalisée sur Aragon. Il a retiré sa veste de costume et est en train de remonter les manches de sa chemise. Lentement, à chaque pli, il dévoile un peu plus ses avant-bras musclés. Comment une partie du corps si banale peut-elle être aussi sexy ? Sans la moindre honte, je me régale de son strip-tease des avant-bras.

Notre serveuse humaine est tout aussi fascinée par les avant-bras de mon dragon. Oubliant que j'existe, elle joue avec ses cheveux et caresse sa clavicule en battant des cils comme si elle allait s'envoler. Je lui lance un regard noir. Aragon reste courtois, mais son regard ne s'attarde pas sur elle.

Ce bogosse devrait sortir avec un sac sur la tête.

Je commande un burger au hasard sans même lire le menu et toussote pour inciter la serveuse à partir.

— Comment s'est passée ta journée ? demande Aragon de sa voix grave et vibrante.

— Bien. Tu n'as pas beaucoup de livres imagés, ironisé-je en boudant.

Aragon se frotte l'arête du nez et soupire.

— Navré, Forrest. J'ai parlé trop vite. Pardonne-moi.

Une ride soucieuse apparaît entre ses sourcils, et son regard magnifique semble réellement peiné. Je garde ma mine attristée encore quelques secondes, mais je ne peux m'empêcher de sourire malicieusement, repoussant ses excuses d'un geste de la main.

— Ça va, je rigole... tes livres sont... hum, effrayants. Les lois des métamorphes envers les femmes sont nulles à chier.

Je me tortille sur ma chaise, hésitant à poursuivre.

Aragon penche la tête et hausse un sourcil. J'agite les mains, puis les mots jaillissent de ma bouche.

— Mon but dans la vie n'est pas de pondre des petits ! Je suis plus que mon utérus ! Le monde que j'ai vu jusqu'ici ? Ce n'est pas un monde où j'ai envie d'élever des enfants. Et si mon ADN est vraiment si rare et que, par miracle, j'ai des filles, est-ce que je veux qu'elles naissent dans un monde où leur existence entière se résumera à ce qu'elles ont entre les jambes ? Où elles seront traitées comme des bouts de viande et vendues comme du bétail ?

Je prends une inspiration tremblante.

— Je suis orpheline. Mon père est mort avant ma naissance en tentant de protéger ma mère et mes trois sœurs. Seule ma mère a survécu. Et dix ans plus tard, j'ai dû regarder ma mère tuer ma petite sœur de deux ans avant de se suicider...

Je baisse la tête, la voix brisée.

— Grace aurait seize ans. Et ça, c'était juste dans ma meute. Cinq femelles mortes pour rien. Rien ! Il faut que ça s'arrête. Les lois pour nous protéger sont inexistantes. Tu es puissant, tu ne peux rien faire ?

Aragon me lance un regard douloureux. Je baisse les yeux, comprenant que la réponse est non. Pourquoi est-ce que j'ai même abordé le sujet ? Je relève la tête, les lèvres tremblantes. Je pousse un soupir, redresse les épaules. Tant pis, je le ferai moi-même. Ce n'est pas dans ma nature d'ignorer l'injustice ou de baisser les bras, même quand la montagne semble infranchissable.

— Donc, quand as-tu l'intention de m'enseigner, euh — je baisse la voix jusqu'à chuchoter — ma magie du feu ? Plus vite on commence l'entraînement, mieux ce sera.

Pour que je puisse commencer à aider les autres.

Aragon secoue la tête, mais avant qu'il ne puisse répondre, notre repas arrive. La serveuse balance littéralement mon assiette devant moi. Soit elle pense que je suis humaine, soit elle a un sérieux problème.

Je fronce le nez avec dégoût et examine mon burger avec une horreur croissante. Un petit gémissement m'échappe. J'ai commandé un burger végétarien. Quelle déception ! Je le coupe en quatre et le tâte du bout de ma fourchette. J'ai déjà mangé des plats végétariens délicieux, mais celui-là n'en fait pas partie. Il s'effrite, il a l'air sec, et sa couleur est bizarre. Je le renifle discrètement : *beurk*, il ne sent même pas la nourriture.

Il n'y a pas si longtemps, je bouffais de la nourriture pour chien. Je devrais m'estimer heureuse d'avoir un plat chaud devant moi et le manger sans broncher. Je retrousse ma lèvre supérieure et je grogne.

Aragon m'observe avec fascination, ses yeux brillant d'amusement. *Ouais, c'est ça le dragon, marre-toi.* Son burger double bacon dégoulinant de fromage a l'air tellement appétissant. Aragon coupe méthodiquement son burger en quatre, et sans dire un mot, échange nos assiettes. Je baisse les yeux vers mon nouveau plat et le burger appétissant devant moi.

Mon cœur se gonfle et je fonds comme ce fromage coulant.

— Merci, soufflé-je en essayant, sans succès, de fourrer un quart du burger dans ma bouche.

Aragon me répond d'un hochement de tête et d'un sourire chaleureux. Il mange mon burger végétarien sans se plaindre, même si je le vois parfois grimacer.

Je me concentre sur ma mission : manger. Une fois mon burger quasiment aspiré, je reprends la conversation où nous l'avions laissée.

— Alors, cet entraînement au feu ? relancé-je.

Aragon pousse un soupir, laisse tomber le reste de son burger végétarien dans l'assiette et s'essuie les mains avec une serviette.

— Rien ne presse. Le chien de l'enfer Owen a accepté de continuer ton entraînement en self-défense. Une fois que tu auras atteint un bon niveau, nous pourrons reparler de ta magie.

Je souffle bruyamment, déçue.

— La maîtrise de la magie exige beaucoup de contrôle mental. Tu as traversé de nombreuses épreuves en très peu de temps, dit-il arquant un sourcil pour souligner ses propos. Tu as tout le temps de maîtriser tes pouvoirs.

Il me sourit doucement, son regard sincère et rassurant. Puis il change de sujet.

— Ton frère essaie de te joindre.

Je dilate les narines et fourre un onion ring dans ma bouche. Aragon attend patiemment, la tête légèrement inclinée, m'observant.

Merdum. Je me tortille sur ma chaise, mal à l'aise.

— Je sais que c'est puéril, mais je n'ai pas envie de parler à John, admets-je en fixant mon assiette et choisissant un autre onion ring. Toute cette histoire avec Daniel ? Il m'a dit des trucs horribles... J'ai besoin de temps, avoué-je en fermant les yeux.

Aragon pose sa grande main sur la mienne et la serre gentiment.

— Je vais lui expliquer. Tu n'as pas à lui parler tant que tu n'es pas prête. Et si ça peut te réconforter, il a conscience d'avoir commis une grave erreur de jugement.

Je hausse les épaules. John croit toujours les monstres plutôt que moi. Une fois, ça passe, mais c'est toujours la même histoire. Je ne lui ferai plus jamais confiance. J'essaierai de lui pardonner, pour ma mère. Mais c'est difficile. Et franchement, je ne suis pas du genre à pardonner facilement.

Quand la serveuse revient pour prendre notre

commande de dessert, un autre bouton de son chemisier s'est miraculeusement défait.

Je vais hurler. Je sais que ce n'est pas un rencard, mais *elle* ne le sait pas. *Hé, toi, la blonde*, ai-je envie de lui lancer, *pourquoi tu ne t'installes pas à table si tu t'intéresses autant à lui ? Prends une chaise, tiens, et savoure ce délicieux burger végétarien pourri. Pendant que tu y es, tu veux aussi ma limonade ? Pourquoi pas carrément bosser à ta place, pendant que tu informes le dragon de ton signe astrologique ?*

Je grogne jusqu'à ce qu'elle fiche le camp.

Je grogne comme si Aragon était un repas et que je crevais de faim. Qu'est-ce qui m'arrive ? Est-ce que je suis… jalouse ? Je retourne cette idée dans ma tête. Euh. Je n'ai jamais ressenti de jalousie avant. Je n'ai aucune raison de me sentir ainsi. Aragon n'est pas à moi. Je gratte l'arrière de ma tête, perplexe. Même entourée de chiens de l'enfer et de métamorphes hyper séduisants, je n'ai jamais été intéressée par quelqu'un.

C'est déconcertant.

Je souffle bruyamment. Comment peut-il ne pas remarquer que son comportement est déplacé ? Peut-être qu'elle lui plaît ? *Merde*. Je serre les dents.

Je n'aime pas cette idée.

Je me concentre sur l'essentiel : manger mon gâteau au chocolat chaud avec de la crème. Je suis tellement absorbée par mon dessert que je ne remarque même pas qu'Aragon n'a pas touché au sien. Bon, d'accord, je mens là. Évidemment que je l'ai remarqué. C'est du chocolat !

Encore une fois, il échange mon assiette (vide) contre la sienne (pleine). Mon sourire s'illumine, et je me mets à fredonner de bonheur en savourant mon deuxième dessert.

Aragon a placé la barre des rendez-vous très haut. Je ne ressens même pas le besoin de surveiller mon assiette. *Parce que tu surveilles Aragon*, ricane ma voix intérieure, moqueuse et pas du tout utile.

Je termine, le ventre plein comme si j'avais un bébé en pain d'épice dedans. Heureusement que je porte un legging, ça m'évite d'avoir à me déboutonner.

La serveuse blonde revient pour débarrasser et demande à Aragon s'il veut un café. Puis, sans la moindre gêne, elle lui file son numéro. Comme si je n'étais pas là ! Qui fait ça ?!

— Je te jure Forrest, que si tu grognes encore une fois contre la serveuse, je te jette sur mes genoux devant tout le monde et je te donne la fessée. On verra si tu continues à faire ta chipie.

Je cligne des yeux, choquée, et cesse instantanément de grogner.

Mais quand la blonde qui veut piquer mon dragon repasse devant notre table, je pousse un grognement si effrayant qu'elle lâche l'assiette qu'elle porte. Je sautille joyeusement sur mon siège en admirant le bazar que j'ai causé. Zéro regret. Je jette un coup d'œil à Aragon à travers mes cils et lui adresse un sourire espiègle. Il se frotte le front en secouant la tête. Je suis sûre que ce geste a pour but de cacher un sourire.

Chapitre Vingt-Six

Aragon s'avance sur la terrasse, ses muscles ondulant sous son torse nu. Son short de bain noir lui tombe bas sur les hanches. *Oh là là*. Mes doigts agrippent fébrilement le rebord de la piscine.

— Je peux me joindre à toi ? demande-t-il de sa voix grave et veloutée comme du chocolat fondu.

Non, je ne rêve pas. Après le déjeuner, j'ai eu envie de profiter de la piscine, et visiblement, Aragon a eu la même idée.

Je secoue vigoureusement la tête, manquant de la cogner contre la paroi en verre. Je me mords la lèvre. Purée. Aragon est plus svelte que massif, mais ce corps... Je n'aurais jamais imaginé qu'un corps puisse avoir autant de sillons abdominaux. Je lutte pour garder les yeux sur son visage et non sur son anatomie sculpturale.

On dirait qu'il a été taillé dans la pierre.

Boum-tchika-boum-boum.

Mon esprit s'encanaille... puis mon imagination se déballonne lorsqu'une dragonne fictive aux courbes voluptueuses tente de me noyer pour avoir *reluqué* Aragon.

— Ta copine ne va pas se fâcher que j'habite chez toi ? lâché-je sans réfléchir.

La ferme ! Oh non... Je baisse les yeux et grattouille machinalement le carrelage du bout du doigt, mes joues virant au rouge tomate.

— Non, dit-il doucement.

Non, ça ne la dérange pas, ou non, tu n'as pas de copine ? La question me brûle les lèvres, mais je la ravale.

Aragon descend dans la piscine. La vapeur de l'eau chaude enlace amoureusement son corps.

— Alors, t'es célibataire ?

Voilà, c'est dit. Les mots se sont échappés avant que je ne puisse les retenir. *Merde, ne le regarde pas.* Surtout pas. Ne le reg... Trop tard.

Il nage jusqu'au bord opposé de la piscine, contemplant la vue. De profil, son visage est une merveille. Une symétrie parfaite. Une mâchoire bien définie, des pommettes saillantes, cette peau argentée incroyablement lumineuse. Il est sublime. Mais qu'est-ce qui m'arrive ?

— Je n'ai pas de femelle pour le moment. Et toi, as-tu un mâle ?

Je baisse la tête, souris, glousse, puis croise son regard sérieux. Oh, il ne plaisante pas. Ce détail ne figure pas dans mon dossier ? Je mime une balance avec mes mains, pesant des options imaginaires. Aragon plisse les yeux en me scrutant. Je glousse à nouveau, et je secoue la tête pour dire non.

Je me laisse dériver sur le dos, les yeux rivés au ciel. Je me demande si cette piscine est utilisable en hiver. L'air glacé doit s'infiltrer partout à cette saison, mais tandis que je flotte, je devine le miroitement discret d'un sortilège. Une magie, sans doute, pour maintenir tout l'endroit à une température parfaite. La magie est fascinante.

L'ennui finit par me gagner, alors je fredonne la musique des *Dents de la mer* en effectuant des poiriers et des rotations pour me distraire. Mes doigts taquinent les orteils d'Aragon, qui me laisse faire.

Alors que je chante à pleins poumons *Partir là-bas* de *La Petite Sirène*, Aragon revient avec une serviette. Ses yeux scintillent et ses lèvres tressaillent.

— Sors, nunuche. Ça fait des heures.

Je saute hors de la piscine en souriant et il m'enveloppe dans la serviette.

LE RESTE de la semaine se déroule selon la même routine : footing ensemble à l'aube, puis direction son bureau. La plupart du temps, nous restons jusqu'au déjeuner, puis Aragon travaille à la maison, bien qu'il nous soit arrivé de passer toute la journée à la Guilde. Un jour sur deux, Owen vient m'entraîner au combat.

Je suis frustrée de ne pouvoir rien faire au bureau à part lire. Mes journées se résument à feindre un intérêt pour des bouquins poussiéreux et à les annoter mentalement, comme je n'ai pas envie d'écrire quoi que ce soit.

Le soir, une fois rentrée, je balance le livre du jour sur

l'étagère de mon coin lecture, sans cérémonie. Ensuite, je vais courir sous ma forme de louve, puis je m'entraîne. Owen m'a refilé un nouveau combo de coups de pied, et il me faudra des heures pour l'exécuter parfaitement.

La salle de sport ultramoderne d'Aragon a tout ce qu'il faut. Les sacs de frappes sont suspendus un peu haut, mais pour moi, c'est parfait : idéal pour mes ciseaux retournés.

Je n'ai pas encore osé demander au dragon de m'affronter. Sérieusement, qui voudrait recevoir un seul de ses coups ? Par contre, j'aimerais bien travailler mon jeu au sol. Mais bon, pas la peine d'espérer, fille perverse. Mes hormones se déchaînent quand il s'agit d'Aragon.

Je me transforme et pars courir.

Quand je reviens, le dragon m'attend, silencieux.

— Pas de fourrure dans la maison, Forrest, lance-t-il d'un ton sec.

Je me retransforme en humaine par magie et me dirige vers la salle de sport, mais sa voix m'arrête.

— Forrest, je voudrais te parler d'un sujet qui me préoccupe. Va dans le salon, s'il te plaît.

Je hoche la tête, mais son expression me déplaît. Il me regarde comme si j'étais une sale gosse. Ça sent les ennuis à plein nez. J'ai envie de le saluer en mode militaire ou de lever les deux majeurs avec un bon gros « Va te faire foutre ».

Je souffle... et c'est moi qu'on accuse de ne pas contrôler ses émotions. Je traîne les pieds jusqu'au salon et m'assieds. Il doit avoir découvert les bracelets. Aragon entre peu après d'une démarche presque féline, et je l'observe du coin de l'œil, refusant de le regarder franchement. Je joue avec un fil qui dépasse sur mon legging.

— Forrest, quand on est au travail, j'ai des faës qui viennent faire le ménage — des brownies.

D'accord... Où veut-il en venir ? Je me demandais qui faisait le ménage. Est-ce qu'il va m'avouer que les brownies ont fouillé dans mes affaires ? À la recherche de la magie ?

— Ils m'ont signalé que ton lit n'est pas utilisé. Alors, dis-moi, où dors-tu ?

Quoi ? Je le dévisage, perplexe. Je ne m'attendais pas à ça. Qu'est-ce que je vais bien pouvoir dire ? Va-t-il s'en servir contre moi ? Probablement. Je me tais et hausse les épaules.

— Je sais que tu ne sors pas de la maison la nuit.

Je regarde mes mains. Ne rien dire, c'est ma meilleure option. Mais je sens son regard peser sur moi. Je parie qu'il arbore ce masque de fausse sollicitude. Pourquoi ça l'intéresse de savoir où je dors ?

— Forrest, pourquoi dors-tu par terre sous ta forme de louve ?

Je lève les yeux vers lui, me mordillant la lèvre.

— Les brownies ont trouvé des poils de fourrure sur le sol, explique-t-il. Réponds-moi.

Oh non, pas question.

— J'ai demandé un gâteau au chocolat pour toi. Ce serait dommage d'annuler la commande.

Quoi ? Noooon ! Non, il ne peut pas faire ça, c'est trop méchant. Je lui lance un regard furieux.

— Le gâteau au chocolat, c'est pour les gentilles filles qui répondent aux questions.

Il arque un sourcil. Il compte vraiment me faire du chantage au gâteau ? Merde, je n'ai pas mangé un seul morceau de chocolat de toute la semaine ! Je vais devoir lui donner quelque chose.

Je plisse le nez.

— J'ai froid. Je trouve les lits bizarres, avoué-je honnêtement.

— Je peux comprendre que tu trouves les lits bizarres, mais ça fait plus de trois mois que tu as repris forme humaine — il faut t'adapter. Plus de fourrure dans la maison, Forrest.

Je lui lance un regard noir, mais je hausse les épaules en me disant que ce n'est pas grave, je dormirai dehors.

— Et pas question de dormir dehors non plus. Tu dormiras dans ton lit.

Il quitte la pièce.

Une larme solitaire glisse sur le côté de mon nez, que j'essuie rapidement.

C'est nul. Qu'est-ce que ça peut lui faire que je dorme en louve ? Tyran de mes deux.

Je vais dans la salle de sport et je m'entraîne comme une folle. Quand il m'appelle pour dîner quelques heures plus tard, il y a un sac posé sur la table. Je le regarde sans intérêt. Il n'a pas la forme d'un gâteau.

— J'ai acheté quelque chose qui, j'espère, te tiendra chaud, crie Aragon depuis la cuisine.

Je jette un œil dans le sac et découvre quelque chose de moelleux. Je sors ce qui s'avère être un pyjama ultra-doux et des chaussettes assorties. Je reste figée, touchée par son geste.

— Merci, dis-je en caressant les vêtements.

Ils sont si doux. Le haut à manches longues et le pantalon sont brodés de petites licornes roses. Avec les chaussettes, je serai complètement emmitouflée. C'est une bonne idée, c'est aussi très gentil. Je lui adresse un petit sourire.

Chapitre Vingt-Sept

Trois nuits que je ne trouve pas le sommeil. Je n'arrête pas de me cogner partout. Je fais mon footing matinal en louve ; mes jambes humaines ne me soutiennent plus en raison de la fatigue.

Mal lunée, j'ai envie de planter mes crocs dans le kumquat qui sert de cul au dragon pour m'avoir infligé ce calvaire. La nourriture me donne des relents, je n'arrive plus à rien avaler — à part du gâteau au chocolat perfide et sournois, c'est la seule chose qui passe encore.

Aragon ne me fait aucune remarque, mais je sens sa frustration monter crescendo. Je suis sûre qu'il me trouve débile, têtue. Je ne lui ai pas expliqué à quel point je me sentais mal de dormir sous ma forme humaine ni les cauchemars. Si je lui en parlais, il me laisserait peut-être tranquille ?

Il est trop tard pour se justifier. L'expérience m'a appris

qu'il ne me croirait probablement pas. John, lui, ne me croirait pas.

À table, je repousse la nourriture dans mon assiette. Par moments, je pique du nez et redresse la tête aussitôt en m'obligeant à rester éveillée. Les assiettes sautent quand Aragon abat sa main sur la table.

— Forrest, ça devient ridicule. Tu as perdu du poids et as l'air malade. Tu ne me laisses pas le choix, je vais te donner une potion pour dormir !

— Hein ?

Je darde les yeux vers lui, réveillée pour de bon. Mon Dieu, il n'y a rien de pire que de dormir sous potion en humaine... Dans mon lit, vulnérable.

L'angoisse.

Cette potion m'empêchera-t-elle de me réveiller ? Serais-je coincée dans mes cauchemars ? La panique s'empare de mon corps. Je secoue la tête avec obstination. Je le supplie du regard en me voûtant, envahie par la peur.

— C'est toi qui m'y obliges, Forrest ! Ce soir, tu dormiras. En humaine, dans ton lit. Je vais te forcer à prendre cette potion s'il le faut.

Je me lève d'un coup, renversant ma chaise au sol. Je tremble de rage en le fusillant du regard. L'avantage, c'est que je me sens presque normale avec l'adrénaline.

— Tu es un monstre, lui hurlé-je.

Je pivote et fonce dans ma chambre. Dans un élan digne d'une pièce de théâtre, je me jette sur le pouf bleu marine du coin lecture. J'enroule mes bras autour de moi et pleure, recroquevillée sur moi-même.

Je n'ai pas envie de dormir dans ce corps. Mais je suis

réellement crevée... et je ne peux pas risquer qu'il me donne une potion en piqûre !

La plupart du temps, quand je suis éveillée, je peux me convaincre que toutes ces horribles choses ne me sont pas arrivées.

Mais pas dans mes rêves.

Dans mes rêves, les boîtes pleines à craquer de mauvais souvenirs s'agitent dans ma tête, les couvercles se soulèvent. Les souvenirs s'insinuent dans mon esprit et alors me terrassent.

À l'hôpital, quand j'ai commencé à faire des cauchemars, Owen m'a entendue crier et m'a réveillée en douceur. Il est resté assis à côté de moi pour me parler jusqu'à ce que je me sente en sécurité. C'est lui qui m'a incité à dormir en louve, et ça a marché. Je n'ai plus jamais eu de cauchemars. Mais maintenant... il aurait mieux valu dire la vérité à Aragon. Je regarde la photo de maman et Grace.

Je suis une trouillarde. Les mauvais rêves ne peuvent pas me tuer.

Après ma douche, je mets mon stupide pyjama à licorne et les chaussettes. Je lance un regard écœuré au lit. Je tire la couette et m'installe. Le lit est si mou qu'on croirait dormir sur un nuage. Horrible. Je remonte la couette jusqu'à mon menton, ferme les yeux et essaie de mettre mes méninges sur pause. En soufflant, je balance l'un des oreillers par terre et donne un coup de poing dans l'autre pour l'aplatir. J'entame un exercice de méditation simple et m'endors avant la fin.

* * *

JE SUIS dans une cage en argent dans le garage, toute nue. J'ai froid.

Ma mère est là. Je n'en reviens pas, elle est avec moi, je ne suis plus aussi seule. Ça fait si longtemps que je n'ai pas vu son beau visage. Elle m'a tellement manqué. Elle est assise, le dos droit contre les barreaux en argent ; l'odeur de sa peau brûlée me parvient.

— Maman, lui dis-je doucement. Tu es en train de te brûler la peau. Il faut que tu t'éloignes des barreaux.

Je lui prends le poignet pour la tirer, mais elle ne bouge pas. Elle tient une poupée dans ses bras. Une poupée aux cheveux blonds qui me semble familière. Elle se met à rire de façon étrange en serrant le jouet contre elle.

— Maman, je t'en prie, ne fais pas de bruit. Si Vincent t'entend...

— Si Vincent entend quoi ?

Une voix surgit de l'ombre, je commence à trembler de peur. Mes dents claquent et je me protège du mieux que je peux avec mes bras.

Pourquoi suis-je toute nue ?

Vincent s'avance en tenant le tuyau d'arrosage jaune. De l'eau froide jaillit dans la cage.

— Tu es dégoûtante, regarde-moi ce bordel ! rugit-il.

Ma mère continue de ricaner, et l'épouvante me saisit lorsque sa gorge commence à s'ouvrir, laissant gicler le sang qui se met à dégouliner sur sa poitrine. La couleur rouge vif contraste avec celle de l'obscurité. L'eau gelée du tuyau la heurte de plein fouet ; l'eau et le sang se mélangent, éclaboussant mon visage. Je mets mes mains sur sa gorge pour endiguer l'hémorragie, mais la plaie s'élargit. Son cou ne peut plus soutenir le poids de sa tête qui gondole.

La poupée tombe sur mes genoux tandis que ma mère attrape mes poignets et les serre fort.

— Tu es...

L'eau m'empêche d'entendre ce qu'elle dit. Je me rapproche.

— Tu es une telle déception. Pourquoi n'es-tu pas morte comme prévu ? Tu es maudite.

Puis elle me repousse violemment.

Sa gorge est béante, elle produit un horrible gargouillement. Maman ne saigne plus. Sa poitrine a cessé de bouger, elle est étendue sur le côté. Je sais qu'elle est morte. Un chagrin déchirant m'engloutit et je fonds en larmes. J'ai l'impression qu'on m'arrache lentement le cœur.

— Maman... maman, sangloté-je.

Tout à coup, je sursaute quand la poupée sur mes genoux se met à geindre. Je prends conscience de mon erreur : ce n'est pas une poupée, c'est ma petite sœur, Grace. Je baisse les yeux vers elle, et d'un doigt tremblant, je dégage les cheveux de son visage. Je rencontre ses grands yeux vitreux. Même morte, elle continue de crier...

— Forrest, réveille-toi !

J'ouvre brusquement les yeux. Je suis secouée par des sanglots et ma gorge irradie sous l'effet des hurlements dans mon sommeil. Aragon me tient fermement par les poignets. Je ne comprends pourquoi il me tient si fort qu'en remarquant les flammes.

Des flammes dansent sur mes bras. Bordel, j'ai les bras en feu !

Elles illuminent la chambre dans un voile bleuté. L'odeur de brûlé investit mes narines. Mon pyjama est réduit en cendres et ma couette est cramée. Je pleure de plus belle. Qu'est-ce que j'ai fait ? J'ai tout gâché. Aragon agite une main et les petites flammes autour de nous s'éteignent. Il me prend dans ses bras et me sort de la chambre. Il me fait traverser la maison à toute allure et nous montons les escaliers.

— Désolée, désolée... je n'ai pas voulu abîmer toutes les belles choses que tu m'as achetées, bredouillé-je en pleurant. J'ai déjà fait des cauchemars, mais c'est la première fois pour les flammes... Je suis désolée...

Je me confonds en excuses entre deux sanglots. Ce que j'ai provoqué me choque davantage que l'horreur de mon cauchemar, puis mes larmes redoublent.

— Il faut retirer ça, ensuite tu pourras te transformer pour guérir.

Avec mille précautions, Aragon m'enlève mon pyjama carbonisé. Des bouts de tissus ont fondu sur ma peau et se sont incrustés. La douleur est inévitable lorsqu'il me les retire, mes bras se mettent à saigner.

— Voilà pourquoi la magie de sorcière me préoccupait. C'est dangereux de jouer avec quelque chose qu'on ne maîtrise pas totalement. Sans la potion dans ton métabolisme, tu pourrais te transformer. Là, j'ignore si le tissu restera dans ta peau. Transforme-toi, Forrest, ordonne-t-il abruptement.

J'obéis, sans aucune envie de revenir. Aragon prend alors ma tête entre ses longues mains. D'une voix ferme, le regard implorant, il m'oblige à redevenir humaine, pratiquement à la seule force de sa volonté.

Je reprends forme humaine, nue et tremblante. Mais grâce à lui, je suis entièrement guérie. Il attrape un tee-shirt à manches longues sur son lit et me l'enfile par la tête. Il m'enveloppe dans ses bras. Mes larmes se sont taries. Contre son corps d'acier, je me rends compte de la violence de mes secousses.

Il m'attire à lui sur le lit pour que je me retrouve sur lui. Je me mets à paniquer. Que se passe-t-il si je m'enflamme de nouveau ? Je vais finir par lui faire du mal. Aragon m'ignore et me tient résolument contre lui. Avec un temps de retard, je réalise qu'il est torse nu.

— Je ne crains pas le feu, je suis un dragon. Ne bouge pas.

Trop harassée pour lutter, je m'abandonne à la chaleur de ses bras et à son odeur agréable. En fermant les yeux, je pose ma joue contre sa poitrine. Je respire son parfum musqué et fumé, à l'écoute des battements de son cœur, puis je me calme. Sa grande main soutient ma nuque pour me garder contre lui, tandis que son autre main me caresse doucement le bas du dos. Mon pouls ralentit, abandonnant le rythme effréné dans mes tempes. Petit à petit, mon corps cesse de trembler. On ne m'a jamais enlacée auparavant. Je profite de ce geste affectueux.

— As-tu déjà fait des cauchemars ? demande-t-il doucement.

Je hoche la tête.

— C'est pour ça que tu ne voulais pas dormir en étant humaine ?

Hochement de tête.

— Tu veux m'en parler ?

Je refuse. Je n'ai vraiment pas envie d'y penser.

— Dors, Forrest. Je veillerai sur toi, m'assure-t-il en ramenant la couette sur nous.

Je crois que je ne dormirai plus jamais.

Néanmoins, je me sens bien et en sécurité dans ses bras. Il n'y a rien de plus confortable que de reposer sur son corps tonique. Mon corps s'imbrique avec le sien comme la pièce manquante d'un puzzle.

C'EST la première fois que je me réveille aussi bien. Je baigne dans un nuage de chaleur, le visage pressé contre une peau chaude. J'ouvre les yeux. Aragon. Mes cils battent délicatement contre lui comme pour déposer des baisers papillons.

Manifestement, j'ai bougé dans mon sommeil. Me voilà à califourchon sur un torse argenté, nu et torride ; sa carrure empêche mes jambes d'atteindre le lit. Une main est restée contre sa poitrine, tandis que l'autre a joué les rebelles en s'enroulant dans ses doux cheveux d'argent semblables à de la soie.

À contrecœur, je retire ma main et me redresse légèrement en m'appuyant sur son torse pour me stabiliser. Je regarde son visage. À cet instant précis, je réalise que je perçois la chaleur de sa peau sur *tout* mon corps. Mes yeux s'ouvrent comme des soucoupes ; je ne porte pas de sous-vêtements ! Mes seins, qui étaient tranquillement plaqués contre lui une seconde plus tôt, le frôlent en bougeant, et mes tétons durcissent. Soufflée par cette intimité, je hoquète lorsque son aura me picote la peau.

Le regard lourd et dilaté d'Aragon trouve le mien. Prise de panique, j'essaie de descendre, mais sa main me tient fermement par la nuque ; l'autre s'enroule autour de ma taille en passant sous mon tee-shirt, tout près de la courbe de mes fesses sans culotte. Il me ramène contre lui, son nez effleure mon oreille. Son souffle brûlant me chatouille le cou, déclenchant un frisson qui me fait gémir. Il inspire mon parfum avec un grognement satisfait.

La main, qui retenait mon cou, est remontée plus haut pour renverser ma tête. Les yeux braqués sur ma bouche, il passe lentement son pouce sur le haut de ma joue. Mon ventre exécute un salto lorsqu'il se rapproche. Il s'arrête, nos lèvres à peine espacées. J'entrouvre la bouche, et nos respirations se mêlent.

Il ferme les yeux et un gémissement guttural fait vibrer sa poitrine sous mes doigts.

Il soupire, résigné.

— Comment te sens-tu ? demande-t-il.

Mon front se retrouve sous sa paume, puis il lisse mes cheveux en caressant mon visage.

— Ça va...

De nouveau, il m'attire contre sa poitrine ; nichée sous son menton, c'est comme s'il ne voulait plus me laisser partir.

Chapitre Vingt-Huit

Nous sommes dehors, je sautille nerveusement sur la pointe des pieds. Mon dragon va m'apprendre à contrôler la magie du feu. Vu ce qu'il s'est passé hier soir, je fais dans mon froc. Mes mains s'entortillent dans mon pull à licorne et je mastique mes lèvres.

— De quoi as-tu peur, nunuche ? Ta magie ne te fera pas de mal. Elle fait partie de toi, tout comme ta magie de louve.

Aragon s'efforce de tenir ma peur à distance tandis que je le regarde avec des yeux ronds. Il me prend pour un lapin de six semaines ou quoi ? Me voyant peu convaincue, il change de tactique.

— Si tu ne la contrôles pas, ta magie peut blesser les autres. Ce qu'il s'est passé hier soir ne peut pas se reproduire, je ne le supporterai pas. Je vais t'apprendre comment contrôler la magie du feu. J'aurais dû le faire il y a des semaines. Maintenant, en guise de précaution...

Aragon sort de sa poche un collier en argent magnifique.

— C'est du platine.

Il me montre le collier qui tournoie et scintille au bout de ses doigts. La lumière se réverbère sur les multiples facettes du diamant en forme de goutte d'eau.

— Splendide, soufflé-je.

— C'est la magie des faës. Il t'aidera à gagner en maîtrise.

— Hein... Comment ? Est-ce que ça me permettra de ne plus blesser personne ? De ne plus brûler ta maison ? D'ailleurs, désolée pour...

— Forrest, me coupe-t-il. C'est ma faute. J'aurais dû respecter ta décision.

Aragon dégage ma nuque pour me mettre le collier. La chaîne est longue et le diamant se niche entre mes seins, bien au chaud.

— Je n'ai pas été à la hauteur. J'aurais dû deviner qu'il y avait un réel problème derrière cette histoire de lit, confesse-t-il en déposant un baiser sur mon front. Maintenant, ferme les yeux et commençons.

J'obéis, sentant encore l'empreinte du léger baiser sur mon front. Aragon se place derrière moi.

— Détends ton esprit, dit-il de sa voix grave. Sens la magie. Celle du feu sera plus ardente que celle de ta louve. Tu sentiras sa différence, elle vibre. Fais-la avancer en douceur dans ton esprit.

Je pars mentalement à la recherche de ma magie.

L'expression amusée de ma louve me fait sourire, et

derrière elle se trouve une flamme. Chaude. En colère. Effrayante. Je me mets à trembler de tout mon corps.

La peur ramène la magie de ma louve au premier plan, puis je me transforme.

Je soupire de déception tandis qu'Aragon me regarde en souriant.

— Retransforme-toi et réessaie. Je t'assure que tu peux y arriver. N'aie pas peur, Forrest.

Dépitée, je reprends forme humaine.

— Maintenant, ferme les yeux...

Au bureau de la Guilde, après l'avoir harcelé pendant des semaines, Matthew me laisse enfin lui donner un coup de main. Mon premier boulot ! Les premiers temps, venir à la Guilde était barbant. À présent, je peux faire quelque chose de productif, et le temps ici passe plus vite.

Si j'avais le choix, je serais dans la rue, à botter des culs en tant que chasseuse — rechercher des mandats, coffrer les méchants... Le travail des chasseurs à la Guilde est fascinant. Mon esprit s'emballe : *Chasseuse Hesketh...* Ça sonne trop bien ! Je me le répète encore, avec un signe de tête approbateur. Il va falloir que je songe à un générique digne de ce nom.

Entre les appels et les déplacements au bureau, je m'exerce à la magie du feu. Après des semaines d'entraînement intense, j'arrive à la contrôler sans trop réfléchir : à faire danser une petite flamme dans ma main, à la passer d'une main à l'autre. Intérieurement, je crois que mes aptitudes foutent la honte à John. J'arrive à façonner une flamme dans l'air ; aujourd'hui, je m'entraîne à créer un papillon de feu. Ça promet d'être épique.

Aragon est impressionné par la rapidité avec laquelle j'ai pigé. D'après lui, dans quelques décennies, je serai capable de m'enflammer sous ma forme de louve, comme une vraie chienne de l'enfer !

Une fourrure de feu... Ça déchire, sérieux !

C'est grâce à lui si j'ai réussi à tout comprendre ; c'est un prof hors pair. Le fait qu'il ait une parfaite maîtrise de l'élément aide beaucoup. Non seulement il contrôle la magie du feu, mais aussi celle des autres, sans compter le feu ordinaire.

Je croque dans un énorme biscuit aux brisures de chocolat qui est apparu sur mon bureau comme par magie. Sûrement un coup de Matthew ; il est très prévenant. Je sens ensuite des picotements étranges sur ma langue. Je tourne ma chaise et roule à l'autre bout de la pièce pour répondre au téléphone. Pourquoi marcher quand on peut rouler ?

— La Guilde des chasseurs, bonjour, comment puis-je vous aider ?

On est vendredi et je n'ai pas vu Aragon depuis des heures. Il a passé la journée en réunion.

— Mademoiselle Hesketh ?

Je grogne, surprise d'entendre mon nom.

— Contente d'être tombée sur vous, poursuit mon interlocutrice ayant deviné à ma réaction que c'était moi. Une acheteuse pour la maison souhaiterait discuter de la possibilité d'acquérir plus que les quatre hectares initialement prévus à la vente.

Un appel de l'agente immobilière chargée de vendre Temple House. J'ignore comment elle a eu ce numéro... Mes doigts pianotent sur le bureau. J'avais prévu de conserver les deux cents hectares, mais ai-je besoin de tout ce terrain ?

— C'est envisageable.

Ce serait bien d'avoir l'avis d'Aragon. John a peut-être aussi son mot à dire ? Il faut dire que depuis l'incident avec Daniel, je ne lui ai pas reparlé. Je sais que c'est essentiellement de ma faute ; il serait bien de lui passer un coup de fil. Mais apparemment, il faut que je rassemble mon courage pour donner suite à ses appels.

— J'ai besoin de réfléchir. Je peux vous rappeler lundi ?

Une vague de vertige me saisit, et je frotte le point douloureux entre mes yeux.

— Mademoiselle Hesketh, je vous appelle parce que l'acheteuse s'intéresse à d'autres propriétés et ne sera disponible que demain pour une visite. La personne en question a été très claire : elle ne discutera de la vente qu'avec vous, et en personne. Elle achète comptant, et si Temple House lui plaît, la vente sera finalisée en un mois.

Les honoraires de l'agente immobilière étant astronomiques, j'ai cru qu'elle pourrait gérer la vente sans m'impliquer dans les visites. Je soupire dans le combiné. J'ouvre la bouche, sur le point de refuser l'offre de l'agent.

— Je pense qu'un rendez-vous serait possible vers... disons, midi ? consens-je en fin de compte.

Je hausse les épaules ; ça va aller. En réalité, je veux voir l'arrière de cette maison le plus vite possible. Si ça ne tenait qu'à moi, je l'aurais réduite en cendres. Mais Temple House constitue l'héritage de ma mère. Je dois au moins prendre le temps de lui trouver un bon propriétaire. Et puis, j'ai la tête qui tourne. Je n'ai pas envie de négocier, je veux seulement raccrocher.

Après mon accord, l'agente termine l'appel aussitôt. Putain, je déteste cette baraque. J'appréhende la journée de demain.

Je m'écarte du bureau en roulant plus loin pour faire la toupie sur ma chaise. Fini les papillons. Cette fois, je ferai apparaître un dragon.

En parlant de dragon, je suis déçue de ne pas avoir vu celui d'Aragon, qui est très secret. Il me semble que personne n'a aperçu son dragon depuis des siècles. J'ai hâte de voir à quoi il ressemble une fois transformé, cependant je manque de cran pour lui demander de me montrer cette autre facette de lui. Je me demande s'il est gigantesque et argenté, à l'instar de sa couleur de peau humaine.

Je soupire en observant la masse informe dans ma main qui n'a rien à voir avec un dragon.

La journée a été assommante, j'ai hâte de rentrer à la maison... *Juste parce que tu veux t'empiffrer de gâteau avant d'aller au lit*, commente ma petite voix sarcastique. Mon monologue intérieur me fait rougir. J'ai vraiment un grain, sérieux.

Le soir, Aragon insiste pour que je dorme avec lui sous ma forme humaine, pour ma sécurité. Je passe mes nuits lovée contre lui, blottie dans ses bras puissants. Malheureusement pour moi, Aragon se comporte en parfait gentleman. Il fait en sorte de me garder couverte de la tête aux pieds, emmitouflée dans mon pyjama afin que l'incident-dont-on-ne-doit-pas-prononcer-le-nom ne soit pas réitéré.

Vous voyez à quoi je fais allusion : l'épisode « sans culotte ». J'en rougis encore.

En y repensant, j'étais à deux doigts d'avoir mon premier baiser. Mais je suis carrément passée à l'étape supérieure en me retrouvant à califourchon sur les abdos d'un dragon métamorphe, la vulve à l'air. Depuis l'incident, je suis assaillie par une armée de pensées lubriques. Je regrette de ne pas avoir pressé mes lèvres contre les siennes.

Mais je manque cruellement d'expérience. Aucune chance que je me lance, encore moins avec un dragon métamorphe légendaire. Et s'il me recalait ? Oui, il me mettrait un vent à coup sûr ! Puis je mourrais de honte.

Comme convoqué par la pensée, Aragon se matérialise par le portail. Les boutons de sa veste sont défaits et ses cheveux décoiffés, comme s'il avait passé continuellement sa main dedans. Son bref sourire et ses petits yeux témoignent d'une journée merdique. Dans son sillage, une énergie dévastatrice déferle autour de lui telle une vague violente. Si je ne le connaissais pas aussi bien, je serais déjà planquée sous mon bureau.

— Ça va ?

Je me lève pour le rejoindre en posant une main sur son avant-bras. La méfiance qu'il manifeste me met à cran.

— Oui, ça va Forrest, merci.

Aragon passe une main sur son visage en fermant les yeux. Quand il les rouvre, l'énergie rageuse qui l'entourait a disparu. Il lève son bras pour que je vienne me loger dessous.

— Excuse-moi. Un rendez-vous s'est mal passé. Je vais t'épargner les détails sans intérêt.

Il me serre contre lui et dépose un baiser sur le sommet de ma tête.

— Mon agenda s'est rempli, je vais devoir travailler plus tard que prévu. Tu veux que je demande à Owen de te ramener ?

— Non, ça va aller, je peux rentrer toute seule.

Son pouce court sur ma pommette. Aragon m'observe tendrement et je lui fais mon plus beau sourire.

— Au fait, l'agente immobilière m'a appelée. J'ai une visite pour la maison de ma mère et...

Matthew déboule de la porte du bureau qui s'ouvre à la volée, les mains pleines de paperasse et le regard légèrement paniqué.

— Je vois que tu es occupé... Ça peut attendre, on se voit à la maison.

J'embrasse sa joue sur la pointe des pieds, puis m'extirpe de sous son bras. Je tape presque un sprint pour rejoindre le portail ; hors de question que j'aide Matthew avec cette montagne de boulot.

— À lundi, Matthew, m'écrié-je.

CHAPITRE VINGT-NEUF

LE TAXI me dépose devant les grilles principales. C'est si étrange d'être de retour ici. Les souvenirs bruissent à travers les branches des arbres alors que je remonte l'allée. Mes bottes crissent sur les feuilles mortes qui jonchent le sol, et des feuilles rouges, orange et jaunes tourbillonnent autour de moi. Une légère brise joue avec mes cheveux, libérant quelques mèches de ma tresse latérale sophistiquée.

Au départ, je ne savais pas quoi porter. Nous sommes à la mi-novembre, et même s'il ne fait pas trop froid, je suis frileuse. J'avais envisagé un jean, mais j'ai vite changé d'avis. J'ai l'air jeune, et face à une acheteuse potentiellement difficile, mieux vaut avoir l'air de quelqu'un qui possède un manoir. J'ai donc opté pour une robe-pull noire bien chaude, des collants épais, des bottes, et un long manteau de laine rouge qui coûte un bras.

Je resserre mon manteau autour de moi et enfouis mes mains glacées dans mes poches tout en avançant tranquillement vers la maison.

Mon instinct me supplie de ne pas m'approcher de cet endroit. Peut-être que j'aurais dû annuler la visite... Non, ce ne serait pas juste pour la dame qui souhaite voir la maison.

L'acheteuse est déjà là. Sa voiture vide est garée devant l'entrée principale, ce qui me laisse supposer qu'elle explore le jardin.

J'aimerais qu'Aragon ou Owen soient là. J'ai fait l'erreur de tout remettre à la dernière minute, et ma tête est un peu embrumée. Je frotte à nouveau l'endroit douloureux entre mes sourcils.

Je suis toujours aussi nulle en gestion du temps ; aujourd'hui encore, je me suis appuyée sur mon dragon absent pour gérer tout à ma place.

Je n'ai quitté la maison qu'à onze heures, et il faut bien trente minutes pour venir ici depuis le portail de mon ancien appartement. J'espérais croiser un visage familier dans l'immeuble, supplier un des chiens de l'enfer de me conduire et de jouer les gardes du corps. Mais pas de chance. Je n'ai pas de chiens de l'enfer sous la main et Owen ne répond pas à mes appels. Résignée, j'ai pris un taxi et envoyé un texto à Owen pour tout expliquer. Je n'ai toujours pas dit à Aragon que j'avais cette visite prévue aujourd'hui — il croule sous le boulot et est parti tôt pour la Guilde.

Je n'ai pas intentionnellement filé en douce, j'ai griffonné un mot à la hâte. Je parie que je serai rentrée avant Aragon, de toute façon.

J'ouvre la porte principale et la laisse entrouverte derrière moi, avançant dans la maison. Je jette un coup d'œil autour de moi en frissonnant. Cela fait une éternité que je n'ai pas mis les pieds ici. Toutes les photos de la meute et les portraits ont été décrochés et rangés soigneusement. Les murs sont repeints et les sols fraîchement cirés. J'ai engagé une entreprise de nettoyage pour veiller à ce que la maison reste impeccable.

Ce n'est pas aussi effrayant que dans mes souvenirs, mais le passé résonne encore dans ses murs. Je sais, d'une certaine manière, que ce n'est pas la faute de la maison — ce qui m'est arrivé était dû aux actions de deux hommes. Cette pensée me rend malade. Un malaise profond me saisit, et mon instinct me hurle de partir, de fuir.

Mon téléphone vibre. Je le sors de la poche de mon manteau. Owen me rappelle enfin.

— Salut, chien nounou ! dis-je d'un ton enjoué.

— Forrest, où es-tu ?

Sa voix est tendue, presque brutale. Je déteste ce ton-là ; il signifie que j'ai des problèmes.

— Chez ma mère, pour rencontrer une acheteuse. Tout va...

— Forrest, sors de cette maison, tout de suite ! Je suis en route ; il faut que tu partes maintenant ! Retrouve-moi sur la route, en direction du village.

Il raccroche sans attendre ma réponse.

Oh, merde. Owen est furax et Aragon va l'être aussi.

Je n'ai aucune idée de ce que je vais raconter à l'acheteuse.

Je tourne les talons et me précipite dans le couloir vers l'entrée, mes clés à la main, prête à verrouiller la porte. Mais je m'arrête net.

Cette salope de Liz Richardson se tient sur le seuil, affichant un sourire de psychopathe. *Qu'est-ce que Liz fout là ?* En guise de salut, elle me fait un étrange petit signe du doigt. Je secoue la tête et fronce le nez avec dégoût — cette meuf est timbrée.

— Je vois que la magie de la persuasion a fonctionné. Le cookie t'a plu ?

Quoi ? Oh non ! Avant que je puisse lui dire d'aller se faire foutre, quelqu'un me saisit par-derrière. Ma tête heurte un torse en béton et mes bras sont immobilisés contre mes flancs.

Je réagis sans réfléchir. Je me laisse tomber et déplace mon poids sur le côté, ce qui ouvre un angle parfait pour attaquer l'abruti dans mon dos. Je frappe violemment en arrière avec les clés dans ma main, visant ses parties sensibles. L'impact le fait grimacer de douleur et relâcher légèrement sa prise, assez pour que je puisse me dégager.

Je devrais ficher le camp, évidemment. Mais je suis en pétard.

Il tente de m'attraper à nouveau ; je laisse tomber mes clés au sol et le frappe à la gorge. Puis, avec un peu d'élan, je lui assène un coup de coude sur la tempe. Quand ses genoux flanchent, je reconnais son visage. C'est Bourrin numéro deux, celui aux cheveux bruns. Oh, bordel. Pour la forme, je lui colle un coup de genou dans le pif. Il s'écroule sur le sol, sonné.

Je me retourne pour partir, mais Liz me barre la route. Malheureusement, je ne vois pas le couteau qu'elle tient dans sa main avant qu'elle me poignarde.

— Pourquoi ? haleté-je.

— Tu as tué mon amant Paul avec ton dîner à la con. Mon frère l'a trouvé et lui a fait la peau. Alors, chienne, chaque fois que je sentirai un soupçon de ton bonheur, un signe que les choses vont bien pour toi, je serai là pour tout foutre en l'air. Harry te passe le bonjour...

En souriant, elle enfonce la lame plus profondément dans mon flanc pour appuyer ses propos.

— J'espère que ça fait mal.

La plaie brûle. Cette folle furieuse a pris une lame en argent. Je garde un visage impassible, refusant de la laisser savourer ma douleur. L'argent va me ralentir et m'empêcher de me transformer. Mais j'ai vécu dans une cage d'argent pendant dix ans, alors même si je ne suis pas immunisée, j'ai développé une tolérance à ses effets.

Je lui balance une droite dans les nichons, l'envoyant valser en arrière. La lame s'extrait de ma chair dans un bruit de succion écœurant. Liz tient toujours le couteau ensanglanté, qu'elle agite dans ma direction avec un rictus haineux. Je plisse les yeux et avance sur elle. Je me décale rapidement sur le côté et lui colle une claque monumentale en pleine poire. Puis je savate le couteau qui vole de sa main. Le craquement de son poignet me fait jubiler. Liz s'effondre à genoux en hurlant de douleur, tenant son poignet cassé contre elle. Je ramasse la lame.

Chancelante, une main pressée contre ma plaie, je sors de la maison.

— Putain, Liz, t'étais censée faire diversion, pas la poignarder avec une lame en argent. C'est ma compagne que tu viens de marquer, gronde une voix grave.

Je lève les yeux. Daniel Kerr est là, incarnant le méchant gangster à la perfection dans son costard noir sur mesure. Il avance vers moi avec une démarche arrogante.

Je glisse la lame dans la poche de mon manteau et ne

réagis pas quand il me saisit par le bras. Je n'ai aucune chance de m'en sortir par la force. Il a vingt métamorphes avec lui, et je me vide de mon sang sur les marches.

Les effets de l'argent commencent à se faire sentir, et ce n'est pas joli. Tous les sons autour de moi résonnent comme si j'étais sous l'eau. Je secoue la tête pour retrouver mes esprits, mais je vacille et manque de tomber à genoux. La poigne de Daniel m'empêche de m'écrouler au sol. Une douleur aiguë irradie de mon flanc jusqu'au bout de mes doigts. Lentement, ma peau s'engourdit et se refroidit, marquant la paralysie de tout le côté gauche de mon corps. Merde. Ce n'est pas bon signe. Mais au moins, je n'ai plus mal.

— Forrest.

Daniel m'attrape par les cheveux et tire ma tête en arrière. Sans sa poigne, je serais tombée.

— Tu m'as manqué, petite louve. Regarde-toi, tout élégante.

Quel connard. Des grognements sourds qu'il ignore jaillissent de ma bouche.

— Allez, entrons dans *notre* maison pour régler tout ça. Et évite de tacher mon costume avec ton sang.

Il ricane et me tiraille dans tous les sens. À moitié traînée, à moitié portée, je le suis malgré moi. Nous passons devant Liz prostrée, qui pleure comme une gamine.

— Vous autres, attendez dehors. J'ai pas besoin d'un public pour ça. Marcus, Ron, restez là et surveillez la porte du bureau.

Daniel me traîne dans le petit bureau du rez-de-chaussée — il doit avoir déjà exploré la maison. Je vacille, peinant à tenir debout, mais au moins, l'hémorragie commence à ralentir. D'après mes lectures sur l'empoisonnement à l'argent, il devrait être éliminé de mon organisme d'ici dix minutes... si j'ai de la chance. Je pourrai me transformer et lui arracher le nez avec mes crocs.

Daniel arbore un sourire triomphant. Il lâche mon bras et se penche vers moi. Je recule en chancelant jusqu'à ce que mes fesses rencontrent le mur. Je m'y appuie pour ne pas m'effondrer.

— Il m'a fallu des mois pour t'éloigner de ce putain de dragon. Hier, le conseil m'a donné le feu vert pour faire valoir mes droits. Je leur ai dit que t'étais ma compagne. Il a laissé passer le vote.

Quoi ? Je ne le crois pas. Pourquoi Aragon ferait-il ça ?

Je raffermis mes jambes vacillantes et lève le menton. Ma tête heurte le mur. Daniel est un gros mytho, point barre.

— Je sais que ce salaud de dragon ne me laissera jamais t'approcher. Il est prêt à griller toutes ses cartouches pour te garder loin de moi. Alors, j'ai décidé d'accélérer les choses. Je n'ai pas besoin de sa permission. J'ai celle du conseil, crache-t-il. Et je sais qu'il te baise depuis des mois.

Il me tire violemment du mur, me plaque contre lui et me fait pivoter pour se positionner dans mon dos.

— Je te pardonne pour ça, Forrest.

Je tente de tourner la tête pour l'avoir dans mon champ de vision, mais ma vue se brouille. Des points noirs dansent devant mes yeux, j'ai l'impression d'avoir été passée à tabac. Il me faut toute ma volonté pour rester debout.

Daniel m'écrase contre son torse et attrape mon poignet droit, arrachant ma main de ma blessure, là où j'exerçais une pression pour contenir le sang. Il ramène mon bras croisé sur ma poitrine. L'argent ralentit mes réflexes au point que je ne peux même pas résister lorsqu'il s'empare de mon autre bras et me verrouille les deux poignets. Il pousse une chaise de bureau du pied, s'y laisse tomber et m'attire sans effort sur ses genoux. Je sens son souffle sur mon cou.

J'entends le claquement léger de sa mâchoire qui s'ouvre, mais rien ne me prépare à ce qui suit.

Il me mord.

Ses canines, allongées par la transformation partielle, se plantent dans ma nuque de part et d'autre de ma colonne vertébrale. J'émets un gémissement de douleur.

Ça fait mal. Très. Mal.

La douleur fulgurante coupe les effets de l'argent. Je parviens à me débattre quelques instants, mais c'est inutile. Il me mord de plus belle et le monde s'écroule autour de moi. C'est comme si j'étais piégée à l'intérieur de mon propre corps, les membres paralysés, incapable de me défendre. Je sens les tentacules visqueux de sa magie immonde de « lien de compagnon » se répandre dans mon sang, imprégner mon cerveau.

Il finit par lâcher ma nuque. Je reviens doucement à moi, essoufflée. Mon cœur bat trop lentement.

Un liquide chaud et poisseux glisse le long de mon dos, dégoulinant de ma nuque blessée : le sang de la morsure. *Daniel m'a mordue.* Les mots s'entrechoquent dans ma tête alors que j'essaie de me souvenir de leur signification.

Daniel se redresse, et il plaque mon corps choqué et impuissant contre le bureau. Il glisse une main sous mon manteau et ma robe, et les retrousse d'un geste brusque.

— Je vais devoir faire vite, on doit partir. Mais je ne

quitterai pas cet endroit sans consommer notre union. J'ai attendu trop longtemps.

D'un coup sec, il déchire mes collants et ma culotte. Je suis toujours incapable de bouger.

— Regarde-moi ce beau petit cul ! Bordel, tu es parfaite. Je suis un sacré veinard.

Il me claque les fesses et éclate de rire. Mon cœur s'emballe, battant à tout rompre dans ma poitrine.

Dans ma tête, je hurle.

Ses doigts frôlent l'intérieur de mes cuisses, et d'un coup, je me réveille. Ma voix revient.

— Non.

Cela sort comme un murmure rauque. Je le répète, plus fort.

— Non ! Lâche-moi, c'est un viol ! croassé-je.

— Oh, joli cœur, ne sois pas sotte. On ne peut pas violer sa compagne. Je sais que tu ne vas pas apprécier ça, mais moi, je vais prendre mon pied.

Le bruit de sa fermeture éclair qui descend me fait monter les larmes aux yeux.

Non. Pas ça. Je n'y survivrai pas.

Je frémis, et la douleur de ma blessure au couteau m'élance au rythme des battements affolés de mon cœur.

Soudain, une vague d'énergie me percute, intense et brûlante. Mon corps s'illumine de l'intérieur, et je comprends que l'argent a enfin quitté mon organisme. J'en chialerais presque de soulagement.

Peu importe l'effet de sa morsure, ça ne m'arrêtera pas.

Je rejette la tête en arrière et lui donne un coup de boule. Daniel recule sous l'impact. Je roule de l'autre côté du bureau.

Ça le fait rire, ce crétin.

— J'adore quand tu te débats.

— Alors, tu vas adorer ça, éructé-je. Mais pas autant que moi.

Daniel ne rira plus très longtemps.

Je plonge une main dans la poche de mon manteau et en sors le couteau en argent. J'invoque ma magie du feu, laissant la chaleur envahir ma paume. J'envoie la flamme vers le haut de la lame et je pousse le niveau de chaleur à son maximum : le violet. Le couteau en argent se met à fondre rapidement.

Daniel me tire vers lui en souriant d'un air salace.

Je lève le couteau et j'appuie la lame d'argent, qui se met à fondre, sur son visage.

Il hurle. Je souris.

Je n'ai pas le temps de m'attarder ni de savourer les dégâts que j'ai causés. Je remonte ma culotte et ce qui reste de mes collants, me transforme en louve, bondis sur le bureau et me lance contre la fenêtre.

Elle vole en éclats et je cours. Je cours comme jamais.

J'entends des cris derrière moi. Puis Daniel cesse de crier. Qu'est-ce qu'il a, ce connard, à toujours me pousser à sauter par la fenêtre pour lui échapper ?

Une part vindicative, sombre, exulte. Le visage de Daniel ne guérira jamais. Les cicatrices laissées par l'argent sont permanentes, horribles. Son visage reflétera désormais sa véritable nature. Il n'est plus si beau. Cette pensée me fait sourire et m'apporte un peu de paix.

Chapitre Trente

Quelques minutes plus tard, une voiture arrive. Un bruit électronique annonce l'ouverture du coffre. Je souffle par le nez, et tout mon corps se relâche de soulagement en sentant l'odeur familière d'Owen. Je sors furtivement de ma cachette sous les buissons épais et bondis à l'arrière de la voiture. Le coffre se referme derrière moi avec un clic et le véhicule démarre.

Je reprends ma forme humaine et me glisse sur le siège passager. En me déplaçant, je fais tomber des croûtes de sang séché et de minuscules particules d'argent, collées à mon manteau et à ma robe. Owen saisit ma main et la serre, soulagé. Son soulagement devient inquiétude lorsqu'il capte l'odeur du sang.

— Merde, qu'est-ce qui s'est passé ? J'ai reçu ton texto en même temps qu'un coup de fil d'un contact. Il m'a dit que Daniel se déplaçait avec une bande de gros bras et que ça avait un rapport avec toi... ?

Nous repartons en direction de la ville.

Je m'enfonce dans le siège.

— C'était un piège, une embuscade. Liz Richardson m'a poignardée au flanc avec une lame en argent. Je vais m'en remettre.

Ma voix sonne froide, mécanique, même à mes propres oreilles. J'observe les réactions d'Owen du coin de l'œil en me calant contre la portière. La joue droite pressée contre le cuir, je me recroqueville sur moi-même.

Les narines d'Owen se dilatent.

— Qu'est-ce que cette peau de vache faisait là ? La blessure va cicatriser. Tu te sens bien ?

Il me lance un regard inquiet tout en gardant un œil sur la route. Je lui adresse un sourire triste. Il est en mode nounou.

— Tu as changé de forme, donc l'argent a dû disparaître de ton organisme. Tu as des vertiges ? Des nausées ? Tu respires normalement ?

Je hoche la tête, ignorant ses questions empreintes d'inquiétude qui me semblent secondaires pour le moment.

— Que se passe-t-il quand un métamorphe mâle mord le cou d'une femelle ? demandé-je timidement.

Owen écrase le frein. Je pose une main sur le tableau de bord pour me stabiliser alors que les pneus crissent sur l'asphalte. La voiture s'immobilise brutalement. Owen se tourne vers moi et attrape doucement mon menton de sa main tremblante.

— Montre-moi.

Je lève des yeux vides vers lui, refusant de baisser la tête pour qu'il inspecte ma nuque. Un grondement monte de sa gorge.

— Qui ? C'est Daniel, n'est-ce pas ? Il t'a mordue ? Il a osé te marquer comme sa compagne ? rugit-il.

Mes yeux se remplissent de larmes que je refuse de verser. Si je commence, je ne m'arrêterai plus.

— La morsure crée un lien de compagne-esclave, poursuit-il d'une voix tremblante de rage. Ça rend la femelle plus docile, plus facile à contrôler. C'est une pratique archaïque et illégale. Est-ce que... Daniel t'a mordue ?

Ses yeux gris me supplient de dire non. J'aimerais tellement pouvoir mentir. Mais je hoche la tête lentement. Owen s'emporte et frappe violemment le volant avec ses deux mains. Son poing gauche s'abat sur le tableau de bord, qui se fissure sous l'impact.

Le silence tombe, lourd et oppressant.

Puis, d'un ton horrifié mais contenu, il murmure :

— Daniel pourra te suivre à la trace. Le lien est-il entièrement formé ?

Je le dévisage sans comprendre.

— Forrest, est-ce que Daniel... est-ce qu'il t'a violée ?

Ce que Daniel a fait, c'est un viol — la morsure, le pelotage. Mais je sais qu'Owen parle d'autre chose.

— Non, soufflé-je, au grand soulagement d'Owen qui se détend. Et il ne pourra pas me suivre avant un moment.

Les yeux d'Owen brillent d'un éclat rouge ; sa magie de chien de l'enfer est en pleine effervescence. Je tends une main tremblante vers son bras, au-dessus du levier de vitesse.

— Je l'ai arrêté à temps. J'ai fait fondre une lame en

argent sur son visage. Il devrait être hors d'état de nuire pour un moment.

Je dis cela d'un ton factuel, sans m'attarder sur le fait que je me suis servi de Daniel comme exutoire pour ma colère. Mais Owen comprend l'essentiel et cesse de gronder. Il prend ma main glacée dans la sienne.

— Alors le lien n'est que partiellement formé. Si l'union est consommée, tu seras liée à lui jusqu'à ce que la mort vous sépare, littéralement. Bordel de merde, Forrest, on ne peut pas le laisser t'approcher. Et je déconseille aussi de le tuer. J'ignore quel serait l'effet. Ça pourrait te tuer aussi.

— Le lien peut-il être brisé ?

Owen détourne les yeux et fixe le paysage par la fenêtre. La colère et l'inquiétude se lisent sur son visage. J'ai l'impression qu'il a du mal à me regarder.

— Non... enfin, oui, en théorie. Le lien est attaché à ta louve ; si tu es prête à renoncer à elle, je connais une malédiction. Elle te couperait de ta louve. Pour Daniel, ce serait comme si tu étais morte.

Owen lâche ma main et agrippe le volant.

— Mais ce sortilège te rendrait humaine. Être brutalement privée de ta magie, ce n'est pas sain... c'est risqué. Sans transformation, tu vieilliras. *Si* tu vis assez longtemps. Ce n'est pas une malédiction pour rien...

Il redémarre la voiture et nous repartons.

Je réfléchis à ses paroles. La morsure sur ma nuque est douloureuse, pénible. D'un geste tremblant, je passe mes doigts sur la peau à vif, grimaçant de dégoût. Je trace la cicatrice rugueuse du bout des doigts. À l'instar des blessures causées par l'argent, ces morsures de soumission ne guérissent pas avec une transformation. Je souffle par le nez ; au moins, j'ai sacrément amoché cet enfoiré.

Je regarde mes mains, et en une fraction de seconde, je décide de mon avenir.

Je veux en finir. Je veux la malédiction.

Faire ce choix maintenant, après ce que je viens de vivre, c'est de la folie. Je dois être complètement dingue. Mais quel est le bon moment pour prendre une telle décision ? Je veux sortir de ce cauchemar.

Je suis foutue. Je laisse échapper un rire amer. Me voilà à moitié liée à un putain de psychopathe. Il ne s'arrêtera pas tant qu'il n'aura pas le contrôle total de mon corps et de mon esprit. Daniel ne cessera jamais de me traquer, et si ce n'est pas lui, ce seront d'autres Daniel.

Je réalise que le fameux ticket gagnant de la loterie génétique, ce n'est plus ma mère. C'est moi.

Dans mes cauchemars, elle me répétait sans cesse que j'étais maudite. Pendant tout ce temps, j'ai pronostiqué ma propre déchéance ?

Mon cœur n'a qu'un seul mot d'ordre : fuir.

Un rire étranglé m'échappe. Mais à quoi est-ce que je pensais, bordel ? Flotter dans ma bulle rose ? Quelles pitreries puériles et pathétiques. Cette tentative ridicule d'être adorable, heureuse, aimable. Cette idiote d'enfant qui grimpait sur les comptoirs de la cuisine et tournait sur les chaises est morte dans ce bureau, quand Daniel l'a mordue. Je plisse le nez, et mes lèvres se tordent en un rictus de dégoût envers moi-même.

J'ai libéré et nourri chaque fragment d'espoir enfantin que j'avais enfoui, loin des parties corrompues de mon être. Je croyais à mes propres mensonges. Mon masque d'innocence et de douceur était tellement incrusté sur mon visage que j'ai oublié que ce n'était qu'un déguisement. J'ai oublié que je ne suis que rage, haine et destruction.

Parfois, les gens qu'on aime ne sont pas bons pour nous. Et parfois, c'est nous qui sommes toxiques. Moi, je suis toxique. Je suis maudite. Faut-il une malédiction pour en briser une autre ?

Je n'aurais jamais dû sortir de cette cage.

J'avais oublié, pendant un moment, que je n'étais jamais censée être en sécurité dans ce monde. L'illusion de sécurité, de liberté, de contentement, d'amour... tout ça, c'est une vaste blague cosmique. Moi et mes stupides rêves de gamines sommes la blague la plus grotesque de toutes.

Je pensais pouvoir embellir le monde. Je croyais naïvement pouvoir changer les mentalités. Aider les autres. Je ne peux même pas m'aider moi-même.

Je passe mes mains tremblantes sur mon visage. Je me sens totalement dépassée et épuisée.

Mes doigts se posent sur la chaîne, miraculeusement intacte autour de mon cou, sur le diamant qu'Aragon m'a offert. Aragon... Je pense à lui, et mon cœur se serre. Le chagrin me submerge et mes yeux se remplissent de larmes.

Comment tout cela a-t-il pu arriver ?

Aragon, et cette réunion hier. La réunion du conseil. Réaliser ce qu'Aragon a fait me donne la gerbe. C'était une réunion à mon sujet, une réunion sur ma vie. Il n'a même pas pris la peine de m'en parler, de me prévenir à propos de Daniel.

Ma tête retombe contre la vitre et le verre froid effleure la morsure sur ma nuque.

Je l'aime. Stupide, naïve louve égarée, je suis tombée

amoureuse de mon beau dragon. Une vie avec lui, ne serait-ce que l'envisager ? La rêver ? L'aimer, et être aimée en retour ? L'idée est absurde. Impossible.

Putain, ce muscle est égoïste — le cœur.

Je me frotte les yeux, refusant de pleurer. Aragon m'oubliera. On m'a déjà oubliée auparavant. Pendant quatorze ans, j'étais invisible. Je le redeviendrai, comme un simple dommage collatéral des manigances du conseil.

J'en ai marre d'être manipulée, je suis lasse d'essayer de comprendre les motivations des uns et des autres.

Je ferme les yeux. Sois *courageuse.*

Je ne suis qu'un trou vide, froid et silencieux.

Mais ce calme étrange qui s'insinue dans mon esprit ressemble moins à une véritable acceptation qu'à l'accalmie avant la tempête, une tempête hystérique. Un rire étranglé m'échappe.

Putain, je vais le faire. La peur ne m'arrêtera pas. Sans ma louve, ce sera peut-être une lente condamnation à mort, mais je serai libre. La liberté est la seule chose qui compte désormais.

— Je veux la malédiction, déclaré-je à Owen. J'ai un plan. Je dois parler à mon amie Ava. Tu peux m'aider ?

Ava m'a offert une chance de fuir, une fois. Je vais la saisir. Je rouvre les yeux et fixe Owen d'un regard suppliant.

— Tu m'aideras ?

Owen secoue la tête, passe une main dans ses cheveux avec frustration.

— Tu me fais confiance, chien nounou ?

Je croise son regard, qui trahit son débat intérieur, et j'avale ma tristesse, ma honte. Mes yeux le supplient.

Il grogne, un vrai grondement, puis il passe une main

sur son visage, marmonnant pour lui-même des phrases inaudibles. Sa main retombe, et une partie de sa colère semble s'éteindre.

— Oui, je te fais confiance.

Mon cœur se serre ; Owen croit en moi. Et c'est à ce moment-là que je commence à pleurer. De gros sanglots incontrôlables secouent mon corps, et Owen me prend dans ses bras. Courageuse, tu parles...

— Je n'en ai pas envie, murmure-t-il dans mes cheveux, mais je vais t'aider.

CHAPITRE TRENTE-ET-UN

Nouvelles du Nord-Ouest

LA POLICE LANCE un appel à témoins pour identifier une femme aperçue tombant dans la mer ce soir, vers vingt-et-une heures. La police a été appelée après que des témoins ont rapporté avoir vu une jeune femme sauter de la digue dans un geste présumé suicidaire. Les garde-côtes reprendront les recherches de la jeune femme disparue demain matin, l'état de la mer rendant impossible toute recherche de nuit.

La police a demandé l'aide de la Guilde des chasseurs et n'exclut pas un acte criminel. Un porte-parole de la police a déclaré : « Nous en saurons plus sur les circonstances lorsque le corps de la jeune femme sera retrouvé, mais l'hypothèse d'une malédiction ou d'une manipulation mentale n'a pas été écartée pour le moment. Merci d'appeler le 111 pour toute information. Nous souhaitons identifier cette jeune femme et informer sa famille. Merci pour votre aide. ».

Avec l'aide d'un expert technique local, la police a diffusé des images de vidéosurveillance afin de reconstituer les derniers instants de la jeune femme.

Certains téléspectateurs peuvent trouver ces images dérangeantes et la discrétion est de mise.

La vidéo montre une jeune femme en manteau rouge, qui semble abattue, à un arrêt de bus dans le village de Singleton. Elle est filmée par les caméras de vidéosurveillance du bus et par celles de la caserne de pompiers située près de l'arrêt. On la voit monter à bord du bus 75 et payer son ticket.

Elle descend du bus quarante minutes plus tard dans la ville de Cleveleys, et son trajet est suivi par les caméras de vidéosurveillance de la police et de plusieurs commerces locaux. Elle marche d'un pas mécanique, comme somnambule. La jeune femme ne semble pas blessée, mais un trou et une tache sombre sont visibles sur son manteau rouge vif.

Elle ne communique avec personne et ne réagit pas à ce qui se passe autour d'elle. Elle se dirige simplement vers le front de mer et la promenade.

On la voit distinctement sur plusieurs caméras de vidéosurveillance traverser la route, les voies du tramway, puis se diriger vers la digue. Les vagues frappent violemment les défenses côtières, mais même lorsque les embruns la mouillent, elle ne réagit pas.

Ses longs cheveux roses, reconnaissables, brillent sous les lampadaires, fouettés par le vent. Elle enlève son manteau rouge et le laisse tomber à ses pieds. Elle grimpe ensuite sur la digue.

La caméra s'attarde sur la morsure profonde qui lui entaille la nuque.

Elle jette un ultime regard en arrière, permettant à la caméra de capturer une dernière fois son visage. Puis elle se tourne, fait un pas en avant, tombe et disparaît dans la mer.

Une photo nette de la femme apparaît à l'écran, accompagnée d'un nouvel appel à témoins pour permettre de l'identifier.

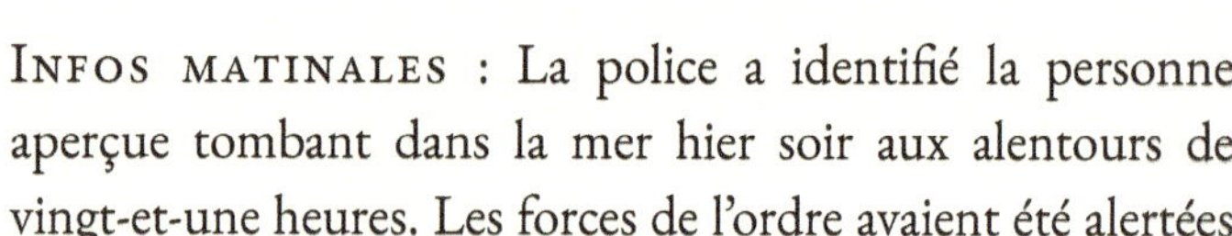

INFOS MATINALES : La police a identifié la personne aperçue tombant dans la mer hier soir aux alentours de vingt-et-une heures. Les forces de l'ordre avaient été alertées après que des témoins ont rapporté avoir vu une jeune femme sauter de la digue en bord de mer.

Dans ce qui est présumé être un suicide, la femme a été identifiée comme Forrest Hesketh, une métamorphe louve. La meute de la victime a été informée.

La communauté des métamorphes a réagi avec choc, incrédulité et tristesse, la perte d'une femelle aussi rare étant un coup dur.

La police remercie le public pour son aide et demande que toute autre question soit adressée à la Guilde des chasseurs.

Par ailleurs, la police avertit que la promenade est

temporairement fermée à la circulation des véhicules et des piétons. Les humains sont priés d'éviter la zone pour le moment.

Les rapports confirmant la participation d'un dragon argenté dans les recherches ont également été validés.

Chapitre Trente-Deux

Le soleil réchauffe mon visage. Une lueur orangée danse derrière mes paupières closes. Je cligne des yeux et les ouvre. Je bouge, et la housse de couette blanche sous moi soulève des particules de poussière qui tourbillonnent dans un rayon de lumière. Je les regarde virevolter, s'élancer, tournoyer.

Je cligne des yeux à nouveau. Et puis je suffoque. La conscience brutale d'hier m'assaille soudainement. Elle me frappe si violemment que j'ai envie de me recroqueviller et de gémir.

Ne regarde pas en arrière... sois courageuse.

Je refuse de laisser entrer le moindre détail affreux dans mon esprit conscient. Je fourre tout dans une autre foutue boîte mentale.

Bientôt, il n'y aura plus que des boîtes qui se bousculeront dans ma tête.

Une larme glisse le long de mon nez, et je l'essuie rageusement.

Je me concentre sur l'instant présent, ici et maintenant.

Je me redresse et fais tomber une épaisse enveloppe posée à côté de moi. Je la ramasse et l'ouvre. À l'intérieur se trouvent mes nouveaux papiers d'identité.

Je m'assieds sur le bord du lit, le corps voûté. Physiquement, je me sens à peu près bien : fatiguée, un peu lente, mais pas aussi mal que je l'avais imaginé. Je suis déçue de ne plus ressentir ma magie du feu. On dirait que la malédiction a emporté à la fois ma louve et mon feu.

Je soupire et hausse les épaules. J'ai vécu toute ma vie sans accès à la magie, alors être enfermée dans un corps humain est moins difficile que d'être coincée sous forme de louve. Je suppose que c'est l'autre face d'une même médaille. Je n'ai eu accès à la magie que pendant six mois, une goutte d'eau dans l'océan de ma vie.

Je feuillette les documents. Selon ma nouvelle identité, je suis Betty Green, une vieille dame de quatre-vingt-trois ans. J'expire et souris tristement. Je touche le bracelet de déguisement à ma cheville et remarque que mon dissimulateur d'odeur est de retour à mon poignet.

Je suis en Irlande.

Je serre mes cuisses entre mes mains et me penche en avant, comme si cela pouvait empêcher la douleur de m'écraser la poitrine. Je suis en Irlande. J'ignore comment Ava a réussi cet exploit. C'est risqué : les métamorphes ne sont pas les bienvenus ici. Je vais devoir être extrêmement prudente, même si, avec la malédiction, je suis presque humaine. Être si près de mon dragon, tout en étant si loin, va être une épreuve. J'avale la bile qui monte. Je suis morte à ses yeux, et je sais qu'il n'est plus *mon dragon*. Il va falloir que je m'y fasse.

Ne regarde pas en arrière...

Je vis dans le comté de Sligo. Je me lève et traîne ma carcasse hors de la chambre lumineuse. Si je ne quitte pas cette pièce, je vais finir par tirer la couette par-dessus ma tête, comme si elle pouvait me protéger du monde, et ne plus jamais en sortir. Je me force à explorer les lieux, sans enthousiasme. Le cottage irlandais traditionnel est charmant. Moderne et de plain-pied, avec tout le confort. Ava a dû dépenser une fortune pour l'aménager si joliment. Le bungalow comporte une grande chambre avec salle de bain attenante, un salon ouvert avec une cuisine moderne de style campagne revisité. Un couloir relie la porte d'entrée à la porte arrière, avec une petite buanderie et une autre salle de bain. Ah, et le cottage est perdu au milieu de nulle part. Mon voisin le plus proche se trouve à six kilomètres.

La petite voiture bleue dans l'allée me surprend. J'ai un permis irlandais, mais je ne sais pas conduire. Heureusement, la cuisine est remplie de provisions, donc je ne vais pas mourir de faim. Mais, étant donné l'isolement, ma priorité devra être d'apprendre à conduire, avec YouTube pour professeur.

Si j'avais encore une étincelle en moi, ce serait excitant. Mais je me sens morte à l'intérieur.

Chapitre Trente-Trois

Par une froide matinée d'avril, je décide d'aller chez mon glacier préféré sur le front de mer à Strandhill. J'adore cet endroit. On y sert les meilleures glaces du pays, mais aujourd'hui, j'ai envie d'un chocolat chaud et d'un gâteau au chocolat. Je me force à sortir, car je n'ai pas mis le nez dehors depuis des semaines. Le chien errant que j'ai recueilli en décembre refuse de bouger ; il déteste quitter la maison. Il s'est autoproclamé gardien de la propriété et boude dès que je le fais sortir du jardin. Il a un sacré caractère.

J'ai aperçu ce gros chien beige un jour, la tête dans des buissons, reniflant joyeusement. J'ai sifflé pour attirer son attention, et il s'est retourné pour me grogner dessus. Alors j'ai grogné plus fort que lui.

Le chien a cligné des yeux, manifestement surpris par ma réaction. C'est un molosse impressionnant qui pèse plus de cent kilos. Après quelques recherches sur internet, j'ai découvert qu'il s'agissait d'un berger du Caucase.

J'adore sa compagnie, et lui semble ravi de sa nouvelle vie, surtout que je refuse catégoriquement de lui donner des croquettes... pour des raisons évidentes. Ce fichu clebs, que j'ai baptisé Lucifer, mange mieux que moi. C'est un chien de garde exceptionnel, et on s'entend à merveille, surtout depuis qu'il a compris que c'est moi qui commande et qu'il n'obtiendra pas toujours ce qu'il veut.

Je prends la route dans ma petite voiture bleue.

Quand j'arrive devant le glacier, les places de parking sont presque toutes libres. J'imagine qu'en été, ce sera beaucoup plus compliqué de se garer. Il y a déjà un flot constant de surfeurs qui bravent les vagues de l'Atlantique toute l'année, alors en été, ce sera sans doute bondé.

Je passe ma commande au comptoir et trouve une table. La déco traditionnelle dégage une ambiance chaleureuse et balnéaire. Les murs sont un mélange de bleu et de gris, le sol un damier noir et blanc, et il y a même une vieille planche de surf en bois fixée au mur. Je choisis une place contre le mur. En m'asseyant, je glisse le petit morceau de bois portant mon numéro de commande sur la table en bois patiné. Entre les fentes, de minuscules grains de sucre se sont glissés. Je passe la main sur le bois et sens la rugosité du sucre sous mes doigts.

Je suis installée à côté d'une grande baie vitrée avec vue sur la mer. J'observe les vagues qui s'écrasent en rythme contre la digue, et mon esprit s'évade vers un autre endroit. Je suis heureuse d'entendre l'océan ; la maison de verre d'Aragon me manque terriblement.

Je m'occupe comme je peux, mais même avec la

présence de Lucifer, je me sens seule. Est-ce que je devrais m'inquiéter que la solitude qui m'a brisée quand j'étais louve me réconforte maintenant que je suis coincée sous forme humaine ? Sans ma rage, la seule émotion qui continue de m'habiter, je ne serais qu'une coquille vide.

Mon corps et mes sens sont désormais ralentis à un rythme humain ; je n'ai plus besoin de m'efforcer de marcher comme eux. J'ai perdu la démarche féline propre aux métamorphes. Et je dors plus qu'avant. Heureusement, je fais peu de cauchemars, mais il m'arrive de me réveiller en pleine nuit ou à l'aube avec l'impression qu'Aragon m'enlace. Dans cet entre-deux de sommeil et éveil, je me permets, pendant quelques battements de cœur, d'imaginer que je suis dans ses bras. Je vis pour ces instants imaginaires. Et quand je me réveille vraiment, j'ai l'impression qu'on m'arrache le cœur. Ce qui me pèse le plus dans ma nouvelle vie, c'est qu'il me manque. Je me surprends à espérer qu'il pense à moi, mais au fond, je sais que c'est illusoire.

Une chaise racle le sol, et je lève les yeux pour voir deux hommes inconnus s'installer. L'un d'eux s'assied sur la chaise juste à côté de moi, bloquant ma fuite, tandis que l'autre prend place en face de moi.

Leur attitude est agressive ; ils ne sont pas humains. Même si je n'ai plus mes sens de louve, je devine que le type en face de moi est un vieux faë, puissant et influent. Avec un mélange de surprise et de peur grandissante, je réalise que le type assis à côté de moi est un loup métamorphe. Et ça, ça me fout la trouille. Ses narines se dilatent quand il capte la peur dans mon odeur.

J'inspire à fond et ferme les yeux. Pourquoi ma vie est-elle si merdique ?

Je ne peux pas leur échapper — même en Irlande, les métamorphes parviennent à me trouver. Sans ma magie du feu et la férocité de ma louve, je suis vraiment en danger. J'ouvre les yeux, pivote légèrement pour garder les deux hommes dans mon champ de vision, et j'attends. J'attends qu'ils fassent le premier geste.

La serveuse arrive en souriant et pose ma commande sur la table. Je lui rends son sourire pour la remercier. Je suis trop effrayée pour prononcer un mot, et je ne veux pas la mettre en danger en tentant de fuir.

Le faë en face de moi est élégant et redoutable. Ses immenses yeux bleu pâle et ses oreilles pointues trahissent son sang pur : c'est un Aes Sídhe, un elfe guerrier. Ses cheveux noirs, longs comme le veut leur coutume, sont tressés avec une minutie impressionnante. Je reconnais ses marques de guerrier — elles ressemblent à des tatouages humains, mais s'étendent de sa main droite jusqu'à son cou. Il est habillé tout en noir, en tenue de combat.

Je suis foutue.

Le loup n'est pas aussi massif que les chiens de l'enfer que je connais, mais même assis, il me domine. Il a cet air dur, celui d'un vieux métamorphe, quelqu'un qui est littéralement allé en Enfer et en est revenu. Ses cheveux clairs sont rasés de près, et ses yeux sont d'un brun profond. Tous deux me regardent comme si j'avais volé la dernière part de gâteau. Peut-être que c'est le cas ?

— Tu n'es pas une humaine. Je perçois la sorcellerie qui dissimule ton identité. Tu ne devrais pas utiliser de magie de déguisement sur mon territoire, déclare l'elfe d'un ton acerbe.

Il plisse les yeux, mais tout ce qu'il obtient de moi, c'est un regard vide. Ses yeux se plissent, mais il ne reçoit qu'un regard vide en réponse. Je hausse les épaules. Que veut-il que je fasse ? Que je l'enlève ?

— J'exige que tu retires ce sortilège.

Oui, bien sûr. Je jette un coup d'œil autour de moi pour évaluer mes chances de fuite, mais elles sont limitées. J'ai bêtement choisi une place où je suis coincée.

— Tu ne vas nulle part. Quelle que soit ton espèce, tu es dangereuse, surtout si tu as dû cacher ton apparence.

— C'est d'une espèce inhabituelle ou alors c'est idiot, car ça a plus peur de moi que de toi. Étrange. Ça empeste la peur, gronde le loup.

Il retrousse la lèvre supérieure et dévoile ses crocs — *oh, que vous avez de grandes dents.* Cela ne fait pas si longtemps qu'on m'appelait « ça ». Mais au lieu de me faire enrager, cela me retourne l'estomac et m'emplit de tristesse. Je chasse cette sensation.

N'ayant pas vraiment le choix, j'attrape ma cheville. L'elfe dégaine une lame de fer et la pointe en plein sur mon visage. Le loup grogne. Je leur décoche un regard noir — ils veulent que j'enlève mon déguisement ou pas ? Qu'ils se décident, bordel. Je lève les mains pour leur montrer que je ne suis pas armée, puis je roule des yeux en les voyant insister en direction de ma cheville.

Avec un bruit sourd, l'elfe pose son énorme couteau sur la table et attrape mon pied, me tirant presque de ma chaise. Je pousse un cri de protestation et l'enfoiré tire encore plus fort. J'ai envie de hurler : *Mes jambes ne sont pas extensibles, espèce de crétin !* Finalement, il semble comprendre et se glisse sous la table.

Il remonte mon legging, enlève ma botte et découvre

mes bracelets de déguisement et de camouflage d'odeur. Je sens aussitôt le sortilège disparaître. Les yeux du loup s'écarquillent en voyant mon visage juvénile et mes yeux dorés. Il émet un son, étonné, ce qui fait surgir l'elfe de sous la table, son couteau de nouveau pointé sur moi.

À son tour, il me dévisage avec un air complètement abasourdi.

— Merde, je ne m'attendais pas à ça, s'exclame le loup.

Je sirote ma boisson pendant qu'ils m'étudient. Je ne veux pas gâcher un chocolat chaud, et cela m'occupe les mains qui tremblent légèrement. Le loup penche la tête vers moi et me renifle.

Je le fusille du regard. *Espèce de malpoli.*

— Elle sent encore la magie, grommelle le loup. Je n'arrive pas à y croire, c'est une louve métamorphe. T'as quel âge, gamine ? T'as l'air d'avoir quoi... vingt ans ? D'où tu sors, bordel ?

— Elle est maudite, affirme l'elfe.

Comme le loup, il me regarde avec fascination.

— Quel genre de malédiction ? Pourquoi tu es seule, gamine ? Qu'est-ce que tu fous en Irlande ?

J'ignore leurs questions et continue de boire. Je bigle aussi avec envie sur ma part de gâteau posée sur le bord de la table. Le loup grogne et pousse l'assiette vers moi. Je le remercie d'un signe de tête. Je ne sais pas pourquoi, je suis parfois trop polie. Mais ma mère m'a inculqué les bonnes manières, et c'est une excellente habitude.

— Une malédiction qui l'empêche de se transformer. Ça bloque ses pouvoirs de métamorphe. Et c'est en train de la tuer, déclare l'elfe d'un ton neutre, penchant la tête sur le côté comme s'il examinait une drôle de bestiole. Pourquoi quelqu'un t'aurait maudite ?

Je prends mon gâteau, ignorant la fourchette, et j'en fourre la moitié dans ma bouche.

Le loup laisse échapper un grognement si furieux que je pousse un petit cri de surprise, et quelques miettes de gâteau volent sur la table. Je lui jette un regard mauvais. Pour quelques questions sans réponse, sa réaction est exagérée ! Je me retiens de tousser, mes yeux piquent un peu. J'ai l'impression d'avoir inhalé des miettes. Quel gâchis.

Ce n'est plus moi qu'il regarde, mais mon cou. Il saisit le dossier de ma chaise et la fait pivoter pour inspecter ma nuque.

Une fraction de seconde, je me demande ce qu'il cherche... puis ça me frappe : la trace de morsure. Cette fichue marque de revendication. J'ai envie de me taper le front. Comment ai-je pu l'oublier ? Je hausse les épaules et recule rapidement ma chaise pour m'éloigner de ce fouinard de loup.

Je ne retournerai pas là-bas.

Je me recroqueville sur moi-même, mordillant mes lèvres gercées. Le goût du sang envahit ma bouche. Il faut que je retourne au cottage pour rejoindre mon chien. Merde. Je refuse de les regarder. Je m'efforce d'endiguer la panique qui monte en moi. Je ne veux pas avoir à les combattre. Je sais que je ne peux pas gagner. Une citation me traverse l'esprit : « Montre-toi faible quand tu es fort, et fort quand tu es faible. » Sun Tzu, *L'Art de la guerre*.

Je me redresse et relève le menton. Je suis prête à tout, y compris à me battre si c'est nécessaire. Mon chien a besoin de moi.

Je bigle sur ma tasse et réfléchis à ce qui se passerait si je jetais ma tasse de chocolat chaud au visage de l'elfe. Il se lèverait peut-être d'un bond ; je pourrais alors attraper son gros couteau en fer sur la table et le lui enfoncer dans la narine gauche.

— Voilà pourquoi elle porte un déguisement et se cache en Irlande, déduit l'elfe. Une compagne en fuite ? Vous autres, les métamorphes, vous pouvez être vraiment barbares.

Le loup grogne.

— Et c'est l'Aes Sídhe qui dit ça ! Elle est encore vierge, et je ne renifle pas de lien complet sur elle. Ce salaud l'a mordue ; c'est nul à chier. J'aimerais bien planter mes crocs dans sa gorge et la lui arracher. Les femelles métamorphes sont rares et devraient être protégées, pas agressées.

En baissant les yeux vers la table, je remarque qu'il serre les poings.

— Et la malédiction ? demande-t-il.

— C'est un sort affreux et grossier, probablement pour l'empêcher de la traquer.

— Ouais, j'imagine. Tu dis que ça la fait souffrir ?

Le loup s'agite sur sa chaise.

— Ça la *tue*.

— Bordel de merde, gamine. Le loup qui t'a mâchouillé la nuque est si mauvais que tu préfères mourir ?

Je lève vers lui un regard d'une infinie tristesse, sans chercher à la masquer. Puis je confirme d'un hochement de tête.

— Putain. Madán, on ne peut pas la laisser comme ça. Tu dois bien avoir un truc dans ta boîte à malices.

L'elfe, Madán, secoue la tête.

— C'est pas mon problème ni le tien. On est venus vérifier une menace et l'avertir de ne pas utiliser de sorcellerie.

Il me lance un regard perçant.

— Ne t'avise pas d'utiliser de magie de déguisement, louve.

J'opine. Il glisse mes bracelets dans sa poche et se lève. C'est tout ? Punaise, j'espère. Madán s'éloigne, mais juste au moment où je m'autorise à soupirer de soulagement, il se retourne.

— Pas de métamorphes en Irlande. Même ceux qui ne peuvent pas se transformer. Par courtoisie, je te donne un mois pour partir. Si je te revois après ça, ce ne sera pas une malédiction qui te tuera.

Je hoche la tête.

Peut-être qu'avec les livraisons à domicile et en ne sortant jamais de chez moi, ça ira. Je fourre le dernier morceau de gâteau dans ma bouche. J'ai survécu à pire ; je ne partirai pas. Je n'ai nulle part où aller.

— Je lui parlerai, dit le loup d'un ton bourru.

Je ne réponds pas.

— Je m'appelle Mac.

Je lève les yeux vers lui, hoche la tête et lui offre un petit sourire.

— Si jamais tu as besoin de quelque chose.

Mac dépose une carte de visite sur la table, puis suit Madán vers la sortie.

— Au revoir. Moi, c'est Betty, murmuré-je.

Je regarde la carte : son nom, son numéro et l'imposant titre de *Guerrier*. Je la glisse dans ma poche. Je ne l'appellerai jamais.

Je grommelle en cherchant ma botte égarée sous la table.

CHAPITRE TRENTE-QUATRE

MES COMPÉTENCES en conduite étant médiocres, je n'arrive pas à savoir si l'on me suit. Au lieu de conduire en gardant un œil dans le rétroviseur, je tourne en rond dans le quartier. J'en profite pour faire le plein d'essence.

En rentrant à la maison, Lucifer m'aboie dessus comme un fou. Je ne porte pas mon déguisement de Betty, mais il est habitué à me voir sous ma véritable apparence. Il passe un temps fou à renifler ma voiture en jappant. Un chien a dû faire pipi sur le pneu.

Je suis lessivée au point de sauter le repas — je donne à manger à Lucifer et me couche de bonne heure.

Le lendemain matin, je marche tel un zombie jusqu'aux toilettes, les yeux fermés ; je refuse de quitter mon rêve avec le dragon. Je sais, je fais pitié, cependant mes neurones en sommeil ne vont pas obtempérer.

Lucifer s'acharne contre la porte arrière, aboyant comme prêt à tuer quelqu'un. Il fait encore nuit, j'allume les lumières extérieures afin de faire fuir la bête qui l'énerve, avant de le laisser sortir. Un petit renard adore traîner dans le coin et a tendance à faire pipi sur le territoire de Lucifer. J'aime bien son côté intrépide, mais je n'aime pas qu'il fasse perdre la boule à Lucifer. Il arrive que je trouve le sommeil rapidement, puis mon satané chien se met à hurler à la mort en pleine nuit. Il y a également eu ce blaireau contre lequel Lucifer s'est battu — la victoire est revenue au blaireau. Il lui a filé une sacrée raclée. J'ai été obligée d'emmener le chien en ville, chez le vétérinaire, pour le faire vacciner et lui recoudre la patte. Désormais, mon chien possède sa propre mégaboîte à pharmacie... Bon, on est deux, puisque je ne peux plus me transformer pour guérir.

Dès que j'ouvre la porte, il détale en jappant comme si la maison était en feu. J'enfile mes bottes et mets le nez dehors pour être sûre qu'il va bien. Maintenant, nous sommes passés au grognement enragé qu'il utilise pour signaler un danger.

Postée dans mon allée, j'aperçois les deux hommes rencontrés la veille, qui se tiennent devant mon portail. Sérieusement ? Ils ne pouvaient pas attendre qu'il fasse jour ?

Bon, maintenant qu'ils savent où j'habite, je suis faite comme un rat. Adieu les livraisons à domicile. Je saisis les clés du portail et les fais entrer. Autant en finir. Je ne peux tout de même pas me cacher sous mon lit.

En passant devant ma voiture, le comportement de Lucifer la veille me revient en mémoire. Ma stupidité me donne envie de me taper le front. À tous les coups, ils ont jeté un sort de localisation sur ma voiture — un truc que j'aurais été capable de détecter il y a six mois grâce à mon flair lupin. Cela m'aurait évité d'être surprise ce matin. La vie d'humain est vraiment naze.

Madán me scanne de la tête aux pieds. Normal, je suis en pyjama. En même temps, je viens de me lever, je ne m'attendais pas à une embuscade de bon matin.

— Sympa le pyjama, balance Mac contre qui je grogne en retour.

Lucifer continue de leur aboyer dessus, caché derrière son arbre. Sa truffe noire qui dépasse de sa fourrure beige n'est pas le meilleur des camouflages. Même dans ces circonstances, il me fait rire. Il est censé jouer le chien de garde redoutable, mais il est trop malin pour s'approcher et s'en prendre à ces deux-là. Étrangement, ça me rend fière de lui. Bon chien.

Nous entrons chez moi, puis je m'éclipse un instant pour me changer. Je reviens habillée et les trouve en train d'inspecter ma maison.

— C'est beau ici, remarque Mac d'un ton bourru quand je le surprends à fouiner dans mes placards. Je lui montre la bouilloire, et il hoche la tête. Par politesse, je leur prépare du thé, guidée par Mac qui me précise comment ces messieurs prennent leur thé. À présent, nous sommes tous les trois assis dans le salon. Vraiment bizarre.

Lucifer a retrouvé un peu de courage et a entrepris d'aboyer à travers la fenêtre. Je ne prononce pas un mot, attendant qu'ils me disent ce qu'ils me veulent. Si on s'en tient au petit speech de Madán « quitte l'Irlande et je ne te tuerai pas », j'ai encore quelques jours devant moi.

— Tu sais à quoi je suis habitué ? commence l'elfe. Aux

supplications. Dis à un type que tu vas le traquer et le tuer, et tu as deux réactions : soit il fuit, soit il supplie. Combien de fois on m'a supplié, soupire-t-il. Même les plus fous m'implorent, essayant de faire appel à ma sensibilité. Enfin, tu vois l'idée, continue-t-il en prenant une gorgée de thé. Et puis, il y a toi : une gamine aux cheveux roses, seule sur une terre hostile, avec son regard triste et fielleux, qui se contente de hausser les épaules et d'acquiescer. Tu aurais au moins pu verser une larme.

Je plisse les yeux alors qu'il secoue la tête. Est-il déçu parce que je n'ai pas chialé ? Quel minable.

— J'ai réfléchi, Forrest...

Mon estomac se serre en entendant mon nom. Ils savent qui je suis. Génial.

— Ça a l'air d'aller pour une condamnée... même s'il ne te reste pas longtemps avant que tu meures effectivement de ta malédiction. C'est ce que tu veux ? demande-t-il le regard dégoulinant d'ironie. Combien de temps dors-tu maintenant, douze heures ?

On est plutôt sur seize heures, mais en quoi ça l'intéresse ?

— Un vieil ami retourne toute l'Angleterre pour toi, Forrest. Tu sais ce qu'il se passe depuis ta mort ?

Madán a désormais toute mon attention. Merde. J'ai mal au ventre.

— Le conseil a été décimé. L'Angleterre est tombée dans une guerre civile entre métamorphes. Le conseil a été remplacé par une assemblée qui a été élue. Leur première action a été d'introduire la loi d'urgence pour protéger toutes les femelles métamorphes : la loi Forrest.

Il hausse les sourcils tandis que je m'applique à demeurer impassible.

— La loi Forrest ?

Bon sang de bois ! Est-ce qu'ils vont en changer le nom une fois qu'ils auront découvert que je suis vivante ?

— Les anciennes lois des métamorphes sont en cours de modification et d'actualisation. On les modernise, ce qui a eu un impact positif sur les métamorphes à travers le monde et a attiré l'attention des autres espèces surnaturelles.

Il lâche cette bombe comme s'il papotait de la météo en sirotant son thé, sans me quitter des yeux.

Je me tortille sur mon siège. Un malaise me saisit, je me sens un peu comme un imposteur. Je n'ai jamais eu l'intention d'être érigée en martyre. J'ai botté en touche, juste pour ma poire.

Cette nouvelle assemblée va-t-elle assainir la société des métamorphes ? J'en doute, mais toute initiative positive est un pas dans la bonne direction. Je songe aux mots de Madán : *le conseil a été décimé*.

— La Guilde des chasseurs, Aragon ? Le Général va bien ? demandé-je précipitamment.

Mon cœur bat plus vite. L'inquiétude heurte de plein fouet ma poitrine. Je n'ai pas eu l'énergie de me soucier de moi, mais Aragon ? Mon dragon.

— Ça alors, mais tu parles ! s'exclame Mac, en affichant un large sourire. Ouais, le dragon va bien. C'est lui qui a donné le coup d'envoi en faisant tomber des têtes et en mettant sur pied la nouvelle assemblée, puis il a pris la poudre d'escampette.

Je souffle de soulagement en entendant que mon

dragon est indemne. Le monde se porte mieux avec lui. Dieu merci.

Dans un coin de ma tête, je note de prendre des nouvelles d'Owen, et de mon frère à travers lui.

— Disons plutôt qu'il a buté la moitié du conseil ! s'esclaffe Mac.

— Savoir que ton compagnon est toujours en vie t'intéresse ? intervient Madán.

Je grimace. Est-ce qu'il parle de Daniel ? C'est pas mon compagnon.

— Sans déconner, petite, tu lui as refait le portrait à ce porc. Tu lui as cramé la moitié du visage, il ressemble à Double-Face dans Batman, rit-il en secouant la tête. Tu avais un sacré potentiel, du moins avant..., dit Mac en me regardant de haut en bas, les yeux froncés.

Ouais, je ressemble à rien. Je sais, la malédiction est en train de me bouffer. Je hausse les épaules pour montrer que je m'en fiche.

— Aragon l'a laissé en vie après l'avoir interrogé pendant quelques heures, reprend Madán. Je crois que le dragon a décidé de ne pas l'éliminer en guise d'avertissement pour les autres. Surtout après la punition qu'il lui a infligée. Aragon lui a coupé la main droite et a arraché toutes ses dents... J'imagine qu'elles ont repoussé quand il s'est transformé, mais ces heures ont dû être pénibles.

Il m'observe avec un air bizarre avant de poursuivre :

— Je n'ai pas compris pourquoi il l'avait laissé en vie... enfin, jusqu'à maintenant. J'ai l'impression qu'Aragon n'aurait pas pris le risque de le tuer s'il y avait une chance que tu sois en vie. Il n'a pas retrouvé ton corps... pour des raisons qui sautent aux yeux.

— Tu peux rentrer chez toi maintenant, gamine, ajoute le métamorphe. Tu seras protégée par la nouvelle loi.

Je suis vraiment contente, fière même, qu'Aragon ait fait changer les choses pour aider les autres ainsi que le monde des métamorphes. Cela fait trop longtemps que le conseil tient les rênes ; leurs lois ont fait leur temps. Tous ces événements me bouleversent. Je suis heureuse d'avoir pris la bonne décision en partant. Aragon a accompli tout ça parce qu'il était libéré de sa distraction toxique : moi. Alors il vaut mieux que je reste morte.

— Je ne peux pas, dis-je la voix enrouée en fixant mes mains. Je ne veux pas.

Je lève la tête et rencontre les yeux de Madán.

— Je peux vous supplier.

Je me mettrai à genoux s'il le faut. Il écarquille les yeux alors que les miens l'implorent. *Je vous en supplie, ne me renvoyez pas là-bas. Je veux mourir libre.*

La mâchoire de l'elfe tressaille pendant qu'il continue de me regarder.

— Aragon se morfond sans toi.

Il soupire en me voyant secouer la tête en signe de déni.

— Il va me tuer... Très bien, Forrest. Je vois que tu n'as pas l'intention de changer d'avis. Je vais t'aider. D'abord, on doit te débarrasser de cette foutue malédiction...

Paniquée, je secoue la tête plus vigoureusement, et il lève une main pour m'interrompre.

— ...et du lien incomplet de revendication, complète-t-il. Tu rejoindras mes troupes en tant que guerrière, comme Mac, annonce-t-il en penchant la tête vers le loup méta-morphe. La magie est omnipotente, elle nettoiera tous les fragments de magie.

Le nez plissé, il me désigne d'un grand geste.

— Cela veut dire que tu vas pouvoir rester en Irlande sans la moindre conséquence. En tant que guerrière de mes troupes, tu participeras à des missions élémentaires. C'est comme être chasseur de la Guilde. Je n'exigerai rien au-delà de ta volonté. Je t'offre ma protection à condition que tu t'engages à vingt heures par semaine. La durée du contrat est de trois ans. Ce n'est pas un poste permanent ; au bout de trois ans, tu seras libre de partir. Je m'adoucis sûrement avec l'âge..., conclut-il en replaçant une mèche de cheveux derrière son oreille elfique.

Je suis sur le cul. L'Aes Sídhe est sérieux.

Mac me fait un grand sourire.

— Qu'est-ce que t'en dis, petite ? Pas de mort, pas de lien de revendication tordu et tu peux retrouver ta louve, sans compter un travail qui te permettra d'aider les autres. T'es même payée si tu fais plus de vingt heures.

Il me fait un clin d'œil, et j'acquiesce.

— Merci, dis-je à voix basse.

L'offre de Madán dépasse mes espérances. Je baisse les yeux vers ma tasse. Cela dépasse ce que je mérite.

— Si vous voulez bien m'aider, je serais honorée de rejoindre vos troupes et d'aider le monde, décrété-je en levant la tête, croisant le regard bleu pâle de Madán. Je ne ferai pas de mal aux innocents. En revanche, je suis plutôt douée pour m'occuper des méchants — j'ai de la colère refoulée à revendre.

— Je comprends pourquoi tu lui plais autant, commente Madán brusquement.

— Quand est-ce que je commence ?

Une petite voix dans ma tête me dit que je vais avoir besoin d'un générique...

— Tu dois guérir de ta malédiction, mais on peut procéder au lien du guerrier tout de suite. J'ai peur qu'il soit trop tard si on attend plus longtemps.

J'acquiesce. Eh ben, visiblement, ce n'est pas aujourd'hui que je tire ma révérence. En prime, je récupère ma magie !

— Je vais devoir mettre mes mains autour de ton cou. Est-ce un problème ?

— Non, c'est bon.

Madán se rapproche et pose ses élégantes mains qui s'enroulent doucement sur mon cou sans me serrer. Les yeux fermés, il se met à psalmodier dans une langue inintelligible. Ses mains chauffent, et mon nez d'humaine parvient à capter l'odeur d'herbe et de fleurs. La brise légère de la magie soulève mes cheveux. Ma vision se brouille légèrement et mon bras droit picote.

Quand il me relâche, je relève ma manche, et nous regardons les marques argentées sur mon bras. Je cligne des yeux vers Madán, qui semble surpris. Ça m'inquiète.

— Les marques du guerrier, révèle-t-il calmement avec admiration.

— C'est normal ? demandé-je en les tapotant.

— Non.

Il arrête mon doigt en fronçant les sourcils. Il relève encore ma manche. Évidemment, ma magie bizarre a dû entrer en jeu et me donner les marques du guerrier faë. Mes marques sont différentes, elles sont argentées au lieu d'être noires. Je me demande ce que cela change. Un autre exploit de Forrest qui semble faire paniquer Madán. J'espère qu'il ne va pas relancer la malédiction.

— Tu peux enlever ton pull ?

Je hoche la tête et m'exécute.

Mes marques de guerrière parcourent mon bras droit, partant des doigts jusqu'à mon épaule. Au départ, je présume que leur motif est anodin, mais en les analysant sous plusieurs angles, Madán déduit qu'elles forment l'arbre de la vie.

Je ne vais pas m'inquiéter et accepter mon côté bête de foire — tant que Madán et les autres faës ne se mettent pas en colère et ne décident de me tuer, ce qui n'est pas à écarter. Mes paupières sont lourdes. La magie m'a vidée.

— Tu vas avoir besoin de quelques heures de sommeil pour te remettre de la marque, Forrest. On va partir. Mac te fera savoir quand ton entraînement débutera. Fais attention aux marques, dit-il sévèrement.

Je hoche la tête, à demi assoupie, puis il quitte le salon. Mac me prend par le bras et me guide jusqu'à ma chambre, dans mon lit.

— Dors bien, gamine. Tu te sentiras beaucoup mieux en te réveillant. Cet après-midi, tu courras sous forme de louve.

Je marmonne un « merci », les yeux fermés, déjà endormie.

Chapitre Trente-Cinq

Cela fait maintenant trois ans et demi que Madán a annulé ma malédiction et cet horrible lien de revendication. Je suis libre et en bonne santé.

Je suis également hantée par une voix persistante dans ma tête, celle qui devient plus forte la nuit en chuchotant le nom d'Aragon. La moitié du temps, je me convaincs qu'il n'avait rien de spécial et qu'il m'a probablement laissée tomber, ou du moins qu'il ne m'a pas donné assez d'informations pour que je me protège. Je m'efforce de me convaincre que j'ai fait le deuil de mon dragon.

L'entraînement de guerrier n'avait pas été de tout repos. La première semaine, les types de ma classe, qui ne mesurent pas moins d'un mètre quatre-vingt, s'étaient moqués de moi en disant que j'étais la mascotte des métamorphes, le monstre de compagnie. Je suis persuadée qu'à leurs yeux, la nabote d'un mètre cinquante-sept aux cheveux roses n'était qu'une blague. Ils avaient dû croire avoir toutes les raisons de se payer ma pomme. Je n'avais pas protesté face à leur harcèlement. En même temps, j'avais enduré bien pire dans ma vie.

Au début, au fond de moi, j'avais été dévastée. Qui n'aime pas être apprécié ? Leurs sarcasmes et remarques désobligeantes m'avaient blessée. Mac avait été fou de rage, mais je lui avais fait promettre de ne pas s'en mêler. J'avais gardé la tête haute, j'avais encaissé et j'étais passée au-dessus.

J'avais tenu bon, et une semaine plus tard, ma récompense était tombée : l'entraînement physique.

Mon cours préféré, le seul, l'unique : le combat. En un après-midi, j'avais rétamé tous les mecs de ma promo. J'avais fait preuve d'une telle agressivité que les formateurs avaient décidé de me faire sauter ce cours, pour la sécurité de mes camarades. Mac avait passé l'après-midi à applaudir, hilare. Bizarrement, plus personne ne m'a appelée la mascotte.

La méfiance du faë avec qui j'avais bossé s'était accentuée. J'aurais sans doute dû me contenter du statut de mascotte au lieu de passer en mode métamorphe sociopathe au regard assassin, dotée de la magie du feu et voleuse de marques du guerrier.

Je me suis mise à porter un autre masque, apprenant qu'il valait mieux être crainte qu'aimée.

Je ne me faisais aucune illusion : aucune chance de m'intégrer. Et une partie de moi n'en avait rien à faire.

Qu'ils aillent se faire foutre. Je suis morte à l'intérieur.

Mon âme est perdue dans les décombres de ma mémoire.

Le meilleur de moi est demeuré au côté d'un dragon. Ce qu'il reste de moi est une coquille vide.

Aujourd'hui, je fais en sorte de marcher le menton relevé, la démarche exagérément assurée, fredonnant mentalement mon nouveau générique de guerrière, *Broken People* du film *Bright*.

Petit à petit, j'ai gagné leur respect — j'imagine quand ils ont compris que je n'irais nulle part.

Il faut toujours que ça se fasse à la dure.

Être une guerrière est un peu décevant. Rien à voir avec ce que j'avais imaginé. Quelquefois, on désire quelque chose si fort qu'on se fait avoir ; on se perd dans des chimères. On découvre que ce qu'on voulait au départ ne correspond pas à nos espoirs.

On est en décembre, et aujourd'hui je dois former un abruti... Je souffle de frustration, bâille et me gratte la tête. Je suis contente d'avoir choisi les caméras magiques, sinon personne ne croirait à ces conneries. Je les ai réglées pour qu'elles suivent mes mouvements, comme une équipe de tournage. Les caméras magiques filment tout ce qui se passe en tournant au-dessus et en dessous pour capturer les meilleurs angles. Elles sont conçues pour faciliter la collecte d'informations et les poursuites judiciaires. Certains guerriers préfèrent ne pas en porter, mais je m'en fous pas mal. À la base, Madán a insisté pour que je les mette ; avec le temps, je suis contente d'avoir écouté, car elles m'ont permis d'échapper à une tonne de plaintes pour violence abusive. Aucun mec n'aime se faire interpeller par un petit bout de femme, alors ils inventent tout un tas de conneries. La taille minuscule des caméras les rend presque invisibles, même pour mes yeux de louve.

— C'est quoi ça ?! s'écrie la nouvelle recrue, complètement affolée.

C'est drôle de le voir aussi paniqué. Le Muqueux, qui fait couiner le guerrier en herbe, est un amorphe, une créature informe et gluante dont le corps dégouline en laissant des traces sur le trottoir de mon glacier préféré — l'endroit où j'ai rencontré Madán et Mac pour la première fois.

Le débutant pointe sa lame de fer vers le monstre, et celle-ci disparaît. Ben, elle est où ? Un bruit de ventouse est tout ce qui parvient à mes oreilles.

— Si j'étais toi, je ne m'approcherais pas trop de lui, Noel, lui indiqué-je en léchant ma glace.

Quoi ? Il aurait été impoli de ne pas en acheter une au passage. Même s'il fait un froid de canard, le cône de gaufre avec une boule de chocolat belge et une boule de cerise est délicieux. Miam, la meilleure glace d'Irlande. Noel hurle et plonge pour échapper à un tentacule gluant ; je lève les yeux au ciel.

Il produit ensuite une flamme. Il est doté de la magie du feu, c'est pour ça qu'on me l'a refilé.

— Noel, le feu est inefficace sur lui.

Trébuchant sur une borne qu'il n'avait pas vue, car trop paniqué, l'apprenti guerrier tombe à la renverse. Il se tortille comme un asticot au sol. Je fronce les sourcils quand son cri part dans une note aiguë défiant les lois de la nature. Mon tympan en prend un coup. Je grimace en me bouchant l'oreille avec mon épaule. Tout en s'égosillant, Noel jette des flammes au Muqueux.

Je me frotte le front en grimaçant. *Pouf*, le monstre s'enflamme et dégouline désormais de flammes visqueuses.

Noel crie de plus belle et mes oreilles grésillent. Je finis ma glace, décidant qu'il est temps pour moi d'intervenir. J'encercle le monstre et rejoins Noel, qui beugle encore par terre.

Je lui flanque une calotte sur le crâne. Il la ferme enfin et se tourne vers moi, les yeux écarquillés d'angoisse.

— Lève-toi, abruti. Apprends à être plus attentif. Tu n'as même pas remarqué que cette créature ne te veut pas de mal ; elle se tient juste en face de toi ! explosé-je en pointant le doigt vers le monstre en flammes. Tu l'as incendié sans raison, si ce n'est ton manque de contrôle et ta peur.

J'avance vers le Muqueux, agite la main et reprends le contrôle du feu qui l'enveloppe.

J'ai beaucoup appris ces dernières années, et le feu m'obéit, même si je ne l'ai pas créé. D'un autre geste de la main, je l'éteins complètement.

— À la prochaine Bert, merci de nous donner de ton temps pour l'entraînement. Et désolée pour le feu...

Bert, alias le Muqueux, hoche la tête, rote, puis la lame disparue tombe sur le sol.

— Passe le bonjour à ta famille.

Bert me fait ce que j'interprète comme un salut gluant, puis il monte dans sa voiture.

Lui et sa famille sont d'une grande aide. Ils nous aident à former les recrues pour réagir à une situation, et non à l'apparence d'une créature. Généralement, c'est une bonne leçon — une leçon que Noel a lamentablement échouée.

Je le réprimande alors qu'il est encore par terre. Il ouvre et referme la bouche en regardant Bert partir. Imitation très convaincante du poisson rouge.

— Tu le laisses partir ? Mais il s'en va !

Je lève les yeux au ciel. Il faudrait un miracle pour que cet imbécile passe sa formation. Heureusement, j'ai tout filmé. Je ricane d'un air diabolique.

Chapitre Trente-Six

CE SOIR, nous traquons un grand méchant, et je joue les appâts. Cet enfoiré a assassiné des jeunes filles ; on présume que le prédateur agit en solo. Il a traversé le pays en tuant sur son passage. Quinze filles sont mortes et trois autres ont disparu. Il a démarré à Dublin, et il n'a pas fallu longtemps à la police locale — la Garda Síochána, plus connue sous le nom de la Gardaí ou « La Garda » — et aux guerriers faës pour faire le rapprochement. L'opinion publique est en colère. Les journaux des humains s'en prennent aux faës, qui ripostent ; tout le monde se rejette la faute. Ça vire au grand n'importe quoi, un cauchemar qui prend des proportions énormes.

Toute mon attention est fixée sur le grand méchant, je laisse ceux d'en haut s'occuper du merdier en cours. L'état d'urgence que tous réclament n'est rien comparé à la pression que les guerriers s'imposent. Nous devons trouver ce type, et vite.

Étrangement, il semble choisir ses victimes au hasard — humaine ou faë... pas de différence pour lui. Par contre, il a bien un genre : les petites jeunes et fragiles. Cela explique pourquoi je me suis portée volontaire pour lui mettre la main dessus. Nous savons qu'il se dirige vers le comté de Sligo, mais nous ignorons à quand est prévu son départ. Cette semaine, mes soirées se sont donc résumées à me pavaner dans le centre-ville de Sligo dans une petite robe canon. Notre patience s'effrite, quant à moi, je suis découragée. Par-dessus le marché, nous avons arrêté trois connards qui ont jugé bon de tenter d'abuser de moi.

Le niveau de self-contrôle que j'ai acquis avec le temps est impressionnant ; pour ce qui est de tabasser du méchant, mes statistiques ne sont pas les plus mauvaises. Quelque fois, j'ai juste envie de coller mon poing dans la gueule de ce prédateur à la con. Les femmes devraient se sentir libres de circuler à la nuit tombée, et le fait que ce ne soit pas le cas à notre époque moderne me fait bouillonner.

On est samedi soir, et je porte une jolie robe dorée à col montant et manches longues. Comme elle est ras les pâquerettes, je dois régulièrement me rappeler de ne pas triturer l'ourlet. Je me gèle le cul sans veste. Apparemment, les jeunes humaines aiment se les cailler quand elles sortent en soirée. Du haut de mes vingt-sept ans, je trouve ça ridicule. Il faudrait bien un manteau là. Je déteste le froid.

— *Peter, tu voulais du fromage dans ton burger ?*

Purée, je déteste entendre la voix de ces abrutis dans ma tête. Liens mentaux de merde... Heureusement, on ne s'en sert que dans ce genre de missions. Mais les mecs qui m'ont accompagnée sur la mission ce soir n'ont fait que s'empiffrer.

— *Ouais et du bacon.*

Je souffle, formant une volute de vapeur dans la nuit. J'ai froid, et maintenant j'ai la dalle.

Je marche jusqu'au premier bar et commande un verre avec de quoi grignoter. Je trouve un bon endroit où m'asseoir, dans l'angle, d'où je peux tout observer en me réchauffant.

Je m'efforce également de m'isoler, hurlant mentalement : *Eh le prédateur, regarde-moi, c'est moi la proie facile, oooh j'ai l'air perdue toute seule.*

Deux membres de mon équipe continuent de parler bouffe. Mac leur dit de fermer leur gueule, une fois qu'il a passé sa commande. Quelle bande de crétins. Mon ventre émet un gargouillement approbateur.

J'aime bien ce pub. Il se situe à côté de la rivière Garavogue qui traverse la ville de Sligo. Un savant mélange de modernité et de tradition irlandaise. Je suis contente qu'il ne soit pas tombé dans une chaîne de pubs pour rester un établissement privé ; cela lui donne du cachet. Un long comptoir s'étire sur la gauche de la salle. De petites tables en bois sont disséminées un peu partout et une demi-douzaine de banquettes courent le long du mur droit. Les enceintes diffusent de la musique ; les performances live sont finies pour ce soir. La plupart des clients bravent le froid dans le jardin à bière à l'extérieur, le coin fumeur quoi.

J'avale mon demi Guinness cassis en grignotant un paquet de chips au vinaigre. Je m'obstine à faire résonner le craquement des chips dans ma tête. *Crac. Crac.* Mac rouspète — il ne supporte pas le bruit de mastication. Ça leur apprendra à se payer des burgers sans moi.

— Salut, t'es seule ?

Sans demander, un mec s'installe sur le siège à côté de moi. *Goujat de première.* Je dois me rappeler que je suis censée servir d'appât. Je lui lance un regard à travers mes cils et esquisse un sourire qui se veut timide. Je me demande toujours si on remarque que je ne suis pas celle que je prétends être, avec mon regard de tueuse. Mais je suis devenue experte en la matière, et eux voient ce qu'ils s'attendent à voir.

— Non, réponds-je en secouant la tête.

Puis je hausse les épaules en lâchant un petit rire tristounet. Je me penche en avant et balaie les environs du regard comme si je ne voulais pas être entendue.

— Enfin si, visiblement... En allant aux toilettes, j'ai filé mon sac et mon téléphone à ma sœur. Elle n'était plus là quand je suis sortie. Je l'ai cherchée sans la trouver, alors je suis venue ici pour voir si elle y était.

Je hausse de nouveau les épaules en remettant une mèche de cheveux en place.

— Elle vient toujours dans ce pub. Je crois que ses amis ne m'aiment pas beaucoup.

J'ouvre les yeux en prenant un air horrifié, puis je regarde de nouveau autour, à la recherche de ma sœur imaginaire.

Le type, zarb à mort, acquiesce.

— Je peux t'aider à la chercher si tu veux. Une belle fille comme toi ne devrait pas rester seule.

Je hoche la tête en lui souriant, baissant subitement les yeux vers la table et mon verre.

— Merci, lui dis-je.

Son sourire révèle un peu trop de dents. C'est un troll... pas mal dans le genre troll gominé grisonnant des années 80. En règle générale, les trolls sont sympas. Grands et muets, ils ont tendance à bosser dans la sécurité. Mais même si celui-ci n'est pas notre tueur... il sent les embrouilles à plein nez. Ma sonnette d'alarme méchant-flippant retentit. Vous voyez de quoi je parle ? Le cerveau féminin reptilien qui vous dit de fuir face à quelque chose ou quelqu'un de dangereux ? Le mien doit être défectueux, car il me pousse toujours à courir *vers* le danger et à le cogner en pleine face. Ce type me démange la main, j'ai envie de lui coller ma paume dans la figure.

— Est-ce que je peux emprunter ton téléphone ? Je devrais appeler mon père et lui demander de venir me chercher, dis-je d'un air timoré.

— Pas de souci, ma belle.

Le Zarb dégaine son téléphone, jette un œil à l'écran l'air faussement attristé, puis me le montre en le tapotant contre sa tête.

— Pas de réseau. Il faut sortir.

Je lui adresse un sourire timide, adorable, puis je descends ma Guinness et me lève. Je chancèle un peu en me mettant debout.

— Houlà... ça tourne, gloussé-je en hoquetant.

Le Zarb m'attrape le bras et au lieu de me guider vers l'entrée, il passe une main autour de ma taille et me traîne vers la sortie d'urgence à l'arrière.

— *Feu vert. On sort par l'arrière. Préparez-vous à mon signal,* pensé-je en envoyant mon message à mon équipe, qui confirme.

— Merci de m'aider, lancé-je. Au fait, moi c'est Mellisa.

Je trébuche un peu alors que nous avançons dans une ruelle et je me tourne vers lui avec un petit sourire. Je tends la main vers son téléphone.

— Si je pouvais utiliser ton téléphone...

Il se penche vers moi et passe un bras au-dessus de ma tête, s'appuyant au mur dans mon dos. Il baisse les yeux vers moi et dévoile un sourire menaçant.

— Bien sûr, ma belle. Putain, t'es vraiment petite... parfaite.

Il me tend le téléphone que je saisis. Je tâche de garder mon attention sur le Zarb, mais dès que ma main effleure le combiné, mon esprit se disperse.

— C'est quoi ce bordel...

Un sort. Activé par ma main sur le téléphone. En quelques secondes, ma magie irradie. Si j'étais effectivement humaine, je serais dans de beaux draps.

Mais ces quelques secondes suffisent au Zarb pour m'attraper et nous *stepper* ailleurs.

Oh merde.

Chapitre Trente-Sept

L'adrénaline envahit mon système, et mon cœur s'emballe. Ben merde alors, voilà qui est intéressant — un troll ne devrait pas être capable de *stepper*.

Le *stepping* fonctionne comme les portails, mais sans passer par une porte visible. Seuls les faës puissants peuvent *stepper*, et en général, ils sont vieux comme mes robes. C'est un peu comme la téléportation. On ne savait pas comment il déplaçait ses victimes. Au moins maintenant, on le sait. Le Zarb doit être notre homme finalement.

Je le laisse croire que son sort fonctionne. Je m'écroule contre lui, ce qui est franchement dégueu, mais quand on joue le rôle de la proie, il faut faire avec. Je ne suis pas surprise d'atterrir dans un sous-sol.

Ne pas savoir où je suis me désoriente. J'espère encore être en Irlande.

Je garde les yeux baissés, feignant d'être dans les vapes, et j'utilise mes autres sens. Je sens du sang, du vomi et d'autres odeurs vraiment flippantes que je préfère ne pas nommer pour préserver ma santé mentale. J'entends des pleurs et quatre autres battements de cœur. Mon estomac se dénoue et je ressens un immense soulagement à l'idée que le Zarb m'ait conduite directement aux filles disparues.

Dieu merci.

Discrètement, je bascule la tête en arrière et sur le côté, ajoutant un gémissement pour faire bonne mesure. Je balaie rapidement la pièce du regard. Le Zarb a tout installé, un véritable paradis pour tueur en série : des chaînes en différents métaux fixées aux murs, une demi-douzaine de cages en fer, tout l'attirail. J'espère que ce salaud n'essaiera pas de me mettre dans une cage.

Je vais péter un plomb sinon.

On sait qu'on a perdu la boule quand on est soulagé de voir que le tueur en série que l'on traque se contente de vous menotter au mur. Attachée à la pierre froide, je m'affaisse sous le poids des lourdes chaînes en acier qui mordent mes poignets. Il me quitte en marmonnant qu'il jouera avec moi plus tard, quand je me réveillerai, car ce ne sera pas drôle si je ne crie pas. Enfoiré. La porte claque derrière lui.

Je suis vraiment contente que mon petit numéro de fille humaine marche à merveille ce soir.

Je me redresse et fais rouler mes épaules pour détendre mes muscles raides. Je me dévisse la tête pour étudier le sous-sol. Une seule porte pour entrer et sortir.

— Jenny, Sarah, Mary ? dis-je d'une voix calme, douce.

La fille qui pleure s'arrête net.

— Désolée, je ne connais pas le prénom de la quatrième.

Je m'appelle Forrest, je suis une guerrière de la Cour des faës. Je vais tout faire pour vous ramener chez vous. Pouvez-vous me dire si ce Zarb flippant travaille seul ? Vous avez vu quelqu'un d'autre ?

La fille qui pleure me répond, à ma grande surprise. Une courageuse, celle-là.

— Je m'appelle Sally. Il m'a enlevée ce soir. Je n'ai vu personne d'autre.

— D'accord, merci, Sally.

— Il agit seul, murmure une autre voix depuis une cage dans le coin. Je suis là depuis un moment. J'ai l'impression que ça fait une éternité. Il viole et il... il tue. Je pense qu'il mange, qu'il nous mange. Je suis Mary...

Sa voix chevrote, elle a un haut-le-cœur. Elle se reprend, rampe jusqu'à la porte de sa cage, un sourire amer sur ses lèvres gercées.

— Qu'est-ce que tu comptes faire ? T'es enchaînée à ce putain de mur ! Qui va te sauver ? On a besoin d'un guerrier digne de ce nom, pas d'une gamine.

Mary tape sur sa cage et gémit lorsque le fer lui brûle la main.

— C'est du n'importe quoi... tu te fous de notre gueule, marmonne-t-elle en se retournant, tenant sa main blessée contre elle.

Les deux autres filles ne disent rien. D'après les dossiers, Mary, qui est faë, est là depuis environ trois semaines. Je ne prends pas ses insultes pour moi.

Mary ne sera pas la dernière à me sous-estimer, et c'est juste une gamine terrifiée. En fait, je suis fière de sa colère ; qu'elle ait encore assez de mordant me donne l'espoir qu'elle saura surmonter cette horreur.

Je tends l'oreille, à l'affût du moindre bruit à l'extérieur de la pièce. La sueur me dégouline dans le dos, collant la robe dorée à mes omoplates comme une seconde peau. J'envoie prudemment ma flamme dans les menottes, détruisant délicatement le mécanisme de verrouillage. Je suis convaincue que toutes ces filles sont des victimes, et je sens que c'est le bon moment pour agir. Il faut absolument que j'aille voir les deux filles inconscientes. Les menottes cliquètent en tombant de mes poignets et heurtent le mur.

Mac, tu m'as localisée ? Je projette mes pensées, mais aucune réponse.

Et merde.

Je me frotte les poignets. Maintenant, la question difficile : je libère les filles réveillées ou je les laisse attachées ? Si je les détache et qu'elles paniquent, ça peut poser problème. Mais si je les laisse et que je me fais coincer... pas question. Il faut leur donner une chance de se sauver.

Je défais les chaînes de Sally en lui murmurant de rester immobile et silencieuse jusqu'à ce que je dise à tout le monde de bouger. Je m'agenouille devant la porte de la cage de Mary. Le béton érafle mes genoux et mes tibias. Ma flamme fait rapidement sauter le verrou et la cage s'ouvre.

J'invoque Owen et quelques-unes des premières phrases qu'il m'a dites jaillissent instinctivement de ma bouche.

— Mary, je vois que tu as peur et que tu as vécu un enfer. Je vois aussi le feu en toi. Garde ce feu vivant : ta colère. Ne la retourne pas contre toi. Ce qui t'est arrivé n'est pas ta faute. C'est lui le coupable, pas toi. Ne le laisse pas gagner, ne le laisse pas te prendre davantage. Parfois, il vaut mieux enterrer les souvenirs jusqu'à ce qu'on soit assez fort pour y faire face. Ça va être difficile, mais il est important d'avancer, un pas à la fois. Tu comprends ?

Son regard croise le mien, et on s'évalue mutuellement. Elle hoche la tête.

— J'ai besoin que tu me fasses confiance. Reste encore un peu dans cette saloperie de cage, le temps que je défonce ce psychopathe. Si jamais il m'arrive quoi que ce soit, je compte sur toi pour attraper Sally et filer à toutes jambes. Compris ?

Je tends mon poing vers la fille, qui se tient toujours recroquevillée au fond de la cage. J'attends. Lentement, elle lève le bras et cogne son poing contre le mien.

Mon ami Owen me manque. Il est toujours dans mes pensées, comme un ange gardien. Je me demande souvent : *Que ferait Owen à ma place ?*

Je referme la porte de la cage et me dirige vers la première fille inconsciente. Elle est nue, gravement blessée et saigne abondamment. J'écarte ses cheveux blonds et sales de son visage. Elle respire à peine et son pouls est faible. Je me souviens de son nom dans les dossiers ; c'est Jenny. J'ai de la peine pour elle. Je glisse une main sous ma robe et farfouille dans mon soutif pour attraper les petites fioles contenant le sortilège de localisation des faës et une potion de sommeil. Je dois maintenir ces filles endormies ; je ne peux pas ajouter d'autres variables à ce grand bordel. Je verse le contenu des fioles sur sa poitrine et pose mes doigts sur sa clavicule. Mes marques de guerrière se mettent à briller. La lumière argentée traverse le tissu de ma robe. Tirée directement de la Cour des faës, la magie de guérison se diffuse en Jenny. J'attends, à l'écoute. Rapidement, sa respiration s'améliore et son pouls redevient normal. Les saignements s'arrêtent et les blessures visibles se referment. Je baisse la tête, soulagée.

Nous avons tous été surpris en découvrant que mes marques de guerrière représentaient en fait une magie défensive. Les marques canalisent la magie innée : guérison, bouclier, protection et tout un tas d'autres trucs défensifs assez cool.

La dernière fille nue et inconsciente, la brune Sarah, a une vilaine fracture au bras. Je commence par la potion de sommeil, je verse la fiole et j'attends quelques secondes avant de me mettre en position. Je m'arc-boute. Je grimace en saisissant son poignet et son épaule. Ma marque du guerrier s'illumine de nouveau alors que je tire d'un coup sec sur le membre cassé. Il craque et s'emboîte de nouveau tandis que la magie le guérit. Je souffle un grand coup ; je ne m'habituerai jamais à remettre les os en place. Heureusement qu'elle était endormie pendant la manœuvre. Le visage de Sarah se détend, passant d'une grimace douloureuse à une expression paisible.

Je soigne Sally et Mary, puis je place un sortilège de traçage sur chacune des filles. Si le pire arrive et que je ne peux pas les sauver, un membre de mon unité pourra au moins les localiser — ou retrouver leurs corps. Je frémis et ravale la bile qui monte dans ma gorge. Je ferme les yeux un instant, j'inspire. Mes poumons ne se remplissent pas d'air, mais de rage, de panique et de détermination. Je dois sauver ces filles. Je n'ai pas le droit d'échouer.

Je retourne vers le mur et reprends ma position, passant les menottes cassées autour de mes poignets. En attendant, j'analyse ce qui est arrivé à ces filles, et je ne peux m'empêcher de penser à ma propre situation, à mon passé. Je fuis depuis toujours. Je soupire et appuie l'arrière de ma tête contre le mur. Je suis prête à me battre pour les autres, mais je ne me suis jamais battue pour moi-même. Jamais. Je fuis toujours. J'aime encore Aragon. Mon cœur, que j'ai moi-même brisé, n'a jamais guéri. J'ai simplement appris à vivre avec mes fêlures.

Le travail que je fais est dangereux, et peut-être qu'il est temps d'affronter mes démons intérieurs une bonne fois pour toutes. Je ne peux pas laisser mes traumatismes me définir. Il est peut-être temps d'ouvrir mes boîtes et d'y faire face. De m'occuper de Daniel. Et dire à Aragon ce que je ressens.

Chapitre Trente-Huit

Il ne faut pas longtemps au Zarb pour être de retour. Les pas du troll, qui font grincer les escaliers du sous-sol, donnent une atmosphère inquiétante. Cet enfoiré ouvre la porte en grand, elle claque contre le mur et se referme. Sally et Mary tremblent. Adossée au mur, je le fusille du regard. Il ne faut pas que l'attention du Zarb se porte sur les autres, elle doit rester braquée sur moi. J'espère que mon air arrogant fera l'affaire. Il sourit.

Que le spectacle commence.

Il dévoile un sourire aux dents acérées, j'incline la tête en me demandant si je peux lui en péter quelques-unes. L'air assuré, il avance vers moi. Je le laisse s'approcher suffisamment pour sentir son haleine putride.

Je veille à garder une expression neutre et mon œil doré bien ouvert.

— Ah, tu es réveillée... c'est bien. J'ai hâte de te montrer ma...

Oh et puis merde. Flemme d'attendre son speech de méchant ou que ce dégueulasse me tripote. Cette mission va déjà me donner ma dose de cauchemars, je ne vais pas en plus l'écouter épiloguer. J'envoie un coup de pied à pleine puissance vers son genou. J'entends et sens son articulation craquer ; son corps part d'un côté et sa jambe de l'autre. Le choc sur son visage me fait jubiler.

Je l'attrape par le crâne et éclate sa tête contre le sol une fois...

— Alors c'est moche...

Deux fois.

— ... quand ta proie riposte...

Trois fois.

— ... espèce de détraqué.

Je lâche enfin sa tête, plisse le nez et frotte ma main sur ma robe alors qu'il gît sur le sol.

Un tantinet décevant.

Je m'attendais à un peu plus de lutte, mais le Zarb est K.O. Pour la forme, je lui mets un chassé dans les côtes, histoire de m'assurer qu'il ne fait pas semblant. Pas un son. Je suis déçue. J'attrape des chaînes en fer et lui menotte les mains dans le dos, puis j'attache ses jambes avec d'autres chaînes. Je fredonne en l'immobilisant et je noue le tout ensemble de manière à ce que ses mains soient liées à ses pieds : un faë bretzel.

Je le traîne par les pieds vers une cage en fer ouverte. En quelques soupirs et coups de savate, je parviens à le faire entrer. Je ferme la porte avec des chaînes. Pour être sûre qu'il n'aille nulle part, je crée une barrière autour de la cage grâce à une autre fiole. Avec un peu de chance, cela l'empêchera de se balader. J'apporte ma touche finale en lançant un cercle de feu, qui s'élève à presque deux mètres au-dessus de la cage jusqu'à former un dôme. Excessif ? Oh que oui. Ce connard ne fera plus jamais de mal à une fille, pas sous ma surveillance. Si cela ne tenait qu'à moi, je l'aurais tué. Mais il faut respecter la loi ; je ne peux pas éliminer des gens à la ronde, même si j'en ai envie. En regardant toutes ces filles terrorisées, l'odeur de ce qu'il leur a fait me monte au nez, et j'ai vraiment envie de le buter. Putain, je veux qu'il souffre.

Je m'essuie les mains sur ma robe ; je ne veux pas que ma peau garde une trace de lui.

— Bon, les filles, fichons le camp. Je vais avoir besoin de vous pour porter Jenny et Sarah. Si j'en porte une, vous allez réussir à soutenir l'autre ?

Mary s'aventure hors de sa cage et arque un sourcil en observant celle en feu. Je hausse les épaules, l'air de dire « que veux-tu... »

Sally a besoin d'être un peu apprivoisée. Elles calent entre elles la fille blessée — Jenny, je crois — pendant que je me charge de Sarah. J'enfonce mon épaule dans son ventre et la hisse sur mon épaule. Heureusement, Sarah est à peine plus grande que moi, ce qui est plus facile que... disons, soulever un mec.

J'ouvre doucement la porte du sous-sol. Zarb était trop confiant, il n'a même pas pris la peine de la verrouiller derrière lui. Je fais danser ma magie dans ma paume droite, la laissant grandir afin de former une épée de flammes. En maintenant Sarah de la main gauche, j'ouvre la marche dans les escaliers, armée de mon glaive de feu. Pas question que ces filles restent une seconde de plus dans ce sous-sol avec leur ravisseur. Elles m'emboîtent le pas, s'appliquant à rester bien groupées.

Dès que nous franchissons l'escalier du sous-sol et arrivons au rez-de-chaussée, quelque chose éructe dans ma tête. J'entends à nouveau les voix de mon unité, et surtout, je peux leur parler.

— *Je tiens notre grand méchant. J'ai également retrouvé Mary, Jenny, Sarah et Sally, elles sont avec moi. Il me faut des fringues, des soins et de l'aide d'urgence.*

Tout le monde parle en même temps, ce qui me fait grimacer. Madán reprend la main, et en deux trois insultes, mon unité ferme son clapet. Je serre les dents et pince les lèvres. Fais chier. C'est toujours la merde quand le patron s'en mêle. Les gars ont dû se pisser dessus quand cet enfoiré m'a embarquée.

Pendant que Madán parle, je vérifie rapidement le rez-de-chaussée. Ma priorité reste les filles, inutile de contrôler le reste de la maison. Je ne vais pas les laisser là, du reste, je ne sens la présence de personne dans les parages. J'utilise une autre fiole pour créer une barrière dans le couloir près de la porte d'entrée. Recouvert d'un papier peint à fleurs décrépi, cet étroit couloir devrait être facile à défendre ; c'est plus sûr que d'emmener les filles dehors.

Je suis encore en Irlande. C'est bon à savoir. La cavalerie est en route. Madán *steppe* du portail, suivi de Mac et d'un guérisseur. À travers le lien mental, il me demande d'ouvrir la porte pour les laisser pénétrer la barrière. J'informe Mac que je n'ai pas inspecté le reste de la maison, alors il va faire un tour, épée en main.

Je laisse le guérisseur soigner les filles. Madán m'étudie,

hoche la tête et sort son téléphone. Il lève un doigt pour me faire comprendre qu'il n'en a que pour une minute. J'entends ce qu'il dit, mais pas l'autre personne au bout du fil ; un sort a été jeté sur le téléphone pour empêcher les créatures magiques d'épier la conversation. Je n'ai donc aucune idée de l'identité de son interlocuteur. J'imagine qu'il doit parler aux parents des filles, ou bien de moi.

— Je l'ai devant moi, elle va bien... Elle n'a pas l'air blessée... Oui, pas un cheveu... Je te dis dès que j'en sais plus... Oui, eh bien, on n'a pas pu anticiper... Je fais de mon mieux, et tu sais que je... Oui, d'accord, d'accord, je te tiens au courant. Moi aussi, je tiens à elle. À plus.

Madán met fin à l'appel et marche vers moi.

Les autres guerriers sont arrivés.

— Forrest, tu veux bien nous conduire à la créature que tu as arrêtée ?

J'accepte avec un signe de tête et lance un dernier regard vers les filles pour être certaine qu'elles sont entre de bonnes mains. Désormais, elles sont entourées de guérisseurs.

Je guide Madán et mon unité vers le sous-sol en leur précisant que les liens mentaux n'agissent pas en bas.

Nous descendons l'escalier.

Peter émet un sifflement en découvrant la pièce, qui est maintenant considérée comme une scène de crime... Enfin, elle le sera quand on aura fait sortir le détraqué. Ensuite, le site sera soumis à une enquête magique.

Ils ont tous les yeux braqués sur mon dôme de feu. Je hausse les épaules. J'ordonne à mes flammes de se retirer et elles obéissent promptement, rétrécissant jusqu'à devenir une petite flamme qui danse à travers la pièce avant de retrouver ma paume. Je referme le poing et le feu se dissipe.

Leurs regards passent du troll bretzel à moi. De nouveau, je hausse les épaules.

— Comment t'as fait pour le faire entrer là-dedans ? demande Peter.

Je ne prends pas la peine de répondre « avec de l'huile de coude, idiot ». Le Zarb est réveillé et geint. J'ouvre la cage, synchro avec l'arrivée de Mac qui m'aide à faire sortir le bretzel pervers. Tous mes compagnons d'armes sont faës et évitent la cage en fer comme la peste.

À nouveau, le Zarb gémit. Mac pouffe de rire quand je lui file un coup de pied dans la tronche, tandis que Madán me regarde d'un œil sévère.

— Quoi ? On ne veut pas qu'il s'échappe et il était sur le point de filer, déclaré-je d'une voix neutre.

Nous ôtons les chaînes pour les remplacer par nos propres menottes. Mac lui colle un bracelet anti-magie en plastique. Dès que le bracelet s'enroule autour de son poignet, la magie opère.

Nous observons le Zarb changer de forme. Le troll disparaît pour laisser apparaître un gobelin sur le sol. Tiens, tiens. Pas étonnant qu'il ait été si facile à mater. Je jette un regard interrogateur à Madán pour demander si on en a fini. Il acquiesce.

— Tu as besoin d'être soignée, Forrest ?

Je lui réponds non d'un signe de tête.

— On te ramène à la maison alors. Tu as fini pour ce soir.

Madán tend la main pour m'inviter à passer devant lui dans l'escalier. Je dis au revoir à mon unité en levant mon majeur.

— Je vais avoir des problèmes ? demandé-je une fois dehors.

L'air frais hivernal purifie mon nez des horreurs du sous-sol. Je respire à fond et frémis.

— Non. Tu veux bien me raconter ? Je sais que tout ce qui s'est passé ce soir est enregistré, mais si tu me donnais ta version, j'ajouterai ta déclaration au rapport.

Madán retire sa veste et me l'offre. Je le remercie en souriant et l'enfile. Sa chaleur émane encore de la veste. Je suis soulagée que les caméras aient tout filmé ce soir sans me perdre de vue, y compris quand j'ai disparu.

Je bâille, me passe la main sur le visage et explique les événements en détail.

Quand je finis, Madán hoche la tête.

— Merci, je vais te ramener chez toi. Un des guerriers déposera ta voiture demain matin.

Il agite une main au-dessus de sa tête et le caquetage mental de mon unité s'évanouit. Je pousse un soupir, soulagée, en me massant les tempes en prévision d'une migraine monumentale. Le geste de Madán a également désactivé la caméra, je le sais.

Il me prend le bras et nous sortons. Lucifer fait le fou — je l'entends aboyer dans la maison. Cela ne fait que six heures que j'ai attaqué le boulot, pourtant cela me paraît une éternité. Cette semaine consacrée à la capture du méchant a été harassante. Je n'arrive pas à croire qu'on ait réussi.

— Prends le reste de ta semaine, Forrest. Tu l'as mérité. Je suis vraiment content que tu ailles bien. Tu m'as rendu fier aujourd'hui, bravo.

Je pivote, et sur un coup de tête, je le prends dans mes

bras. À l'intérieur, je suis morte de rire ; mes démonstrations affectives le mettent toujours mal à l'aise. Mais il me prend au dépourvu en me rendant mon câlin.

— Va t'occuper de ton monstre de chien, on dirait qu'il va dévorer la porte. Mac te dira quand reprendre.

Je hoche la tête, et il disparaît avant que je ne puisse ajouter quoi que ce soit. Je porte encore sa veste.

Comme mes affaires sont au QG, avec ma voiture, je suis obligée de sauter par-dessus mon portail. J'ouvre ma porte avec le deuxième jeu de clés et Lucifer s'agite en me reniflant et jappant, excité de me voir.

— Salut, petit pleurnichard, je t'ai manqué ?

Pas tant que ça visiblement, car il me dépasse en me faisant presque tomber. Petit foufou. Il fonce dehors : priorité au quadrillage du jardin. Je le laisse aller marquer son périmètre. J'ai tellement la dalle que je pourrais manger un rat d'égout.

Fort heureusement, un gâteau au chocolat m'appelle et porte mon nom. Je file en cuisine.

Par ici, petite merveille chocolatée. Toi, tu vas finir dans mon bidon.

Chapitre Trente-Neuf

Je déteste être en congé. Cela ne fait qu'un jour, et je m'emmerde déjà. Sans Lucifer, je bosserais non-stop pour meubler le temps. Quelle tristesse. Mais je dois être à la maison pour m'occuper de lui, bien qu'il ne soit pas franchement enclin à passer du temps avec moi. Monter la garde en observant la route et en chassant les oiseaux qui osent s'aventurer dans son jardin le comble.

Une alerte météo rouge pour tempête et fortes chutes de neige a été lancée. Un temps de chien. On nous a conseillé de ne pas prendre la route et de rester chez soi. Mes collègues irlandais diraient au contraire que c'est un jour pour mettre le nez dehors.

Le froid, c'est pas mon truc, et je pense que mes jérémiades au boulot ont fini par les saouler. En me déposant,

Mac m'a dit de ne pas me repointer tant que la température n'aurait pas augmenté.

Honnêtement, je n'ai pas su comment le prendre, mais je l'ai joué mature avec mon habituel au revoir de la main, l'air guillerette en dardant chez moi. Je déteste être en congé, mais je déteste encore plus le froid. Malgré mon chauffage à énergie solaire high tech, rien ne vaut un bon feu dans un poêle à bois, alors je reste à l'intérieur et allume un feu.

Tandis que je me prépare à dormir, la neige tombe plus fort, les lumières dansent dans la nuit. Un putain d'orage de neige — j'ignorais que cela existait. Le courant saute. Je jette un œil par la fenêtre et frissonne ; hors de question que je sorte pour aller rallumer le courant. Ça attendra demain matin.

Un horrible boum provenant de dehors me fait sursauter, tout le cottage tremble, puis il y a un comme un bruit de verre brisé dans la cuisine. Pour ne rien arranger, Lucifer fait le fou pour sortir. Je me précipite vers la porte arrière et lui ouvre avant qu'il ne fasse ses besoins sur le carrelage. Il s'enfuit par l'arrière de la maison en aboyant.

Je devrais sortir et garder un œil sur lui. J'attrape mon gros manteau en vitesse et sautille en fourrant mon pied dans ma botte. Une fois chaussée de mes Hunters orange, je rejoins mon chien ; la scène me fait sauter au plafond et je traverse le champ en courant comme une dératée.

Un dragon s'est écrasé sur mon terrain !

Un dragon énorme, putain ! Je cours et une peur souterraine me submerge. Ce n'est pas possible, cela ne peut pas être lui. Alors que je m'approche, le dragon se transforme.

— Aragon ! m'écrié-je en m'élançant dans le sillon creusé par son atterrissage en catastrophe.

J'atterris dans le cratère à côté de lui.

Des flocons de neige tombent sur son beau visage.

Mes mains tremblent en enlevant doucement la neige. Ma caresse le fige. Je m'efforce de ne pas paniquer en réfléchissant à un moyen de l'emmener au chaud chez moi.

Bordel, depuis quand fait-il cette taille ? Il est vachement plus grand que dans mes souvenirs. Son pouls est un peu rapide, mais il ne semble pas blessé. Il a dû guérir en se transformant. Je retire mon manteau pour tenter de couvrir son corps nu, mais vu ma taille, il ne fait pas vraiment l'affaire sur ce colosse.

Je crée des flammes autour de lui, en conservant une distance raisonnable, pour le réchauffer. Je sais qu'il ne craint pas le feu, mais ce n'est pas le cas de mon manteau.

Je remonte du cratère, essayant de ne pas lui envoyer de la neige et de la terre dessus. Je cours aussi vite que possible vers mon cabanon contenant une bâche ; je pourrais faire rouler Aragon dedans jusqu'à la maison.

Cela prend des plombes. Il fait trop froid et la distance est trop grande pour le traîner jusqu'à la clôture. Il va falloir que je défonce une partie de la clôture en bois pour le faire passer dessous. Je dois l'emmener chez moi au plus vite.

À l'intérieur, je parviens à le couvrir et à le mettre au lit — heureusement que je suis balèze. Je me laisse glisser contre le mur de ma chambre, soulagée.

Merde, il n'a toujours pas ouvert les yeux.

J'ignore d'où il débarque et pourquoi il a fini dans mon champ, ou qui l'a blessé. J'espère qu'il n'a pas été foudroyé.

J'avance prudemment le long du mur en direction de la porte. Je dois sortir pour préparer ce qui servira à Aragon à son réveil. D'un coup de magie, je ravive le feu et fais appel à mes marques de guerrière pour renforcer la force de la barrière autour de la propriété, juste par précaution.

Je n'arrive pas à croire qu'il soit sous mon toit. C'est du délire. Je me frotte le visage. Mes mains tremblent et j'ai le tournis. Je dois m'occuper pour m'empêcher d'aller contempler le dragon nu dans mon lit.

Ou pire... Mon imagination part en vrille — positivement, bien sûr — en se remémorant un petit épisode du passé. *Hum hum.* Je prépare de l'eau chaude avec du savon et des petites serviettes, puis j'entreprends de nettoyer le corps d'Aragon en fredonnant mentalement *boum-tchika-boum-boum*.

Fais chier.

Je retourne dehors. La tempête s'est éloignée, mais il neige toujours. Je vérifie l'énergie solaire et la mets sur mode batterie ; les lumières de la maison se rallument. Je repasse le nez à l'intérieur pour allumer les lampes extérieures. J'attrape mon marteau dans le cabanon, puis répare la clôture en remettant les piquets en place. Autant le faire maintenant, en pleine crise d'angoisse. Sinon, Lucifer risque de filer et de se perdre — et même sous ma forme lupine, je n'ai pas envie d'aller le chercher dans la neige.

On se les gèle, mes mains virent au bleu. Cependant je ne peux pas rentrer : il y a un dragon à poil dans mon pieu, merde !

Lucifer m'observe sans se soucier de la neige. Il se roule par terre, tout heureux. En hiver, il préfère dormir dans la buanderie, là où il fait plus froid. Souvent, je dois le traîner à l'intérieur, mais il préfère rester dehors à jouer les chiens de garde.

Sans prétexte pour m'attarder dehors, je retourne chez moi. Je retire mes habits de dehors, rallume le feu et mets une autre bûche. Je n'ai pas besoin de bois, mais j'adore l'odeur. Mes mains sentent le brûlé. Je glisse un œil dans ma chambre, mais Aragon est encore inconscient. Pensant qu'il aura probablement faim en se réveillant, je décide de cuisiner une soupe de nouilles au poulet.

Une fois le bouillon prêt, je n'aurai plus qu'à le passer au micro-ondes. Une pensée me vient : et si Aragon a besoin qu'on le soigne ? Oh mon Dieu, et moi qui l'ai laissé dans mon lit, inconscient pendant une heure alors qu'il a peut-être besoin de soins ! D'accord, il est ultra puissant et certainement la créature la plus redoutable que je connaisse, mais cela ne veut pas dire qu'il n'a pas besoin d'aide. Je me sens vraiment conne.

Je retourne à pas de loup dans ma chambre. Aragon est encore inconscient, sa respiration et son rythme cardiaque sont réguliers. Je tire la couette et me penche sur son corps dénudé. Mes marques de guerrières s'illuminent. Je m'apprête à poser un doigt sur son torse quand soudain, il bouge. En un clin d'œil, je me retrouve plaquée sous lui. Je laisse échapper un cri de stupeur. Une puissante main m'enserre la gorge tandis que l'autre empoigne mon bras si fort que j'entends mes os craquer. Je glapis de douleur, puis il cligne des yeux.

Aragon écarquille les yeux, horrifié, et me relâche. Je fais un roulé-boulé jusqu'au sol. *Waouh*. Ce ne sont pas les retrouvailles auxquelles je m'attendais.

J'ai mal à la poitrine. Je m'appuie contre le mur pour me relever, je lui désigne du menton les vêtements sur la table de chevet et la salle de bains.

Puis je sors en trombe de ma chambre pour retrouver la cuisine. Je m'agrippe au comptoir et en appelle à toute ma force pour ne pas fondre en larmes. Je sais que je l'ai surpris en me penchant sur lui, et il a sans doute réagi par réflexe. Il n'avait pas l'intention de me faire du mal volontairement.

Je me frotte le poignet et mes lèvres tremblotent.

La douche s'allume dans la salle de bains, et dix minutes plus tard, Aragon entre dans la cuisine, vêtu du jogging et du tee-shirt des recrues que j'avais dans ma voiture. Un pet de travers et sa tenue semble prête à exploser sous la tonne de muscles, un peu à la Hulk.

— Pardonne-moi de t'avoir blessée, Forrest... Je ne voulais pas t'étrangler.

Au lieu de s'asseoir, il me rejoint et se plante devant moi.

Je cache mon bras endolori dans mon dos et hausse les épaules. Je peux me transformer pour guérir, ce n'est pas un souci.

Je fixe sa poitrine, je me sens toute drôle. Qu'est-ce qu'on dit au mec dont on est encore raide dingue et qui vient de découvrir qu'on a simulé sa mort ? Suis-je censée crier « Surprise ! » en levant les mains ?

Sa main relève mon menton afin que je rencontre ses yeux. En levant la tête, je croise son magnifique regard gris.

— Salut, nunuche. Désolé d'avoir déboulé dans ta vie... Ce n'était pas mon but.

Merde, il est canon. Les papillons dans mon ventre s'affolent. Aragon saisit mon bras que je cache et l'examine. Je suis carrément sur le cul en le voyant ramener mon bras à sa bouche pour embrasser doucement mon poignet en signe de ce que j'estime être une excuse. Je frémis.

— Ça va ? chuchoté-je.

Si c'est un rêve, que personne ne me réveille. Je n'arrive pas à décrocher mon regard du sien. Je le contemple avec avidité.

Je croyais que mes souvenirs de lui étaient précis, que je me rappelais tout : la couleur exacte de ses cheveux et de sa peau argentés, de la nuance sublime de ses yeux... Mais celui qui se tient devant moi... Ma mémoire ne lui a pas rendu justice. C'est comme si je m'étais souvenu de lui en noir et blanc, et à présent, le voilà devant moi en couleurs.

Le visage buriné d'Aragon est un chef-d'œuvre de beauté masculine. Mes yeux tombent sur sa bouche ronde, dont la lèvre inférieure est plus généreuse. Je l'admire, ébahie, et je suis stupéfaite de lui lire le même regard. Il me regarde comme si j'étais la plus belle créature sur terre. Il a dû se cogner la tête.

— Ça va. J'ai sous-estimé la tempête.

J'écarquille les yeux et lui demande, incrédule :

— Tu as été foudroyé par l'éclair ?

— J'ai été foudroyé par l'éclair, répète-t-il.

Je pouffe et Aragon sourit en se frottant l'arête du nez d'un air dépité — à ce mouvement, le tee-shirt atteint sa limite. Sa poitrine vallonée est bien définie.

— Tu as faim ? lui lancé-je en humidifiant mes lèvres.

— Je mangerais bien un bout.

Je hoche la tête et m'éloigne à contrecœur. Cela vaut mieux, vu mon envie folle de lui lécher les lèvres avant de hurler : *Je l'ai léché, il est à moi !*

Aragon s'assied à l'îlot et me regarde mettre son plat de

nouilles au micro-ondes. Sa présence et son aura remplissent tout l'espace. J'inhale son odeur de fumée et éprouve un sentiment de sécurité pour la première fois depuis des années.

Je mets les nouilles dans un bol, verse le bouillon et pars à la recherche du poulet dans la poêle pour l'ajouter à sa soupe. Je pose le bol devant lui, un sourire triomphant aux lèvres, l'air de dire *regarde ce que je t'ai concocté.*

Je n'ai encore jamais cuisiné pour quelqu'un d'autre, alors se la raconter ne fait pas de mal. *Mate-moi ça, je sais cuisiner, je suis tout à fait adulte, t'as vu ?*

Aragon examine son bol avec un sourire ; un os de poulet flotte à la surface. Je sais que les nouilles collent entre elles et que le bouillon est un peu salé, mais on appelle ça un aliment-réconfort. Les morceaux de poulets rosés sont délicieux et ceux qui sont noirs ajoutent du croustillant. Il relève la tête vers moi, les yeux brillants, je lui adresse un sourire encourageant. Il tousse dans sa main et s'empare de sa cuillère.

Après avoir mangé — Aragon n'avait visiblement pas très faim — ma curiosité atteint des niveaux records.

— Alors, comment tu as atterri là ?

— Forrest.

Ses doigts pianotent sur le comptoir. Il se prend la tête entre les mains en soufflant, puis me lance un regard oblique.

— Puisque le destin m'a forcé la main, je ne vais pas te mentir, déclare-t-il en baissant d'un ton, le regard implorant. Tout ce temps, je savais où tu étais. Je suis parti à ta recherche le soir où tu es partie, mais je suis arrivé trop tard pour te faire rebrousser chemin, dit-il d'une voix presque éteinte. Je ne me serais jamais mis en travers de ton chemin. Ton amie Ava avait l'intention de t'envoyer en Amérique, mais je l'ai fait changer d'avis. Cette maison est l'un de mes refuges.

À nouveau, il tapote le comptoir.

Aragon ne crie pas « Surprise ! » en levant les mains.

CHAPITRE QUARANTE

Je regarde Aragon ahurie, réfléchis quelques secondes, puis j'opine.

— D'accord.

— Quoi ? s'étonne-t-il d'une voix tendue. C'est tout ? D'accord ? T'es pas fâchée ?

Il scrute mon regard.

Je hausse les épaules.

— Comment je pourrais être fâchée alors que tu m'as aidée ? Je me suis enfuie, j'ai simulé ma mort... et pourtant, tu m'as laissée partir tout en continuant de veiller sur moi. C'est moi qui devrais te dire merci.

— Je suis venu te voir plusieurs fois...

— Par mois ? je l'interromps joyeusement, bondissant sur mon siège.

Aragon secoue la tête, un sourire amusé se dessine sur son visage.

— Non, par jour, avoue-t-il en se pinçant l'arête du nez.

Il me rend visite plusieurs fois par jour ? Waouh. Je n'arrive pas à croire que j'ai réussi à me convaincre qu'il se ficherait de ma disparition. Ce petit malin m'a surveillée tout ce temps.

Je laisse échapper une toux étranglée et marmonne :

— Stalker.

— Absolument, s'esclaffe-t-il.

— Est-ce que tu as demandé à Madán de me donner mon travail ?

Je pose ma main sur son avant-bras, redoutant la réponse. J'aime mon travail, il compte tellement pour moi. Je veux rendre ce monde meilleur. Oui, c'est idéaliste et naïf, mais c'est une mission qui me motive. Je suis fière d'être une guerrière. Si je peux éviter à un gosse de vivre mon enfance pourrie, si je peux mettre hors d'état de nuire ne serait-ce qu'un seul méchant... Ce n'est peut-être pas sauver le monde, mais chaque personne que j'aide, c'est une vie sauvée. Aragon retourne son bras et me prend la main.

— Non, Forrest. Tu as obtenu ce poste grâce à tes propres mérites. Tu impressionnes beaucoup Madán. Jamais je n'aurais choisi un métier aussi dangereux pour toi, grogne-t-il doucement. Au fil des années, j'ai eu l'honneur non seulement de te voir évoluer, mais aussi de constater à quel point tu es forte, compatissante... et brutale, ajoute-t-il en grognant à nouveau.

Il secoue la tête, un sourire fier illuminant ses lèvres pleines.

Ce sourire me transforme en guimauve.

Puis soudain, j'ai un déclic et je sais la réponse avant même de poser la question.

— Madán t'a donné accès aux images des caméras magiques.

Aragon acquiesce.

Il se frotte le menton, comme s'il hésitait à me dire autre chose.

— J'ai une dernière chose à avouer. Tu étais seule, incapable de te transformer, et tu dormais beaucoup. Je me faisais du mouron pour toi...

Je plisse les yeux.

— ... alors j'ai fait en sorte que tu trouves un chien — de la meilleure race de chien de garde qui existe.

Un chien de garde... Lucifer ? Aragon m'a offert mon chien ! Lucifer est à moi pour toujours !

Je fonds en larmes, de gros sanglots qui foutent la honte. Impossible de me retenir : j'adore mon chien. Ignorant la mine horrifiée d'Aragon, je saute de mon tabouret et me jette dans ses bras. Je l'attire vers moi et couvre de baisers le beau visage de mon incroyable et merveilleux dragon.

Il m'a offert mon chien parce qu'il voulait que j'aie un ami, une créature à chérir et protéger.

— Merci infiniment. Je l'adore. Je suis trop contente qu'il soit à moi et que personne ne puisse me l'enlever.

Enfin, c'était l'idée de mon speech... mais à cause des sanglots et de la morve, ça ressemblait plutôt à un charabia incompréhensible. Aragon hoche la tête... Je pense qu'il a compris. Il encadre mon visage de ses grandes mains et essuie mes joues du bout des pouces.

— Je t'en prie, c'est rien, dit-il d'une voix rauque, avant de s'éclaircir la gorge. Il n'y aura jamais personne comme toi, Forrest Hesketh. Tu es unique. Je veux que tu saches que je n'ai jamais agi par devoir quand il s'agissait de toi. Ça a toujours été personnel. Ce premier jour, dans mon bureau, tu as illuminé mon monde, comme si tout ce qui existait avant toi n'était qu'obscurité. Tu m'as appris ce que signifie la solitude : quand je ne te vois pas, je me sens seul, et le manque de toi, c'est comme une douleur physique.

Il frotte sa poitrine de sa main libre, juste au-dessus du cœur.

— Te perdre parce que j'ai mal jugé une situation a été le pire moment de ma vie. Être obligé de te laisser partir sans savoir si tu reviendrais un jour...

Aragon ferme les yeux et penche la tête, son front frôlant le mien.

— J'aurais dû te parler. T'informer de mes plans. Je t'ai perdue à cause de mon arrogance. Tu as souffert...

Un grondement sourd monte dans sa gorge alors qu'il continue de caresser ma joue.

— Tu me pardonnes ? implore-t-il.

— D'accord, chuchoté-je, encore sous le choc.

Ses yeux magnifiques plongent dans les miens.

— Tu es tout pour moi, Forrest. J'ai attendu des vies entières de te rencontrer.

Je le fixe, stupéfaite. La foudre lui a sérieusement grillé le cerveau.

— Je comprends que ça te paraisse soudain. Tu auras besoin de temps pour réfléchir...

Et puis merde. J'essuie salement ma morve sur ma manche, puis je l'embrasse sur sa belle bouche pour le faire taire avant qu'il ne parle trop et gâche ce moment.

J'y crois pas, je lui plais !

— Je t'aime, espèce de dragon cinglé, marmonné-je.

Puis je recule, levant les yeux vers lui pour vérifier que je n'ai pas fait une énorme bêtise.

Aragon ne s'enfuit pas en hurlant. Non, il se lève et m'attire contre lui. Il me soulève et m'assied sur le comptoir. Mon souffle se hache, mon cœur bat si fort que je l'entends dans mes oreilles. Des papillons jaillissent dans mon ventre alors qu'il s'insère entre mes jambes et me serre contre lui.

Il grogne. Je mordille ma lèvre en réponse. Il glisse une de ses grandes mains autour de ma taille et l'autre derrière ma nuque.

Aragon se penche vers moi, m'enveloppe de son corps et me presse contre son torse musclé et dur. Oh là là. Mon cœur virevolte, tandis que des papillons de plus en plus nombreux vibrionnent dans mon ventre. Nous sommes si proches que son visage se floute. Je ferme les yeux. Je sens son souffle sur mes lèvres. Je les lèche à la recherche du goût qu'il pourrait y avoir laissé, et ma langue effleure sa bouche dans la foulée. J'émets un petit son appréciateur. Aragon comble la minuscule distance entre nous et m'embrasse. La douceur spongieuse de ses lèvres pleines me surprend.

D'abord, c'est un baiser délicat, puis il devient plus intense, plus profond, plus urgent. Je gémis. Comme s'il attendait cette invitation, Aragon glisse sa langue dans ma bouche et me roule une pelle.

Je m'agrippe à ses avant-bras pour ne pas sombrer dans le tourbillon de vertige qui m'envahit. Sa barbe naissante m'érafle la peau, mais je m'en moque. Je gémis dans sa bouche. Il s'écarte légèrement.

— Respire, Forrest..., murmure-t-il.

Je prends une inspiration tremblante, réalisant que

j'avais oublié de respirer. L'oxygène est surfait. Qui peut embrasser et respirer en même temps ?

J'inspire son odeur de dragon fumé. Je veux le respirer, le goûter, le dévorer.

J'ai eu un avant-goût de lui, et je réalise que ce ne sera jamais assez.

Aragon embrasse doucement mes lèvres haletantes, puis s'écarte de moi.

J'ouvre les yeux, lentement, et le fixe. Mes lèvres picotent d'une manière divine. Je lui adresse un sourire éclatant et, tout excitée, je dis :

— C'était mon premier baiser, et je suis tellement heureuse que ce soit avec toi, m'esclaffé-je en me mordillant la lèvre. On peut recommencer ? Je vais m'améliorer avec la pratique.

Je cesse de sautiller et rencontre son regard lourd de désir.

— Tu veux bien m'apprendre, Aragon ?

Il gémit. Merde, c'est un son incroyable.

Je fixe mes genoux, soudain timide. J'ai vingt-sept ans, bon sang. Il est temps de m'y jeter.

— Pratiquer ? susurre la voix profonde et charbonneuse du dragon. Je ne demande rien de mieux que de *tout* pratiquer avec toi.

Oui ! Je hoche la tête, me retenant de lever un poing victorieux.

Je lui adresse un sourire éclatant, attrape sa main, saute du comptoir et tente de le tirer vers la chambre.

Est-ce que j'enlève mes fringues direct ?

Ou c'est mieux si c'est lui qui me déshabille ?

Ça me stresse un peu. J'espère qu'Aragon a plus d'expérience que moi. Je tire sur sa main, mais au lieu d'avancer, il me ramène dans ses bras.

— Mais on va y aller doucement, nunuche. Alors, ça suffit pour ce soir.

Hein ! Quoi ?! Nooon. Après ce speech, ce baiser mémorable... quoi ? Mais quelle déception. Je souffle, tape même du pied.

— Rabat-joie, je marmonne.

Nous passons au salon et je me jette sur le canapé.

Non, je ne boude pas.

Mais qu'est-ce qu'il y a chez Aragon qui réveille mon immaturité ?

Il secoue la tête, les yeux rieurs. Il s'assied élégamment à côté de moi, comme s'il portait un costume et non un jogging et un tee-shirt élimés. Il me prend la main et joue avec mon auriculaire.

— Je peux rester ? Pour dormir ? Je n'ai pas envie de te laisser seule avec cette tempête.

Je souris jusqu'aux oreilles et hoche frénétiquement la tête. Si je veux que le beau dragon que je viens d'embrasser reste cette nuit ? Si je veux me réveiller dans ses bras, baignée dans son odeur ? Je ne suis pas débile ; pas question de refuser.

Je pousse un cri de joie et cours dans ma chambre pour enfiler mon pyjama.

Chapitre Quarante-et-un

MA MEILLEURE NUIT de sommeil depuis des années. C'est fou comme Aragon m'a manqué. Depuis qu'il est réapparu dans ma vie, je ressens une immense gratitude. J'ai une bonne semaine de congé devant moi et je vais la consacrer à redécouvrir mon dragon.

J'ai vraiment besoin de m'entraîner à embrasser et tout le reste, histoire d'étoffer ma palette d'adulte. Je lui ai avoué être amoureuse de lui. Il ne m'a pas répondu, mais ce n'est pas grave. Je vais faire en sorte qu'il m'aime.

— À quoi tu penses si intensément ? demande Aragon en dessous de moi.

Je suis allongée sur lui, parfaitement lovée dans ses bras, incarnant de nouveau la pièce de puzzle faite pour s'emboîter naturellement avec lui. Je sens ses paroles vibrer dans sa poitrine. Je ne devrais pas m'inquiéter : Aragon est là, avec moi, dans mon lit, et pour la première fois depuis long-temps, je me sens en sécurité et complète. Il me serre contre lui et dépose un baiser sur mon front.

— À rien, marmonné-je.

— Menteuse, me rabroue Aragon. Je sens ton cerveau tourner à plein régime. Qu'est-ce qui te tracasse ?

Il me caresse tendrement la nuque, apparemment indif-férent à l'horrible marque de morsure. Je lève la tête et le regarde. Il écarte mes cheveux de mon visage.

— Est-ce que... tu m'aimes ?

Le visage d'Aragon se radoucit lorsqu'il croise mon regard, et je vois la vérité briller dans ses yeux.

— Je t'aime plus que tout au monde. Tu es mon trésor. Je passerai le reste de cette vie avec toi, si tu veux bien m'en faire l'honneur. Et quand nous ne serons plus sur cette terre, je passerai ma nouvelle existence à te chercher. Tu es l'autre moitié de mon âme, et je ne suis complet que lorsque tu es dans mes bras.

Mes yeux s'agrandissent de stupeur. J'expire un souffle tremblant et le fixe, abasourdie. *Dis-moi ce que tu ressens vraiment.* Ouah ! Ouf, je me sens mieux.

À côté de sa tirade, mon « Je t'aime » tout morveux paraît un peu merdique.

— Oh, euh, d'accord merci... murmuré-je.

— Dans mon bureau, j'étais en admiration totale devant toi. Tu étais tellement mignonne avec ta robe relevée et tes petites maladresses avec le verre d'eau.

Aragon pouffe, prend ma main maladroite en question et y dépose un baiser.

— Quand j'ai lu le rapport d'enquête sur ta vie, quand j'ai appris tout ce que tu avais enduré... ça m'a bouleversé.

J'étais dévasté. Je voulais te faciliter la vie. J'ai vécu très long-temps, et toi, tu n'avais pas encore eu la moindre chance de vivre.

Aragon se redresse, pose les mains sur mes hanches et me soulève pour me tourner face à lui. Mes jambes tombent de chaque côté de son bassin ; il est si large qu'elles ne touchent même pas le lit. Il coince mes cheveux derrière mon oreille, niche l'arrière de ma tête dans sa paume et plante son regard dans le mien.

Ses yeux brillent de conviction.

Je me mords la lèvre pour étouffer un gémissement. *Oh, c'est agréable.* Une chaleur intense se diffuse dans mon ventre.

— Pouvoir partiellement te transformer à vingt-trois ans et utiliser ta magie du feu... j'étais sacrément fier de toi. Mais ça m'a aussi terrifié. Comment allais-je pouvoir te protéger ? Tu avais déjà affronté tellement d'hommes qui cherchaient à te contrôler. Tu venais à peine de retrouver ta forme humaine ; ça aurait été inapproprié de ma part de m'imposer dans ta vie.

Il place ma main sur son torse et trace les contours de ma marque de guerrière.

— Tu te serais enfuie à toutes jambes. Alors j'ai pensé qu'en devenant ton gardien, je pourrais officiellement te protéger, et tu apprendrais à me connaître et à me faire confiance. On pourrait construire quelque chose à partir de là. Je voulais te donner ce dont tu avais besoin à ce moment-là, et ce n'était certainement pas un dragon grotesque.

Je me penche en avant et dépose un baiser sur son torse.

— T'es pas un dragon grotesque. Peut-être que tu es vieux, voire carrément croulant, mais je t'aime tel que tu es.

Ce n'est pas ton corps qui compte, mais l'âme qu'il abrite, et mon âme est tout aussi ancienne.

Aragon bouge si vite que je n'ai pas le temps de réagir. Il me retourne et me couche sur le dos, m'arrachant un cri de surprise. Il pose ses avant-bras de chaque côté de ma tête, suspendant son poids au-dessus de moi.

— Qui est-ce que tu traites de croulant ?

Il se penche et glisse son nez le long de ma mâchoire, soufflant doucement sur ma peau, ce qui me colle la chair de poule. Je me tortille pour m'éloigner, mais il me suit et me souffle doucement dans l'oreille. Je glousse et grogne en même temps.

— Arrête de t'inquiéter. J'ai passé plus de quatre ans sans toi. Je ne te laisserai plus jamais partir.

Aragon m'embrasse sur le nez. Je lui offre un immense sourire, qu'il accueille d'un grondement rauque. Sa poitrine vibre au-dessus de moi, presque comme un ronronnement.

— Tu veux qu'on s'entraîne ce matin ? me susurre-t-il.

Je rigole, puis j'écrase mes lèvres sur les siennes en guise de réponse.

— Je dois aller régler quelques affaires ; je risque de ne pas revenir avant demain matin. Essaie de ne pas te mettre dans le pétrin d'ici là.

Aragon me fait un smack sur mes lèvres encore gonflées.

Lucifer grogne dans son coin. Mon chien ne semble pas enchanté par l'arrivée de cet homme dans ma vie. Il a été bougon toute la journée et refuse obstinément d'obéir.

— Pas de problème.

— Je reviendrai avec une voiture.

Je ris en imaginant Aragon, les genoux remontés sous le menton, coincé dans ma petite Citroën bleue. Honnêtement, la voiture n'est pas si minuscule ; c'est Aragon qui est gigantesque.

Il commence à retirer son haut... Oh là là !

Je réalise qu'il va se transformer et que j'ai droit à un spectacle. Le tee-shirt remonte lentement, dévoilant des abdos en béton avec la tablette de chocolat en prime. Je sais que, pour les métamorphes, ce genre de scène est banal, mais pour moi, c'est tout sauf normal. Je n'ai jamais vu un homme se désaper.

— Putain, c'est comme si on t'avait photoshopé.

Boum-tchika-boum-boum. Une musique cucul des années 80 démarre dans ma tête tandis que je détaille son corps d'Apollon. Ses abdos sont si parfaits qu'Aragon semble irréel. Je lutte contre l'envie irrésistible de le toucher pour vérifier. Il glisse ses pouces dans la ceinture de son jogging et dévoile lentement le bas de son corps. Je manque de m'étrangler avec ma propre langue. Je déglutis, cligne des yeux et finis par fixer ses orteils.

Il a de superbes pieds.

D'accord, d'accord ! Je n'ai pas vraiment regardé son pénis.

En fait, j'évite volontairement de regarder ; les pénis me font flipper. Je n'en ai jamais vu un en vrai. Et celui d'Aragon ? Gloup. Pas besoin d'être un génie pour deviner que ce pénis monstrueux sera proportionnel au reste de son corps... oh mon Dieu, je vais hyperventiler !

Je crois que j'ai besoin d'un sac en papier.

— Petite joueuse, lance Aragon avec un rire grave et rauque en passant près de moi.

J'ai alors une vue imprenable sur son admirable cul.

Et quel cul. Une œuvre d'art. Je le suis, tentant désespérément de garder ma langue dans ma bouche. J'ai une terrible envie de lui mordre les fesses.

Une fois dehors, Aragon me prend délicatement le menton entre le pouce et l'index, et m'offre un doux baiser avec ses lèvres moelleuses.

— Je t'aime, je ne serai pas long.

Il saute par-dessus la clôture et atterrit dans le champ où il s'est crashé la veille. Là, il se transforme.

Son dragon est fabuleux.

C'est sans doute la plus belle créature que j'aie jamais vue. Tout comme Aragon sous sa forme humaine, le dragon est argenté. Il est bien plus grand que notre maison et absolument majestueux.

Sa tête élégante est longue et aplatie, avec un museau arrondi, et plusieurs incisives argentées et acérées dépassent de chaque côté de sa gueule. Dans chacune d'elles, je peux voir mon propre reflet. Il a quatre cornes, deux à l'avant de sa tête et deux en retrait, orientées vers l'arrière. Son cou élancé se prolonge par un corps puissant et musclé, couvert d'écailles argentées qui captent et reflètent la lumière. C'est un camouflage parfait : on ne le verrait jamais dans le ciel à moins de savoir exactement où regarder. La peau en dessous est légèrement plus sombre. Il a quatre membres puissants, bien campés, robustes et intimidants. Chacun se termine par cinq griffes argentées pointues et recourbées.

Ses ailes gigantesques partent de ses épaules ; il les tient repliées derrière lui, légèrement écartées. Elles ressemblent à des ailes de chauve-souris. Leur membrane épaisse laisse entrevoir la structure osseuse flexible qui les soutient. À l'apex de chaque aile, une griffe argentée se courbe élégamment. Sa queue, massive et musculeuse, est également couverte des mêmes écailles argentées et se termine par une pointe qui ressemble à une lame en argent.

Aragon me regarde attentivement tandis que j'observe tous les replis de son immense corps. Je réalise, ravie, qu'il prend la pose pour me laisser l'admirer sous tous ses angles. À chaque mouvement, le sol tremble sous ses pas. Sans m'en rendre compte, je me penche entièrement au-dessus de la clôture. Je tends la main, paume vers le ciel, désireuse de le toucher. Sa gigantesque tête descend doucement, avec précaution pour ne pas heurter la barrière, et il me laisse caresser son museau. La vache, sa tête est aussi grande que ma voiture.

Les écailles d'Aragon sont douces comme de la soie sous mes doigts. Je m'attendais à une texture dure, semblable à une armure ou à du métal.

— Tu es tellement beau, murmuré-je d'une voix émerveillée.

Il souffle par les narines une bouffée d'air qui me décoiffe. Un éclat de rire m'échappe, et je me penche pour déposer un baiser sur son museau.

— Vole prudemment, Aragon, et reviens vite. Fais attention sur la route en rentrant aussi ; avec ce froid, ça risque de glisser. Oh, et envoie-moi un message quand tu arrives, que je sache que tu es bien rentré.

Il souffle une autre bouffée d'air, et je pense que s'il le pouvait, il lèverait les yeux au ciel. Mais au lieu de ça, il recule et m'adresse un hochement de tête.

Aragon s'éloigne pour prendre son envol, et d'un bond, il quitte le sol avec une telle légèreté que c'est comme s'il ne pesait rien. Ses mouvements sont empreints d'une grâce majestueuse. Je reste plantée là, à le regarder s'éloigner jusqu'à ce qu'il disparaisse complètement de mon champ de vision.

Je secoue la tête ; c'est à peine croyable. Je viens de dire à quelqu'un que je l'aime et de lui demander d'être prudent, comme s'il s'agissait d'une personne ordinaire. Il semble absurde de dire à un dragon gigantesque : « Fais attention à toi. » Mais Aragon est à moi.

Il m'aime. Personne n'avait jamais choisi de m'aimer avant lui. Et à ce moment précis, je décide qu'il n'y aura jamais de retour en arrière.

Ces sentiments terrifiants que j'éprouve... je vais les accueillir à bras ouverts.

Le vent se lève, et je râle tout en trottinant à l'intérieur, frigorifiée. Le cul nu d'Aragon m'a fait oublier de mettre un manteau.

Chapitre Quarante-Deux

— FORREST, réveille-toi.

Je grommelle en sentant le souffle de ma mère contre ma joue. Mes paupières sont alourdies par le sommeil.

— Maman, qu'est-ce qu'il se passe ? coassé-je.

Soudain, la réalité me frappe : je suis seule dans ma chambre, au beau milieu de la nuit, et le téléphone sonne.

D'accord, ça c'était flippant.

Cela me rappelle un autre moment ; celui où ma mère me réveille en pleine nuit. Cet instant a changé ma vie à jamais. J'ai perdu ma meute et, par conséquent, mon enfance.

Je roule sur le côté et abats ma main sur la table de chevet en quête du téléphone. Après quelques secondes à tâtonner dans le vide, mes doigts le trouvent et l'empoignent. L'éclairage de l'écran me fait grimacer — cet appareil cherche clairement à brûler mes globes oculaires. Je plisse un œil et louche de l'autre. Progressivement, je parviens à distinguer un nom. *Oh, Ava.* Quelque chose ne va pas, pourquoi appelle-t-elle si tard ? Je me frotte les yeux et décroche.

— Salut Ava, dis-je d'une voix étrange, tentant de ne pas bâiller.

— Salut, Forrest. Tu es seule, tu peux parler ?

— Oui, dis-moi tout.

— Je ne voulais pas t'appeler mais je n'ai pas le choix. L'affaire avec le serial killer et les filles... les infos du monde entier l'ont relayée. Ce sera sur tous les médias d'Angleterre demain matin. Ils t'ont citée, Forrest. Les métamorphes savent que tu es en vie maintenant, soupire-t-elle.

J'émets un grognement. Mon cœur s'emballe et mon ventre se noue d'appréhension. *Oh, putain de merde.*

— Ça m'embête de jouer les oiseaux de malheur, mais Daniel sait que tu es vivante et il est sur le pied de guerre.

Putain, non. À présent, je suis bien réveillée. Mes nerfs entrent en ébullition et l'excès d'adrénaline se répand dans mon corps pris de secousses. À tout moment, je vais paniquer et lâcher le téléphone, alors je mets la conversation sur haut-parleur. Ça sent pas bon.

Qu'est-ce qui me pousse à tenter le destin ? La destinée, cette garce imprévisible, s'en mêle encore une fois. Je sais, quand j'étais dans ce maudit sous-sol, j'ai dit que je voulais m'occuper du cas de Daniel, mais franchement... Je voulais gérer ça à ma manière, pas à la sienne. Cet enfoiré de merde ne va jamais me foutre la paix.

— Forrest, les coffres de Daniel se sont renfloués, poursuit Ava. Au cours des dernières vingt-quatre heures, il a engagé des mercenaires et payé un paquet d'argent aussi. Je voulais t'avertir qu'il est en route... Il va te trouver, Forrest, et vite.

— Ava, j'ai combien de temps devant moi ?

— Quelques heures... avec de la chance. D'après mes infos, Daniel est accompagné d'une trentaine de types, dont au moins une douzaine de mercenaires métamorphes entraînés ; les autres sont des gros bras qu'il paie. Je te transmets tout ce que j'ai sur eux et te tiens au jus. Je peux les suivre partout où il y a de la technologie.

Quelques heures. Je grimace.

— Merci infiniment, Ava. Désolée d'avoir été naze dans le rôle de je-dois-me-faire-discrète.

— Désolée de ne pas te donner assez de temps pour te préparer. Ça fait quatre ans, j'ai tellement de gens à protéger et...

— Ava, arrête. J'ai merdé en beauté... Cette fois, tout est de ma faute. J'aurais dû me faire plus discrète, dis-je en me frottant le visage avec frustration.

Je ne pensais pas que mon nom tournerait à l'international. C'est bien de prendre du recul. Je me sens bête... J'ai balancé mon nom aux filles comme une conne.

— Tiens-moi au courant, s'il te plaît, lâché-je d'une voix rauque.

— Aucun problème. Bonne chance. Dis-moi s'il te faut quelque chose.

— Merci. À plus.

Assise au bord du lit, j'enfonce ma tête entre mes mains. Au bout de quelques minutes, je compose le numéro d'Aragon.

— Ça va, nunuche ? répond-il de sa voix vibrante et chocolatée.

— Ava m'a appelée. Aragon, j'ai merdé…

Je lui fais le topo de la situation.

— Des alarmes sont disposées autour de ta maison, sans compter la puissante barrière magique. Si quelqu'un s'approche à moins d'un kilomètre, on le saura. Je ne le laisserai pas te toucher, gronde-t-il.

— Aragon, je suis vraiment désolée, dis-je la voix brisée. J'ai agi en égoïste, j'aurais dû m'occuper de Daniel quand il en était temps, mais j'ai choisi de fuir mes problèmes. J'aurais dû rester et le combattre. J'aurais dû te parler, faire un tas de choses différemment. Je suis une dégonflée et j'ai honte, putain.

Mes yeux se remplissent de larmes.

— Eh, tu n'es pas une dégonflée. Tout arrive pour une raison, Forrest. Ton parcours, le fait que tu sois devenue une guerrière… C'est important. Tu as sauvé beaucoup de vies et tu as mûri. Tu as fait ce que tu avais à faire à l'époque, et rappelle-toi, j'ai choisi de t'aider à fuir. C'était la meilleure chose à faire pour toi. Le seul responsable de ce foutoir, c'est Daniel. Tu ne peux pas contrôler ni anticiper tous les scénarios. Ce qui est fait est fait. Si tu dois blâmer quelqu'un, c'est moi ; c'est moi qui l'ai laissé en vie. Quand Madán a brisé le lien, j'aurais dû le pourchasser, mais j'avais soif de vengeance et le tuer ne me suffisait pas. Je voulais qu'il souffre. On croit gagner en sagesse avec l'âge. C'est vrai… mais même les vieux dragons se trompent. Personne n'est infaillible. On commet tous des erreurs, nunuche, on va y remédier ensemble. J'arrive.

Cette partie de moi qui m'effraie se réjouit — c'est bien

que ce salopard de Daniel se pointe. Je ne suis plus la petite fille apeurée de notre dernière rencontre. Je suis une créature différente, ma magie est plus forte. Je suis une putain de guerrière, et cette fois, mon dragon est avec moi.

Euh… ou pas. À peine ai-je formulé ma pensée que ma marque se manifeste, indiquant la présence de visiteurs indésirables. Qui que ce soit, ils ont franchi la barrière. Bordel de merde !

J'enfile en vitesse les différentes couches de ma tenue thermique noire de combat. La neige s'est arrêtée ; elle ne dure jamais bien longtemps à Sligo et, d'après la météo, il devrait faire doux dans les prochains jours. J'ai l'intention de donner la chasse à ces enfoirés, et je dois être à l'aise pour le faire. Je me fais une tresse serrée et la fixe avec des barrettes pour qu'on ne la tire pas.

Je revois méthodiquement mon kit, dispatchant plusieurs sorts au milieu de mon sac. Je range mes épées dans leurs fourreaux et ma lame japonaise Wakizashi sur ma hanche gauche. Dans mon dos, je porte un sac rembourré contenant mon arc démonté et une douzaine de flèches trempées dans des potions. Mon dissimulateur d'odeurs est autour de ma cheville. Malheureusement ma magie du feu n'est pas du genre furtif, les armes traditionnelles et potions constituent donc mes seules options. Je n'en aurai pas besoin ; je possède assez de sorts de sommeil pour assommer la moitié des habitants.

En partant, j'envoie un message rapide à Madán. Je laisse mon téléphone qui ne pourra pas se transformer avec moi. Daniel a un sacré culot et une confiance excessive en ses capacités pour penser à faire entrer une bande de mercenaires en Irlande sans représailles, méprisant un traité vieux de mille ans qui interdit les métamorphes — à moins d'être un dragon amnistié à vie ou membre de la Cour des faës. Madán sera furieux.

L'étrange obsession de Daniel pour moi, son crush flippant, n'a jamais vraiment eu de sens. La vengeance est certainement sa motivation — c'est la seule explication qui me vient.

Je sors dans la nuit d'hiver. Le vent glacial fouette mes cheveux et me mord la peau. J'enfile ma cagoule. Lucifer renifle sous la porte. Cela ne me plaît pas de le laisser enfermé à la maison.

— Désolée, Lulu. Sois un bon chien. Je n'en ai pas pour longtemps.

J'ai un plan qui ne repose pas sur ma fuite. Un plan offensif. Je me tourne en silence. Voyons voir ce que ces cons ont dans le ventre.

Je me transforme en louve, activant dans la foulée ma marque de guerrière. Quand mes pattes touchent l'allée en pierre, je ne suis qu'une ombre. Je dois lutter contre l'envie de lever la tête et hurler.

Sous cette forme spectrale, je peux parcourir la distance en une fraction de seconde. Je suis le bruit des intrus. La proximité du danger aiguise mes sens. Plus je me rapproche, plus mes pauses se multiplient, tendant l'oreille. Je suis la chasseuse et ils sont la proie. À environ quatre kilomètres du cottage, je tombe sur six véhicules et un groupe de vingt-huit hommes.

Je me cale contre une haie en les observant. Je les mesure un à un du regard. Une douzaine d'entre eux semble avoir été entraînée ; ils vérifient leur matos avec une attitude de pro en échangeant à voix basse. Les autres chahutent et déconnent entre eux.

Daniel est introuvable.

Un chauve frappe dans ses mains pour attirer l'attention de tout le monde.

— Me voilà, beugle-t-il.

Tiens, qui va là ! Bourrin numéro un, le crâne luisant et sans barbiche. Je grogne mentalement.

— J'en veux neuf avec moi pour partir sur la droite. Neuf autres à gauche. Et les neuf restants, vous portez le matos. Notre équipe est là en renfort uniquement. Le patron prend la tête à l'aube. La règle de la mission : capture vivante, interdiction de tuer. Ce qui ne veut pas dire que la capture doit se faire sans bavures...

— Alors, on peut la baiser ? lance un connard en souriant.

Bourrin numéro un lui adresse un rictus.

— Oublie ça. Si elle file, stoppez-la. Ne laissez pas cette garce s'échapper. C'est de l'argent facile, et jouez-la silence radio. Des questions ?

Quelques-uns secouent la tête.

— Ne merdez pas. C'est parti.

Le groupe de Bourrin compte les meilleurs mercenaires. J'ai envie de me frapper le front en les voyant disparaître dans la nuit, l'air dangereux. Mais à quoi pense-t-il en embarquant avec lui les meilleurs ? Pourquoi ne pas les répartir pour diriger les autres groupes ? Je regarde les autres s'agiter en haussant les épaules, se pointant du doigt et discutaillant. L'un d'eux traîne son sac par terre.

Il vaut mieux que je me charge du groupe de Bourrin en premier. J'éprouve une légère inquiétude en sachant que je vais devoir me transformer pour lancer mes potions de sommeil.

J'avance et trouve un endroit où patienter.

L'occasion se présente lorsqu'ils se dispersent. Ils s'allongent à même le sol sur le ventre, les yeux rivés au loin vers mon cottage. Personne pour surveiller leurs arrières. Il est évident qu'ils ne s'attendent pas à de la compagnie. Je souris, reprends forme humaine et me mets au boulot, la main pleine de potions.

Chapitre Quarante-Trois

Je n'aurais jamais cru me retrouver un jour chez moi à traquer les méchants dans mes propres bois. J'ai l'impression d'être Rambo. On nage en plein délire.

Je me trouve dans la forêt qui borde ma maison. De hauts pins m'entourent, et je suis perchée dans un vieux sycomore niché parmi les conifères. Avec la neige et la pluie battante, le sol est détrempé. Les pins ont été plantés sur un terrain marécageux, et peu importe d'où l'on entre dans les bois, il n'y a qu'un seul chemin praticable. Ce passage naturel force les gens à passer sous l'arbre dans lequel je suis actuellement cachée. S'ils essaient une autre voie, quelqu'un devra plus tard aller les repêcher dans les tourbières mortelles.

Je patiente, attendant l'occasion de neutraliser les derniers méchants. Dix-neuf d'entre eux dorment déjà profondément dans des buissons et des fossés. Je n'ai même pas transpiré une goutte. Il me reste à m'occuper du dernier groupe de neuf, qui prévoit de passer par la forêt, puis de remonter à travers le champ pour accéder à l'arrière du cottage.

Malheureusement pour eux, ça n'arrivera pas.

Une fois tout ce petit monde endormi, je pourrai vérifier comment s'en sortent Aragon et Madán, tout en attendant l'arrivée de Daniel. Avec leur consigne stricte de faire silence radio, Daniel ne soupçonnera jamais que ses renforts ronflent tranquillement.

Il y a du mouvement. Le groupe s'est encore divisé, et ils semblent avancer maintenant en équipes de trois. La triplette qui se dirige vers moi n'est pas discrète. C'en est presque gênant pour eux. Ces types sont censés être des métamorphes, et les voilà qui traversent la forêt en faisant un boucan d'enfer.

Ces créatures bruyantes sont loin d'être des ninjas.

Si quelqu'un d'intelligent fait partie de ce groupe de neuf, je suppose qu'il a envoyé les trois plus bruyants comme appâts pendant que d'autres suivent en douce pour repérer les pièges. J'en doute, mais je ne vais pas risquer de révéler ma position en étant imprudente.

J'attends qu'ils avancent, et lorsqu'ils sont presque hors de mon champ de vision, je tire à l'arc. Les flèches atteignent leur cible en silence, rapidement. Je vise les jambes au cas où ils porteraient des gilets pare-balles. Grâce à des heures d'entraînement, je suis précise, même dans l'obscurité des bois. Je souris en coin en voyant deux des gars se prendre une flèche dans le derrière. Les trois hommes s'écroulent en quelques secondes, la potion somnifère agissant immédiatement.

Je surgis des pins comme un fantôme, attrape deux des types par les jambes et les tire dans les sous-bois, suivis rapidement du troisième. En quelques secondes, ils ont disparu de la circulation. Je ne suis pas peu fière de moi.

Je remonte dans mon arbre et attends tranquillement les prochains. Il ne faut pas longtemps avant que trois autres brutes passent à leur tour. Ces métamorphes-là sont un peu plus silencieux, mais à peine. Je les neutralise rapidement. Malheureusement, l'un d'eux pousse un petit cri avant de s'effondrer.

Et merde. Je reste immobile pendant une bonne minute, scrutant le moindre bruissement. Rien ne bouge. Tout semble calme, alors je vais récupérer les trois corps et les tire vers les arbres.

Par chance, il y a un fossé derrière une rangée de pins. Il est humide, mais c'est un endroit parfait pour dissimuler les corps. Je souris en voyant le tas grandissant des méchants neutralisés. Je prends soin de bien les disposer ; je ne veux pas qu'ils se noient. Alors que je m'apprête à retourner à mon perchoir, je perçois un léger mouvement sur ma droite. Je me fige et lève mon arc, prête à tirer.

J'entends un bruit derrière moi, mais avant que je puisse réagir, quelqu'un m'attrape par-derrière. Le gars me plaque contre lui. Sa main remonte entre mes seins pour se refermer sur ma gorge, m'immobilisant contre son torse. De l'autre main, il retire ma cagoule, m'arrachant au passage quelques mèches de cheveux.

Je garde mes mains légèrement écartées de mon corps, tenant toujours mon arc. Mon autre main glisse discrètement vers une lame fixée à ma cuisse ; je planque le petit couteau dans ma paume.

Le mouvement que j'ai repéré ? Un leurre. Je m'en veux d'avoir mordu à l'hameçon, mais ce qui est fait est fait. Le type qui m'immobilise schlingue. Je fronce le nez. Je pense qu'il s'agit d'un métamorphe hyène. Il m'étrangle et promène son autre main sur mon corps. Il s'attarde beaucoup trop sur mes nichons et ne remarque pas les armes dans mes mains.

Je me retiens de lever les yeux au ciel.

— Qu'est-ce qu'on a là, les gars ? Regardez-moi ce petit bout de femme bien appétissant. Moi, j'suis partant... elle est minuscule, putain, dit-il avant de respirer mon odeur. Je sens pas ta peur... putain de magie.

Son haleine empeste la bière, l'ail et l'obscénité. Il me murmure à l'oreille les choses dégoûtantes qu'il veut me faire et se colle contre mon dos.

— Tu permets que je bouge ? Je sens ton truc, dis-je avec un dégoût à peine masqué.

J'inspire par le nez, expire par la bouche. Je me force à rester calme et détendue dans son emprise ; je vais tuer cet enfoiré de violeur.

Il va mourir dans d'atroces souffrances.

Il ne le sait pas encore.

Je ne suis la proie de personne.

Bizarrement, l'un des types semble mal à l'aise. Plus jeune que les deux autres, il a l'air paniqué et son odeur trahit sa détresse. L'autre, en revanche, ricane d'un air narquois, hoche la tête et se frotte les mains comme un gamin qui s'apprête à déballer ses cadeaux le matin de Noël.

Rictus Narquois lance un regard noir au plus jeune lorsqu'il commence à le supplier.

— Barry, mec, lâche-la… Ce genre de truc, c'est pas bien. On est là pour bosser, pas pour s'en prendre à des filles. Je te laisserai pas faire. Laisse-la partir.

Le jeune gars avance d'un pas, prêt à intervenir.

— Alors t'auras qu'à mater, gamin. C'est pas ma faute si t'es gay et que t'as pas envie de tremper ton biscuit.

Le métamorphe hyène détache le bouton de mon pantalon de combat et se concentre sur la fermeture éclair. Son manque d'attention m'offre une fenêtre de tir.

J'enfonce ma lame dans sa cuisse intérieure. Puis je retire le couteau, pivote sur mes orteils et lui plante la lame dans le côté du cou. Cela l'empêche efficacement de couiner. Je me décale pour éviter que son sang ne gicle sur mes vêtements.

L'enfoiré de violeur s'effondre dans un bruit de gargouillis pathétique, et je souris. Tout cela s'est déroulé en quelques secondes. Je reboutonne mon pantalon.

— Reste là, dis-je en m'approchant de Rictus Narquois.

Je garde le jeune homme dans ma vision périphérique. Il opine, puis lève les bras en l'air, les croise derrière sa tête et s'agenouille. Sans réfléchir et sans rompre mon élan, je lui décoche une flèche en pleine poitrine. Je laisse tomber l'arc au sol alors que le jeunot s'écroule, inconscient.

Je me concentre à présent sur le type au rictus narquois. D'un geste, je sors mon Wakizashi de son *saya*, la lame émettant un léger sifflement. Surpris, l'homme détache ses yeux de ses deux camarades à terre et croise mon regard glacial. Son souffle se coupe, il frissonne et vomit. Il lève des mains tremblantes en signe de reddition.

— J'allais rien faire, mam'zelle, plaide-t-il désespéré.

Je n'éprouve aucune pitié. S'il en avait eu l'occasion, il m'aurait violée.

Je m'approche lentement de ma proie, tenant mon sabre dans la main droite, sa pointe dirigée vers le métamorphe. Au dernier moment, j'avance en sautant de côté, coupant net. La lame fend l'air en chantant. Je pivote à moitié, et la lame dessine un arc, projetant un éventail de gerbes de sang noir. La tête du métamorphe roule au sol.

Je me retourne vers le violeur hyène métamorphe. Je penche la tête en écoutant son râle. Du sang noir s'écoule de ses lèvres.

— Alors, Barry, tu ne cries pas pour moi ? raillé-je en lui donnant un coup de pied dans les côtes pour qu'il se retrouve sur le dos. Quel dommage. Oh, regarde ça... au moins, t'as réussi à *tremper* ta queue.

Je pointe du doigt, inutilement, qu'il s'est pissé dessus, puis j'écrase ma botte contre son entrejambe.

— Devine quoi, Barry ? Tu pues la pisse, le sang et la peur.

Ses yeux roulent dans leurs orbites, grands ouverts.

— J'allais te couper la bite et te la faire bouffer. Mais tu ne vivras pas assez longtemps pour ça, malheureusement. C'est bien dommage.

Je brandis mon sabre court, lève la lame au-dessus de mon épaule et l'abats d'un geste net, tranchant sa tête. D'un coup de pied, j'envoie rouler sa caboche dans le fossé où dorment les autres types.

Debout dans les bois obscurs, je m'efforce de ralentir ma respiration. Mon souffle blanc flotte dans l'air froid, trahissant ma présence et mon état de frénésie. Mon corps chante l'appel à plus de violence, et mon esprit est tout à fait partant. Quand je suis dos au mur, je deviens deux fois plus dangereuse.

Si j'ai appris une chose, c'est que je ne veux pas être juge et bourreau. Ce chemin ne mène qu'à de mauvaises décisions et à l'autodestruction. Mais aujourd'hui, avec ces deux-là, je suis prête à faire une exception. J'en porterai le poids sur ma conscience si cela permet à d'autres femmes d'être en sécurité.

Je nettoie la zone, débarrassant les deux cadavres et plaçant le jeune inconscient dans le fossé avec les autres. Je ressens encore une légère envie de meurtre.

Aragon apparaît devant moi sans un bruit. Une tension se dessine sur sa mâchoire et son regard rageur trahit ses émotions. Même dans l'obscurité presque totale des pins, il remarque les rougeurs sur mon cou. Ses narines se dilatent lorsqu'il capte l'odeur du métamorphe hyène et du sang.

— Tu es blessée ?

Je secoue la tête. Il grogne et me tire vers lui. Je pousse un petit cri lorsqu'il me soulève dans ses bras. Instinctivement, j'enroule mes jambes autour de sa taille. Il plonge son regard dans le mien, cherchant à lire la vérité dans mon âme. Puis, il grogne et m'embrasse sur la bouche. *Waouh.* Le baiser est brutal, passionné, chargé de colère, de peur et de soulagement.

— Qu'est-ce qui s'est passé ? demande-t-il en s'écartant enfin, effleurant ma gorge du bout des doigts.

Mes lèvres picotent encore, et je me sens un peu étourdie à cause de son baiser. Il me repose sur mes pieds, et je vacille légèrement.

Je mordille ma lèvre et hausse les épaules. Pas le moment d'en parler. Aragon souffle, agacé.

— Combien ?

Sa voix est sombre et dangereuse.

— Les renforts, vingt-huit. J'en ai neutralisé vingt-six avec des potions de sommeil. Deux morts.

Je regarde le fossé, et il s'y dirige pour examiner les corps.

— Daniel est censé être en route.

Il grogne, revient vers moi avec une démarche de prédateur. Il se penche et prend mon visage entre ses grandes mains.

— Je suis désolé de t'avoir laissée. Désolé que tu aies dû faire ça. Où est ton unité de guerriers ?

Il caresse mes pommettes avec ses pouces. Je baisse les yeux, et il grogne encore.

— J'ai envoyé un texto à Madán.

— Madán est un vieux faë. Il pige rien aux textos.

Je le savais, c'est bien pour ça que je l'ai fait. Je hausse les épaules.

— J'ai géré. C'était pas la peine d'impliquer les autres. J'ai tout maîtrisé.

Il embrasse mon front. Je serre une de ses mains dans les miennes.

— Daniel est à vingt minutes d'ici, dit-il d'une voix plus calme. J'ai survolé leurs voitures.

Je hoche la tête. On ferait mieux d'y aller. Mon plan est de rencontrer Daniel à la maison. Je veux qu'il pense m'avoir surprise. Aragon m'attire contre lui.

— Je peux nous ramener plus vite.

Et là, il me scotche en effectuant une transformation partielle. De magnifiques ailes argentées se déploient dans son dos.

Je reste bouche bée.

— Depuis quand tu... comment... je...

Il dépose un autre baiser sur mon front et me soulève dans ses bras. Instinctivement, j'enroule les jambes autour de ses hanches. Il passe un bras sous mes fesses pour me soutenir, l'autre dans mes cheveux pour presser ma tête contre son épaule. Je m'accroche à son cou.

Aragon s'éloigne des arbres, et dès qu'il franchit la canopée, on s'envole. Il décolle avec une grâce hallucinante. Je fourre ma tête contre son torse et ferme les yeux très fort. Pas question de bouger, de peur de le déséquilibrer et qu'on se crashe. Réaction débile ; il n'y a pas d'endroit plus sûr au monde que les bras d'Aragon. En quelques minutes, on est de retour à la maison, où on atterrit en douceur.

À peine à l'intérieur, je m'arrête net en apercevant Owen installé sur mon canapé. Lucifer, assis à ses pieds, affiche un grand sourire canin. Owen passe ses grandes mains dans sa fourrure. Mon chien, qui d'habitude n'aime personne, semble l'adorer.

— Owen... murmuré-je d'une voix tremblante. Comment t'es arrivé ici ? Qu'est-ce que tu fais là ?

Il se lève et me sourit. Je me jette dans ses bras. Aragon grogne derrière moi.

— Ton chien est incroyable. Je me suis fait déposer.

Owen désigne du menton un Aragon renfrogné. *Déposer ? Mais Aragon est arrivé en dragon... oh, waouh...*

— Vu que t'es plus officiellement morte, je me suis dit que je pourrais venir te donner un coup de main. Daniel ne va pas tarder. Et au fait, prem's ! dit-il en agitant la main comme s'il réclamait la priorité. Ça fait des années que je rêve de lui casser la gueule.

Je lâche un petit rire et resserre mes bras autour de sa taille imposante.

— Pas de problème, je veux même pas le toucher. Fais-toi plaisir, chien nounou. Faut que je me prépare.

À contrecœur, je le lâche et traverse la pièce, quand il balance d'une voix forte :

— Eh, t'arrêtes pas de te vanter de tes talents de cuistot, alors tu me prépares un truc après, pour me remercier.

Je me retourne et tombe sur Aragon, qui secoue vigoureusement la tête en écarquillant ses yeux argentés. Je fronce les sourcils. Qu'est-ce qui lui prend ?

— Sinon, on peut aller prendre un bon gros breakfast irlandais..., poursuit Owen en adressant un sourire entendu à Aragon.

— Excellente idée, lui répond Aragon en me poussant doucement vers la chambre.

Je me déshabille et dépose mes armes, puis je me transforme pour effacer toute trace de la forêt, l'odeur du métamorphe hyène et le sang. Ensuite, j'enfile ma tenue habituelle : legging et pull.

On passe en revue le plan, et j'utilise mes marques de guerrière pour rendre la barrière impénétrable sauf pour nous. Aragon et Owen disparaissent dans le jardin après avoir ingéré diverses potions, dont une pour lier nos esprits.

Je me prépare une tasse de thé en attendant. Je viens à peine d'égoutter le sachet de thé que j'entends des voitures se garer devant la maison, puis le bruit sourd des portières qui s'ouvrent et se referment.

Enfin, le loup est à la porte. Pas question de fuir cette fois. J'inspire en tremblant. C'est parti. Que le spectacle commence.

Chapitre Quarante-Quatre

— Forrest, où es-tu ? Sors de ta cachette. Viens jouer, ton mâle chéri est là pour toi, beugle Daniel.

Je lève les yeux au ciel. Quel blaireau.

Aragon gronde dans ma tête, visiblement très agacé par le commentaire de Daniel sur mon prétendu « mâle chéri ». Je prends mon temps pour enfiler mes bottes de combat, puis mon grand manteau bien chaud, bourré de potions de sommeil. J'ouvre la porte, respire un grand coup et me dirige tranquillement vers l'allée devant la maison.

Le gravier crisse sous mes pas alors que j'évalue mes visiteurs indésirables, plantés de l'autre côté du mur du jardin. Dos à la maison, tenant ma tasse de thé à deux mains. Le soleil s'est levé. Je regarde le ciel avec un sourire confiant, contente de voir qu'il ne pleut pas. Pour une fois, monsieur Météo avait raison.

— Ah, la voilà. Bonjour, petite louve. Heureux de voir que t'es pas morte. Surprise de me voir ?

Daniel arbore un sourire féroce, ses yeux étincelant d'un désir pervers alors qu'il me déshabille du regard. Il porte son costume noir habituel et une chemise blanche impeccable. Les types éparpillés dans l'allée autour de lui portent tous un treillis noir. Daniel applaudit avec une lenteur ironique.

— Franchement, bravo pour ton faux suicide. Super réaliste, j'y ai cru. Tu t'es inspirée du suicide de ta chère maman pour mettre ça en scène ? Je sais que tu as raté ta première tentative.

Son sourire s'élargit tandis qu'il mime le geste de porter quelque chose à sa bouche avant de le laisser tomber. Je verrouille la rage qui gronde en moi. Je ne réponds pas ; il me faut tout mon self-contrôle pour garder un visage impassible. Il fronce les sourcils devant mon absence de réaction, puis ricane.

— Je suis venu pour te ramener en Angleterre, là où est ta place. As-tu oublié que tu m'appartiens ? Alors viens gentiment, ou ces messieurs se chargeront de te convaincre.

Il désigne sa garde rapprochée d'un geste circulaire.

Parmi les dix hommes présents, je repère Jason et un Harry qui se débat. Apparemment, Daniel s'amuse à enrôler mes demi-frères. Génial. Il ne manquerait plus que John pour compléter le tableau. Ravie de voir que mon frangin chien de l'enfer n'est pas parmi eux.

Je reporte mon attention sur Daniel et croise son regard. Je penche la tête sur le côté et j'étudie son visage. Un sourire satisfait se dessine sur mes lèvres en voyant l'éclat de colère passer dans son regard — et sa gueule cassée. Daniel a perdu son œil gauche. D'épaisses cicatrices blanchâtres strient tout le côté gauche de son visage, un réseau de tissus boursouflés. Par contraste frappant, le côté droit reste parfaitement séduisant. Je bois une gorgée de thé, affichant clairement que sa présence ne me perturbe pas le moins du monde.

Et là, parce que c'est Daniel et que je ne peux pas m'en empêcher, je balance :

— Daniel, t'as un truc sur le visage ? Juste là.

Je fais un petit cercle avec mon doigt en pointant ma propre joue gauche.

Comme prévu, il explose. Il rugit, se rue sur moi… et rebondit contre mon bouclier magique anti-méchant, invisible et infranchissable. Cette fois, c'est moi qui rigole. Je secoue la tête.

— Oups, ça a dû faire mal. Vous êtes bien payés pour bosser avec ce crétin, j'espère ? lancé-je d'un ton condescendant à ses hommes.

— Je veux que cette foutue barrière tombe, maintenant ! Faites-la sauter, hurle Daniel. Tu crois que ça va m'arrêter ? Petite conne. Tu feras moins la maligne quand je t'aurai entre les mains. J'ai de grands projets pour toi. Ta vie va devenir un enfer sur terre.

Il cogne sa paume contre la barrière avec rage. Ah, voilà, le vrai Daniel.

Un mouvement dans mon champ de vision attire mon attention. La portière passager du véhicule en tête de cortège s'ouvre. Une chaussure à talon bleu et l'ourlet d'une robe assortie apparaissent. Je reste pétrifiée en voyant qui descend de la voiture.

Comme une mauvaise herbe qui repousse tout le temps : Liz Richardson.

Je siffle et mes yeux sortent de leur orbite. Liz, enceinte jusqu'aux yeux. La vache, Harry n'a pas chômé.

Vêtue d'une robe bleu électrique qui met bien en valeur son ventre arrondi, Liz se dandine vers Daniel, s'accrochant à son coude. Elle tire dessus, son ton plaintif à souhait.

— Je ne sais même pas ce qu'on fout ici. On devrait être à la maison avec nos deux garçons. Je n'arrive pas à croire que tu m'aies obligée à te suivre. Tue-la et qu'on en finisse, chéri, je veux juste rentrer à la maison.

Je les scrute tous les deux, arquant un sourcil. Je prends une gorgée de thé pour cacher ma confusion et gonfle mes joues. En fait, Harry n'a rien à voir avec tout ça. Je cligne des yeux en regardant le couple improbable. Apparemment, Harry a eu une sacrée chance d'y échapper.

J'analyse Liz du regard, et un frisson me parcourt : ça aurait pu être moi, ce destin pathétique. Je ne peux m'empêcher de me demander si leur relation est vraiment consentie. Si Liz a choisi Daniel, alors bravo, le karma a bien bossé. Elle doit être une vraie chieuse. Mais la savoir avec un monstre comme lui... franchement, même moi, je n'aurais pas parié sur cette issue. Avec toutes ses manigances, finir avec quelqu'un de pire qu'elle, c'est presque ironique.

— Waouh, Liz, tu es...

— Je ne suis pas grosse. Je suis enceinte, espèce d'idiote ! Pourquoi personne ne l'a tuée encore ? crache Liz.

— Oh, calme-toi. Je voulais juste dire que t'as touché le fond en te mettant avec Daniel, pas que...

Je laisse ma voix mourir et grimace en désignant son gros ventre d'un geste vague.

— Pourquoi t'es pas restée *morte* ? Daniel chéri, tue

cette garce qu'on puisse rentrer à la maison, se lamente-t-elle.

Daniel tente de dégager son bras des mains de Liz, mais elle s'accroche, enfonçant ses ongles dans son costume.

— Je suis un peu paumée. Tu n'as pas dit que j'étais ton âme sœur, Daniel ? demandé-je en désignant ma poitrine et écarquillant des yeux faussement surpris. J'ignorais qu'on pouvait avoir deux compagnes en même temps... c'est un peu gourmand, non ? Mais bon, ça me dérange pas de te laisser la place, Liz, dis-je avec un sourire et un geste théâtral.

Quelques métamorphes échangent des regards malaisés. Je parie qu'ils n'apprécient pas trop l'idée que Daniel revendique deux femelles.

— De quoi tu parles, espèce de chienne ? Je suis sa compagne. Il est là pour chercher justice. Qui voudrait de toi comme compagne ?

Liz ricane, me jaugeant comme si j'étais couverte de merde de chien.

Daniel finit par la repousser brutalement. Elle trébuche, surprise.

— Remonte dans la voiture. Ça ne te regarde pas. On n'est pas des âmes sœurs, il n'y a aucun lien entre nous, pauvre idiote. Je suis ici pour réclamer ma vraie compagne, ma véritable âme sœur. Celle qui est faite pour moi. Elle va me donner des filles. Sur trois enfants, trois garçons inutiles... T'es incompétente. Remonte dans la voiture.

Ma mâchoire se décroche. Il vient vraiment de dire ça ? Devant elle, en plus. La mère de ses gosses, traitée comme ça, et il insulte même leurs enfants.

Quel connard.

Liz tourne son attention vers moi et hurle sa rage.

— Tout est de ta faute.

Je ne peux m'empêcher de rouler des yeux. Elle pointe un doigt menaçant vers moi.

— On n'en serait pas là sans toi. On est heureux ! Pourquoi tu veux toujours prendre ce qui m'appartient ?

— Je ne veux pas de Daniel. Garde-le.

Je hausse les épaules. Honnêtement, je comprends son point de vue. Cela dit, ça n'a jamais été mon intention. Mon seul but était d'empêcher Liz de nuire à Harry. Je n'ai jamais voulu la blesser. Même après les horreurs qu'elle m'a fait subir : encourager d'autres à me tuer, me poignarder avec de l'argent... Et c'est moi le problème ? Sérieusement, quelle psychopathe.

— Ne t'en prends pas à ma véritable compagne. Il n'a jamais été question de toi. C'est toi qui es venue me chercher, tu te souviens ? Fais-nous plaisir, ferme ta putain de gueule, crache Daniel. Une fois que ce gamin sera né, je vais te vendre à un métamorphe hyène. Lui, il sait comment traiter les femmes comme toi. Il te dressera. Peut-être même que je te ferai couper la langue. Ce serait tellement mieux si tu ne pouvais pas parler. J'aime bien ça, chez mes femmes.

Daniel attrape Liz brutalement par les épaules et la secoue.

Je le regarde, horrifiée. Les hommes autour de lui ne réagissent même pas.

— Eh, connard, lâche-la ! crié-je.

Du coin de l'œil, je vois Harry s'agiter, furieux. Normalement, je m'en fous de Liz, mais si elle se dandine comme une oie, c'est qu'elle est presque à terme.

— T'as toujours été un second choix. Non, en fait, t'as toujours été le dernier choix. Je t'aurais jamais touchée si j'étais pas en deuil. J'ai toujours prévu de te vendre. Je suis pas assez cinglé pour vouloir te garder toute ma vie. Foutez-la dans la voiture.

Liz hurle. Elle essaie de griffer l'œil valide de Daniel avec ses ongles, mais il lui attrape les poignets pour l'en empêcher. Deux de ses hommes s'avancent et traînent une Liz rugissante et furieuse jusqu'à la voiture, puis la balancent sur le siège avant. L'un d'eux se poste devant la portière pour monter la garde.

Je me demande si c'est le même métamorphe hyène, Barry, que j'ai décapité dans la forêt. Si ce n'est pas lui, je le traquerai.

— Et cette barrière ! Je voulais qu'elle soit levée il y a dix minutes ! aboie Daniel.

Un gars s'avance dans son champ de vision. Il se balance nerveusement d'un pied sur l'autre.

— Euh... monsieur... la barrière, c'est de la magie faë. Je... je ne peux pas la lever, balbutie-t-il en tordant ses mains, tremblant comme une feuille.

— Vous êtes tous des incapables, grommelle Daniel avant de se tourner vers moi. Eh bien Forrest, j'ai bien fait d'amener ton cher frère avec moi. Liz m'a dit à quel point tu tiens à ton précieux Harry. Je voulais vous offrir une petite réunion de famille.

Il indique de la main mon ancienne meute. Jason s'avance, poussant Harry devant lui. Ah, voilà pourquoi Harry est là. *Bien joué, Liz.*

Je me concentre sur mes deux demi-frères. Jason me fixe avec une haine pure. C'est rare que la marionnette montre des émotions. Je lui adresse un petit signe de la main. *À nous deux, mon pote : tu le sais pas encore, mais t'es un homme mort.* Mon regard passe à Harry. Il saigne, il est couvert de bleus, son bras gauche pend mollement, brisé. Je ne peux rien faire pour lui pour l'instant, mais je m'en occuperai.

— Alors voilà ton choix, petite louve. Sors de ta barrière et viens avec moi, ou je tue Harry sous tes yeux.

Daniel empoigne Harry par les cheveux, et un de ses sbires lui tend une lame en argent.

— Eh, p'tite sœur.

Ce surnom m'exaspère, mais c'est pas le moment.

— Ne va nulle part avec ces connards, reste où tu es. Non, rentre dans la maison, verrouille la porte et appelle du renfort...

Un coup de manche de couteau en pleine tête coupe net ses paroles. Harry grogne, et je grimace.

Jason me fixe toujours avec ses yeux débordant de haine, sans accorder un seul regard à son frère cadet.

— T'as toujours été qu'une salope égoïste. Rien n'arrivera à Harry si tu fais ce qu'on te demande, dit-il d'une voix nasillarde et désagréable.

Ce métamorphe habituellement stoïque n'est pas du genre à parler beaucoup... et on comprend pourquoi : sa voix est pire que la mienne.

— Fais ce qu'on te dit, pour une fois dans ta vie : sauve Harry. Sacrifie-toi. Ça ne te coûtera rien à part écarter les jambes, et c'est tout ce à quoi tu sers de toute façon.

Je crois que ce taiseux n'a jamais prononcé autant de mots dans sa vie. On dirait que Vincent parle à travers lui. Malgré moi, un frisson me traverse.

— Je t'ai vue aux infos à jouer la guerrière — la métamorphe de service des faës. Tu n'es pas une héroïne. Tu es une lâche. Toujours la même louve férale et sale qu'on a dû enfermer dans une cage pendant des années.

Je bâille ostensiblement, me fichant de sa tirade. L'opinion de Jason ne m'intéresse pas. Pourquoi tout le monde pense que je suis responsable des conneries des autres ? Franchement, ça me dépasse. Pourtant, c'est toujours ma faute.

J'en ai ras-le-bol. Il faut que ça s'arrête maintenant.

— Que voulais-tu dire quand tu as dit que j'étais faite pour toi ? demandé-je à Daniel.

Il sourit, et la douceur qui envahit son œil bleu me met mal à l'aise. Il aime que je lui accorde de l'attention.

— Petite louve, tu es faite pour moi. Ma vraie compagne. Tout a été façonné par magie pour être parfait, dit-il, agitant sa lame en argent d'un air théâtral. Pour moi. Pour mes besoins. Tu es mon âme sœur prédestinée. Je voulais ce qu'il y avait de mieux. Plus rapide, plus forte, plus intelligente, et regarde-toi... forgée dans le feu. Faite d'acier.

Daniel pousse le visage de Harry contre la barrière et trace le contour de mon corps avec la pointe de son couteau. Un étrange sourire maniaque et flippant apparaît sur son visage ; il est légèrement asymétrique à cause des cicatrices.

— Petite louve, t'as pas encore compris ? J'ai payé ce démon pour qu'il t'enlève quand t'étais gosse.

Chapitre Quarante-Cinq

Je tangue sur mes pieds, légèrement sonnée. Je regarde le visage satisfait de Daniel, son sourire suffisant.

C'est lui qui a mis le démon sur la trace de ma meute... Lui qui est à l'origine des événements de cette journée-là...

Bordel de merde.

Putain, comment n'ai-je pas réussi à assembler les pièces du puzzle ?

En me massant la tempe, un souvenir voilé me revient : le démon dans la voiture révélant qu'un membre du conseil avait payé pour moi. Qu'est-ce qu'il avait dit déjà ? Je plonge mentalement dans la boîte :

Hélas, je ne suis que l'intermédiaire dans cette transaction. Tu as été vendue à un membre du conseil contre une somme exorbitante. Quand tu seras plus grande et que ton corps changera, tu vas lui faire perdre la tête, dit-il en me tapotant le nez, ce qui me fait cligner des yeux. J'aurais pris un grand plaisir à parader avec toi devant tous les métamorphes... C'est tellement exaltant qu'un membre du conseil t'a achetée. Qui sait ce qu'il adviendra de toi ? Je pressens que tu seras sous ma protection pendant un moment. Puis ton propriétaire viendra sur son valeureux destrier pour te sauver... C'est ce qui rend l'histoire si amusante.

Ses doigts pianotent sur le siège entre nous.

— J'ai passé un marché pour te dénicher. Par contre, ton propriétaire n'a rien dit sur le fait de garder notre marché secret, glousse-t-il en m'adressant un clin d'œil. Je ne peux pas te garder, mais je peux assurément pimenter tout ça. Je ne supporte pas les happy endings. Alors souviens-toi, jeune Forrest, que tout ce qui va se passer dorénavant est la faute de ton propriétaire et non la mienne. Tu es une brave fille, ne te fais pas avoir par son joli minois.

C'est pas vrai, merde...

— Le démon a été trop loin, fulmine-t-il. Il a passé un marché avec ton beau-père, ce rapace de Dave, dans mon dos. Mes instructions étaient simples : t'enlever. J'aurais pu dissimuler l'enlèvement d'une petite métamorphe, pas l'extermination de tout son fichu clan. Ta mère aurait dû te céder, j'ai payé une sacrée liasse pour te mettre la main dessus. Au bout d'un moment, j'ai compris qu'il fallait que je fasse le boulot moi-même.

Il marque une pause en me lançant encore ce grand sourire de demeuré.

— Ah, et la raison pour laquelle tu es restée sous forme de louve ? Jason, ici présent, t'a administré une magie rare et indétectable qui t'empêchait de te transformer, ricane-t-il sans se départir de son rictus, tapotant la barrière avec son épée d'argent. Je voulais que tu accèdes plus vite à la magie qui est en toi. Mais pour cela, il fallait que tu souffres. Tu devais avoir mal. Plus la douleur était grande, plus ta magie gagnait en puissance. Je te voulais malléable et reconnaissante.

Secouant la tête, il retrousse les lèvres en un sourire carnassier.

— Ce n'était qu'une question de jours avant que je vienne te sauver. J'avais tout prévu. J'ai fait diminuer la dose jusqu'à trois fois rien. Et toi, petite louve... il a fallu que tu aides cet abruti, lâche-t-il en éclatant la tête de Harry contre la barrière. Tu t'es sauvée grâce à cette écervelée qui a flingué mon plan !

Il lance un regard mauvais à Liz dans la voiture.

— Tu m'appartiendras toujours, petite louve. Je suis ton créateur. J'ai fait de toi la seule et unique chienne de l'enfer sur terre. Ta magie du feu, ta capacité à transformer des membres de ton corps... Tout ça grâce à moi. Maintenant, je viens récupérer mon dû pour lequel j'ai payé.

Mes yeux bifurquent vers Jason, dont le regard vide n'affiche aucune émotion, cependant ses lèvres s'étirent en un sourire complaisant ; je prends ça pour une confirmation.

Je cligne à nouveau les yeux vers Daniel.

Putain, ça va trop loin. Je m'attendais à un petit « mouhaha » diabolique, mais pas à ça !

Au lieu d'un élan d'horreur, j'éprouve une sorte de soulagement.

Je savais que j'étais différente. Bon sang, je m'en suis tellement voulu d'être restée coincée sous ma forme lupine. Ma transformation partielle, ma magie du feu, les marques de guerrière. J'étais terrifiée à l'idée d'être un monstre. Mais maintenant tout s'explique. Au fond de moi, pour la première fois, je suis convaincue qu'il n'y a rien de mal chez moi. Ce n'était pas ma faute, je n'étais pas le problème. Depuis le début, c'était Daniel.

Tout est de la faute du salaud qui se tient devant moi.

Je me ressaisis. Il faut que je coupe court à son grand speech de méchant.

— Ne sois pas si inquiète, petite louve. Tu es la perfection incarnée. La magie qui coule en toi doit encore être façonnée, elle te donne des atouts puissants. Tu es unique. Nos filles seront époustouflantes, continue-t-il, l'air narquois. Plus que quelques jours avant de m'emparer de l'assemblée. Ton temps en Irlande est révolu. Que ce soit aujourd'hui ou dans une semaine, tu viendras avec moi, déclare-t-il en tâtonnant la nuque de Harry avec son épée. La seule différence, c'est que Harry restera en vie aujourd'hui, mais la semaine prochaine... il sera six pieds sous terre. Choisis bien, petite louve.

En pleine réflexion, mes doigts jouent sur ma tasse. Je confirme avec un signe de tête et déclare en souriant :

— Je crois que je vais prendre l'option B.

Les pépiements dans ma tête m'informent qu'on attend mon signal.

— L'option B ? Mais qu'est-ce que tu racontes...

Daniel n'apprécie pas ma réponse ni mon sourire.

Je tends ma tasse à Aragon qui apparaît derrière moi.

— Merci, lui dis-je avec un petit sourire lorsqu'il la saisit.

— C'est quoi ce bordel ! lance Daniel.

— Maintenant ! m'écrié-je.

Et l'enfer se déchaîne. J'entends le bruit sourd des corps ennemis qui tombent sous l'effet des potions du sommeil. Trois à terre, encore sept. Au même moment, Owen surgit de nulle part, en loup, et mord le mollet de Daniel.

J'adore la magie.

Daniel relâche Harry, puis tente de pourfendre Owen, qui lui mord le bras dans la foulée, l'arrêtant net. Daniel se transforme en loup brun, et ses vêtements tombent au sol. Le combat entre eux commence.

J'invoque mon épée de flammes et franchis la barrière en sautant par-dessus le portail.

Je tire Harry par les pieds et me plante devant lui, avant de nous faire reculer. Je protège ses arrières pendant que nous nous retranchons derrière la barrière magique. J'agite mon épée, nous protégeant de quiconque s'approcherait.

— Forrest… d'où sort cette épée de dingue ? Tu dois te mettre à l'abri, marmonne Harry.

Aragon le chope sans ménagement par la nuque et l'écrase contre le mur.

— À terre, lui hurlé-je.

Le type qui était supposé se charger de la barrière s'agenouille, mains derrière la tête, Six. Je l'endors.

— Où sont nos renforts ? s'époumone Jason en s'acharnant sur son téléphone.

— Tu parles des vingt-huit gars qui encerclaient ma baraque ? Ouais, ils viéndront pas, lui dis-je en faisant tournoyer mon épée. Ça fait un moment que je me suis occupée d'eux. Pas mal pour des pions faës métamorphes, lancé-je avec sarcasme. T'as zéro renfort, Jason. Rends-toi service et mets-toi à genoux, les mains derrière la tête.

Les quatre derniers métamorphes se regardent, puis

m'ignorent carrément, entreprenant de dégainer leurs armes.

Eh oh, j'ai une épée de feu ! Je soupire en me disant que parfois j'aimerais avoir l'air plus effrayante. Aragon s'éloigne du mur et me rejoint. *Oh, salut bogosse.* Il a transformé une partie de son corps : ailes, quarante centimètres de griffes, une rangée de dents impressionnantes bien en évidence.

— Je commence à perdre patience, menace Aragon avec un grondement sourd.

La fumée qui sort de sa bouche fait froid dans le dos. Aussitôt, les quatre métamorphes tombent à genoux et se prosternent en signe de soumission.

Je bougonne en arquant un sourcil vers mon dragon qui hausse les épaules en me faisant un clin d'œil.

Je jette sur eux une potion. Je garde un œil sur Jason qui est encore debout — enfin, si trembler comme une feuille contre la voiture s'appelle être debout... Ses yeux écarquillés sont braqués sur Aragon. Owen et Daniel sont encore en pleine lutte. Owen semble jouer avec Daniel ; c'est lui qui a le dessus.

Voyant une brèche, Jason fonce sur moi dans un élan désespéré, empoignant un couteau d'argent. Aragon se campe devant moi, puis ses griffes transpercent la poitrine de Jason.

Je me décale pour jeter un œil devant Aragon et observer la vie quitter les yeux de Jason.

— Va pourrir en enfer, espèce de crevure.

Je ne parviens pas à réprimer le sourire de satisfaction sur mon visage. Sérieux, je deviens vraiment mauvaise.

— Je le tenais, Aragon ! râlé-je. J'aurais pu le faire moi-même.

Aragon reprend totalement forme humaine et se penche pour m'embrasser.

— Je ne voulais pas que tu aies à tuer ton ancienne meute, nunuche, révèle-t-il d'un air sérieux.

Jason n'a jamais fait partie de ma meute. Il n'était que le gardien de ma cellule. Il allait y passer, ce n'était qu'une question de temps avant que son tour ne vienne. Je n'envisageais pas de le laisser vivre après tout ce qu'il m'a fait. Il aurait toujours représenté une menace.

Le loup noir d'Owen domine Daniel qui est à terre, ses griffes lui enserrent le cou. Ce dernier gémit en signe de reddition. Owen recule pour se retransformer, Daniel l'imite. En se relevant, sans vêtements, il le foudroie du regard. On entend le clic d'une portière qui s'ouvre. Liz sort, le visage inondé de larmes.

Dans sa main droite qu'elle garde serrée contre sa poitrine, elle tient quelque chose. Elle brandit l'objet vers Daniel qui a le dos tourné, et le lui plante entre les omoplates en poussant un cri de guerre.

Avec un temps de retard, je comprends qu'il s'agit d'une lame en argent. Elle a fait ce qu'elle sait faire de mieux : poignarder son soi-disant compagnon dans le dos. Lorsqu'elle retire le couteau, Daniel s'étrangle en pivotant vers elle, choqué.

— Tu ne peux pas me vendre si tu es mort, salopard. J'aurais pu prendre n'importe quel compagnon, n'importe lequel ! Et c'est toi que j'ai choisi ! Toi et ta tronche défigurée ! Même quand tu as perdu pouvoir et fortune, je suis restée à tes côtés. Mais tu n'as pas pu t'empêcher d'aller chercher cette salope, et pour quoi ? Qu'elle te donne une fille ? T'es qu'un connard !

En hurlant, elle plante le couteau dans la poitrine de Daniel encore trois fois en le suivant dans sa chute. Le sang de Daniel lui éclabousse le visage et le cou.

Les mots *justice poétique* me viennent en tête tandis que je l'observe, bouche bée, se défouler sur son amant. Elle aussi est une victime de Daniel. Non, pas une victime — je secoue la tête —, une *survivante*.

Owen et Mac se démènent pour lui faire lâcher le couteau sans la blesser. Je salue Mac que je n'ai pas vu arriver.

Madán se pointe en retardataire. Avec nonchalance, il regarde autour de lui et lève un sourcil en apercevant l'hystérique. Il me sourit et adresse un signe de tête à Aragon.

— Rapport. Des blessés ? questionne Madán.

— Aucun de notre côté, monsieur, répond Owen qui est parvenu à maîtriser Liz. Mais trois morts...

Il lance un regard à Daniel.

— Quatre. Trente-six prisonniers et une femme, ajoute-t-il en pointant Liz du doigt.

— Bon travail. Je vais envoyer la Guilde des chasseurs s'occuper d'eux, dit-il en hochant la tête. Oh, Forrest, j'ai eu une demande de mutation. Un métamorphe du nom d'Owen ? Il t'a mentionnée comme référence. J'imagine que c'est toi...

Il lève un sourcil vers Owen. Je les regarde, rayonnante. Chien nounou !

— Oh mon Dieu, oui, c'est mon ami ! Vous seriez fou de ne pas le prendre ! Dites que vous allez l'accepter ! Je suis tellement contente, fais-je tout excitée.

Aragon me relève et m'éloigne d'une main ensanglantée qui s'étire vers moi. Merde, ça c'est flippant. Daniel est parvenu à se traîner jusqu'à nous, jusqu'à moi, laissant une traînée de sang derrière lui.

— Tu m'appartiendras toujours. Tu es à moi depuis ton enfance. Je suis ta destinée, c'est moi qui t'ai faite...

Il tend la main et lâche dans un souffle — visiblement le dernier :

— Petite louve...

Sa main retombe.

Nous fixons tous son cadavre, hébétés. Personnellement, j'attends encore le moment typique des films d'horreur où il bondit pour tenter de me tuer. Aragon me serre contre lui alors que je frissonne.

J'entends Liz parler à Owen et Mac.

— Je ne suis pas quelqu'un de mauvais. Vous avez conscience que tout ça est dû aux hormones de grossesse ? Je ne savais pas ce que ce mec avait en tête. Pour info, deux bébés m'attendent à la maison, ils ont besoin de moi. Et je suis sacrément enceinte, au cas où vous n'auriez pas remarqué.

Malgré moi, j'éprouve de la pitié pour elle et de l'inquiétude pour ses enfants. Que vont-ils devenir ?

— Pourquoi cette clébarde s'en tire comme ça, elle ? geint-elle.

En réalité, c'est plus fort qu'elle.

— Clébarde ? Si tu parles de la guerrière Hesketh, c'est une combattante qui accomplit son devoir et protège les innocents. Alors ferme-la, grogne Mac. Les chasseurs de la Guilde voudront te parler.

Liz hausse les épaules.

— Je suis une métamorphe de sang pur. La seule place

qui m'attend est aux côtés d'un autre mâle. Je suis protégée par la nouvelle loi : la loi Forrest.

Je souris malgré moi. La nouvelle loi protège toutes les femmes métamorphes de façon impartiale, même s'il s'agit d'une harpie. J'ai le sentiment que tout ira bien pour Liz en l'observant se faire embarquer en voiture. Mac lui passe un bracelet anti-magie aux poignets.

J'espère de tout mon cœur ne plus jamais la revoir.

Harry s'accroupit à côté de Jason. Il lui ferme les yeux avec deux doigts, puis se relève et nous rejoint. Il tend la main à Aragon, et, après une pause, Harry la laisse retomber. Aragon grogne. Je doute que Harry soit dans ses petits papiers.

— Je peux ?

Aragon plisse les yeux, puis acquiesce de mauvaise grâce. Harry me prend dans ses bras.

— Merci de m'avoir sauvé la vie.

Je souffle, surprise. Harry passe une main dans ses cheveux blonds. Je jette un œil à Aragon qui le regarde de travers, comme s'il envisageait de lui arracher la tête.

— Harry, Harry, j'ai besoin de toi ! vagit Liz depuis l'habitacle en tapant sur la vitre avec ses ongles.

Harry me fait un sourire penaud et se précipite vers elle. *Bon, ben salut alors.*

Je prends un instant pour réfléchir, et je me sens… plus légère. Vengée. Plusieurs boîtes dans mon cerveau se sont désintégrées et les souvenirs n'ont plus autant d'emprise sur moi.

Aragon se baisse pour m'embrasser sur le front.

Tout le monde s'en va. Owen rentre se changer. Madán nous fait un signe de tête.

— Demain, déclaration, guerrière Hesketh. Je vais préparer la paperasse pour ton ami. On va s'occuper des corps endormis et des cadavres, dit-il en partant.

Merveilleux...

— C'est fini ? dis-je en me laissant aller contre le corps chaud d'Aragon.

— Oui, nunuche, c'est fini, répond-il en déposant un baiser sur ma joue.

— On peut retourner à la maison en verre ?

J'aime bien ce cottage mais mon vrai foyer — mon premier — me manque. Et je me sentirais plus en sécurité derrière la barrière d'Aragon. Nos footings me manquent, du reste, Owen a besoin d'un toit où crécher, et il raffole de ce cottage.

— Tout ce que tu voudras, nunuche.

— Oh et on peut prendre du gâteau ?

— On ne manquera jamais de gâteau, sourit Aragon.

Chers lecteurs, chères lectrices,

Tout d'abord, je tiens à vous *remercier* d'avoir donné une chance à mon roman.

Mon tout premier livre ! J'espère qu'il vous a plu ! Si c'est le cas et que vous avez deux minutes, je vous serais *très* reconnaissante de laisser un avis.

Chaque avis compte *énormément* pour un auteur — surtout pour moi, qui débute tout juste — et le vôtre pourrait inciter d'autres lecteurs à découvrir mon livre. Cela me toucherait énormément et m'encouragerait à continuer d'écrire.

Merci mille fois !

Ah, et il est possible que je choisisse votre avis pour ma campagne de promotion. Vous imaginez ? Trop classe !

Avec toute mon affection,

Brogan x

À PROPOS DE L'AUTEUR

Brogan vit en Irlande avec son mari et leurs onze enfants poilus : cinq greffiers touffus des ténèbres (alias ses chats), quatre chiens de l'enfer et deux licornes traditionnelles (des Irish cobs robustes à la crinière fournie).

En 2019, elle a décidé de laisser libre cours à ses délires en écrivant sur les personnages imaginaires qui peuplent son esprit. Son premier amour, et son chouchou parmi ses animaux, est Bob, son cob adoré, suivi de sa passion pour la lecture. Hors temps de lecture et d'écriture, on peut la trouver enfoncée jusqu'aux genoux dans du crottin de cheval et de la fourrure, ignorant royalement toutes ses responsabilités d'adulte.

WWW.BROGANTHOMAS.COM